CHRISTINE SYLVESTER

Sachsen-Sushi

KARRIEREKNICK Die ebenso attraktive wie arrogante Werbefachfrau Ella Fredderick kann einfach alles, nur nicht mit Menschen umgehen. Das konnte man an keiner Eliteuni dieser Welt studieren. Und nun verschlägt es sie ausgerechnet nach Dresden. Eine Stadt, die sie so gar nicht mag. Eigentlich würde sie am liebsten wieder das Weite suchen, denn nichts läuft so wie es sich die erfolgsverwöhnte »Streber-Barbie« vorgestellt hat.

Dann erfährt sie auch noch, dass ihr neuer Arbeitgeber, die chaotische Werbeagentur »Sack & Sohn«, kurz vor der Insolvenz steht. Ihr einziger Lichtblick: Der geheimnisvolle Musiker, der ihr bei einem nächtlichen Überfall zu Hilfe eilt und dann spurlos verschwindet.

Doch leider ist der genauso schwer zu finden wie eine rettende Idee für die bedrohte Agentur. Für Ella beginnt eine ereignisreiche Suche, die ihr bisheriges Leben auf den Kopf stellen soll …

Christine Sylvester, Jahrgang 1969, lebt seit 1999 in Dresden. Die gelernte Journalistin hat sich bereits mit Dresden-Krimis rund um Kommissarin Lale Petersen als Autorin einen Namen gemacht. Mit »Sachsen-Sushi« erscheint ihr erster Frauenroman.
Weitere Infos über die Autorin unter www.sylvester-artikel.de

CHRISTINE SYLVESTER

Sachsen-Sushi

Roman

GMEINER *Original*

Ausgewählt von
Claudia Senghaas

Besuchen Sie uns im Internet:
www.gmeiner-verlag.de

Im Ehnried 5, 88605 Meßkirch
Telefon 07575/2095-0
info@gmeiner-verlag.de

1. Auflage 2011

Lektorat: Katja Ernst, Sigmaringen
Herstellung: Christoph Neubert
Korrekturen: Claudia Senghaas
Umschlaggestaltung: U.O.R.G. Lutz Eberle, Stuttgart
unter Verwendung der Fotos von: ©iStockphoto.com / Floortje
und aboutpixel.de / delicious-wochen #6 © Sven Brentrup
Druck: Fuldaer Verlagsanstalt, Fulda
Printed in Germany
ISBN 978-3-8392-1208-0

Personen und Handlung sind frei erfunden.
Ähnlichkeiten mit lebenden oder toten Personen
sind rein zufällig und nicht beabsichtigt.

Verpatzter Start

»Ich finde es einfach ganz wunderbar, Sie näher kennenzulernen.« Ellas Gegenüber sprühte feine Spucketröpfchen auf die Tischdecke. »Und dann muss ich so nebenbei erfahren, dass Sie in der Werbebranche arbeiten.« Mit weit aufgerissenen Augen glotzte er sie an wie ein Wesen vom anderen Stern. »Sie sind ja eine echte Karrierefrau!«

Ella nippte hastig an ihrem Wein. »Gemach, gemach. Schließlich könnte ich auch in einer Werbefirma die Toiletten putzen!« Sie musterte amüsiert seine kurzfristig entgleisenden Gesichtszüge. »Nein, nein, ich bin nicht die Putzfrau. Ich leite die Kantine.«

Der Typ lächelte verunsichert. »Ihre Agentur hat eine eigene Kantine?«

Ella schüttelte sich unwillkürlich. Ihr fragwürdiger, jedoch bisher leider einziger Bekannter in dieser Stadt tätschelte mit feuchtwarmen Wurstfingern ihre Hand. »Ich finde Sie wirklich beeindruckend – attraktiv, intelligent, erfolgreich …«

»… solo.« Ella griff schnell nach ihrer Serviette und faltete sie mit spitzen Fingern zusammen.

»Und Ihr Humor ist einfach hinreißend!« Weitere Speicheltropfen ergossen sich auf die Tischdekoration. »Bitte, nennen Sie mich doch Jörg!«

»Ausgeschlossen!« Ella warf die Serviette zur Seite und griff erneut zum Glas. »Das klingt unappetitlich! So, als müsste man aufstoßen … Jöööörg!«

Er lachte irritiert und schenkte Wein nach. »Sie nehmen noch einen Schluck?«

»Aber sicher. Gewisse Umstände kann man nüchtern gar nicht ertragen.« Ella grinste schief und beobachtete, wie sich der Typ vor lauter Beflissenheit fast einen Knoten in die feisten Fingerchen machte.

»Es freut mich, dass Sie diesen Spätburgunder zu würdigen wissen«, säuselte er. »Die meisten jungen Frauen sind in solchen Kulturangelegenheiten …«

»Also, offen gestanden: Der gute Tropfen ist etwas pelzig im Abgang.« Ella lächelte süffisant in ihr Glas. ›Abgang‹. Das Wort fräste sich augenblicklich in ihre Gehirnwindungen. Es war das erste sinnvolle Stichwort angesichts der unerfreulichen Begegnung mit diesem Jööörg. Was hatte sie nur geritten, sich mit dem erstbesten Dresdner zu verabreden, der ihr online über den Weg gesurft war?

»Ich hätte nie gedacht, dass eine Frau wie Sie …« Er grinste schmierig. »Also, dass so jemand im Internet … Na, Sie wissen schon.«

»Ich auch nicht! Das können Sie mir glauben!« Ella seufzte.

»Ich habe das Gefühl, dass uns sehr viel verbindet«, schmatzte er in sein Glas und schwenkte es leicht hin und her. »Sie sind so kultiviert!«

Ella verdrehte die Augen. Sie verspürte den dringenden Wunsch, diesem Menschen dauerhafte Schmerzen zuzufügen.

»Ich denke, wir werden noch viel Spaß miteinander haben.« Er fuhr sich selbstgefällig durch die grauen Locken. »Stellen Sie sich vor, Sie und ich und der Sonnenuntergang …«

Das reichte nun wirklich. Sie wollte nur noch eins: weg von diesem Typen, ganz schnell und ganz allein. »Klar doch, und der Mond und die Sterne. Allerdings muss ich vorher schnell für kleine Karrierefrauen.« Sie erhob sich.

»Wenn ich mir eine Bemerkung erlauben darf: Ihr hübsches Näschen hat das Pudern wirklich nicht nötig.« Er freute sich sichtlich über seine blöde Bemerkung.

Ella rümpfte das ›hübsche Näschen‹ und verschwand zügig in Richtung Toiletten. Kaum hatte sie die hinteren Räumlichkeiten des Nobelitalieners erreicht, hielt sie einen Kellner an, der mit Flaschen im Arm aus dem Keller heraufstapfte.

»Der Hinterausgang! Schnell!«, rief Ella.

Der junge Kellner schaute verdutzt.

»Nehmen Sie!« Ella drückte ihm einen Stapel Euroscheine in die Hand. »Das ist für die Rechnung. Und servieren Sie meinem Begleiter noch mindestens eine halbe Stunde lang Nachtisch, Espresso, Digestif, irgendwas. Wo geht's hier raus?«

Der junge Mann hatte offenbar begriffen, deutete auf eine Tür mit der Aufschrift ›Notausgang‹ und grinste. »Ist er so schlimm?«

Ella schickte einen flehenden Blick zur Designerdeckenleuchte. »Schlimmer!« Dann hielt sie einen Moment inne. »Würden Sie mir bitte unauffällig meinen Mantel holen?«

Wenige Augenblicke später stand Ella im Hof zwischen Mülltonnen, leeren Kisten, seltsamen Gerüchen und Topfgeklapper aus der Küche. Vom noblen Ambiente des Lokals war keine Spur mehr zu sehen. Sie zog sich den Mantel enger um die Schultern. So ein Mist! Jetzt musste sie zu Fuß losgehen und auf ein freies Taxi hoffen. Warum hatte sie es überhaupt so lange mit diesem Typen ausgehalten?

Ella seufzte in die Dunkelheit und machte sich entschlossen auf den Weg. Wenn sie sich beeilte, war sie vermutlich in etwa einer Stunde zu Fuß in ihrer Pension in diesem Villenviertel. Sie sehnte sich nach dem großzügigen Pensionszimmer in der schmucken Jugendstilvilla. Sie sollte

Weg hier, nur weg! Stich, Schmerz, Stich. Schmerz, Stich, Schmerz. Sie hielt den Blick starr geradeaus. Nicht stolpern! Nur nicht stolpern!, ermahnte sie sich. Nicht fallen, nicht denken, nichts tun. Laufen.

Ella lauschte ihrem Atem. Sie hatte sich noch nie so verlassen gefühlt wie in diesem Moment. Nicht in Sydney und nicht in Tokio. Aber in Dresden. Vielleicht war es ein Fehler, nach Deutschland zurückzukommen und sich nach zehn Jahren Ausland einfach in die nächstbeste Stadt und auf den nächstbesten Job zu stürzen. Vielleicht hätte sie sich zunächst ein paar Wochen Urlaub in Deutschland zur Eingewöhnung verordnen sollen. Dort drüben waren ein paar Lichter. Unwillkürlich wandte Ella sich nach rechts. Hier schienen keine Häuser zu sein. Nur ein paar dicke Büroklötze lauerten im Hintergrund. Von irgendwoher hörte sie auf einmal leise Musik. Aber das bildete sie sich vermutlich nur ein.

Sie schwitzte. Wie konnte sie jetzt nur daran denken, dass sie schwitzte? Es wurde immer heißer. Zu heiß für diese Jahreszeit, dachte Ella, zu heiß für April. Ihr Zwerchfell ruckte und zuckte. Die Stiche brannten in ihrem Körper. Sie schluckte. Oh Gott, ein Schluckauf.

Wie aufgezogen lief Ella weiter. Schluckte, um das Zucken ihres Zwerchfells zu unterdrücken. Automatisch trugen sie ihre Füße weiter, als die Musik lauter zu werden schien. Gebannt starrte sie in die Dunkelheit. Wenn sie doch nur wüsste, wo sie war! Etwas blitzte im Schein einer trüben Funzel auf. Da, eine Stufe. Sie knickte um. Ein beißender Schmerz schoss durch ihren Fuß. Sie hinkte weiter, spürte den Schmerz verzerrt, wie in Zeitlupe erwartete sie ihn mit jedem Schritt. Die Töne wurden eindringlicher. Laut, entsetzlich laut. Das war tatsächlich Musik … Alles verschmolz zu einer Melodie, die immer deutlicher wurde.

Plötzlich erkannte sie, was da im trüben Licht funkelte: ein Saxofon. Ein riesiges, goldfarbenes Saxofon. Das war die Quelle dieser Melodie. Das reale Instrument eines realen Menschen. Sie eilte auf das Instrument zu, stolperte, keuchte.

»Hilfe!«, stieß Ella gepresst hervor. »Bitte, helfen Sie mir!«

Die Musik verstummte. Der Mann hinter dem Saxofon musterte sie, nickte.

»Ich, ich glaube, ich werde verfolgt … Ich kann nicht mehr!« Ella deutete hinter sich, und der Blick des Musikers folgte ihrer Hand. Sie lauschte angestrengt. Doch alles, was sie vernahm, war das langsam abklingende Rauschen in ihren Ohren.

Der Saxofonspieler sah sie fragend an. Dann starrte er über den spärlich beleuchteten Platz.

Ella wagte nicht, sich umzudrehen. »Spielen Sie doch weiter! Bitte!«

Der Musiker nickte und führte sein Instrument an den Mund. Ella zuckte zusammen, als die Töne durch die Stille drangen. Sie beobachtete den Mann. Seine Finger tanzten auf den Tasten des funkelnden Instruments. Er schien einen Moment lang versunken in sein Spiel, doch dann bemerkte sie, dass sein Blick aufmerksam war. Sie beruhigte sich langsam, atmete tief durch und drehte sich vorsichtig um. Was war das für ein seltsam verbogenes Etwas? Ein rundes Gebäude? Konzentriert blickte Ella auf die Wand und erkannte die Umrisse von Graffiti. Das war eine Halfpipe, so eine offene Betonwanne, in der Skater ihre Sprünge machten.

Auf einmal schob sich ein Schatten über die Graffiti. Jähes Entsetzen packte Ella. Der Schatten wuchs. Sie glaubte, den unruhigen Rhythmus der Schritte zu erkennen. Schnell wich sie zurück und kauerte sich hinter den Musiker, dessen Spiel kaum merklich abebbte. Leichtfingrig bearbeitete er weiter sein Saxofon, doch sein Blick verfolgte aufmerksam den Schatten. Eine Gestalt wurde sichtbar. Ein langer, dunkler Mantel eilte unruhigen Schrittes heran.

Ella hielt den Atem an. Sie war sich nun ganz sicher, dass das die Schritte waren, die sie hierher getrieben hatten. Und sie war sich sicher, dass ihre Angst nicht grundlos war. Warum hatte der Fremde sie sonst verfolgt? Hier war einfach gar nichts. Der trübe Platz verlor sich hinter der Halfpipe im dunklen Nichts.

Plötzlich machte die fremde Gestalt auf dem Absatz kehrt und begann zu rennen. Der Mantel wehte über dem Geklapper der Sohlen.

»Warten Sie hier!« Der Musiker drückte Ella sein Saxofon in die Hand. Dann setzte er sich flink in Bewegung, um dem Unbekannten zu folgen.

Ella umklammerte das kühle Metall und fröstelte. Ein ohrenbetäubender Rhythmus aus flüchtenden und jagenden Sohlen wurde von den Wölbungen der Halfpipe zurück auf den Platz geschleudert und verebbte nur langsam. Erschöpft sank Ella in sich zusammen und kauerte zitternd auf dem kalten Betonboden. Eine unwirklich triste Gegend, inmitten der Barockstadt. Ella umarmte das Saxofon und schloss die Augen. Nicht denken. Jetzt nur nicht nachdenken …

Schweres Handgepäck

»Nu, gucke mal, die Alte da!«, hörte Ella eine leicht krächzige Stimme sagen. Als sie die Augen öffnete, blickte sie in ein paar neugierige Gesichter, die unter seltsamen Kopfbedeckungen steckten.

»Isch gloobs ja ni!«, rief eine andere Stimme. »Machen die hier jetze nachts Gammelfleischpardies?«

Ella richtete sich erschrocken auf. Ihr Kopf dröhnte und ihre Glieder schmerzten. Wieso lag sie hier auf dem harten, kalten Boden herum? War sie tatsächlich eingeschlafen? Ein paar Jugendliche, die sich ganz offensichtlich für Hip-Hopper hielten, standen im Halbkreis um sie herum und starrten sie an. Ella blickte irritiert von einem zum anderen.

»Ey, Alter, ey, die is voll krass«, sagte ein Typ mit einer unüberschaubaren Anzahl an dicken Ketten um den Hals. »Fett die Muddi!«

»Wie bitte?« Ella musterte den Behängten von oben bis unten. »Fett ... Also, ich muss doch sehr bitten. Das ist eine Unverschämtheit!« Sie zupfte unwillkürlich an ihrem Mantel herum. »Und im Übrigen wohl kaum zutreffend.«

»Wie sprischt die denn?« Einer der Mützenträger lachte kehlig. »Voll außerirdisch, ey!«

Langsam dämmerte Ella ihre nächtliche Odyssee durch die Stadt. Sie war irgendwo mitten in Dresden. Und neben ihr lag ein riesiges Saxofon.

In diesem Moment mischte sich eine schrille Frauenstimme in das Geschehen ein. »Nu, was ist denn los?« Eine energische Dame mittleren Alters drängelte sich zwischen den Jungs hindurch. Die Frau musterte Ella argwöhnisch.

»Was machen Sie hier? Haben Sie kein Zuhause, oder was?« Sie deutete auf das Saxofon. »Wir wollen hier keene Penner, dass das klar ist!«

Ella sah sie irritiert an und versuchte es mit einem Lächeln.

»Los, verschwinden Sie!«, verlangte die Frau. »Ich öffne in einer Stunde meinen Laden.« Sie deutete auf einen der Gebäudeklötze im Hintergrund. »Sie vergraulen mir ja die Kundschaft!« Dann sah sie die Jugendlichen an. »Und was ist mit euch Grünschnäbeln? Müsst ihr ni in die Schule?«

»Hey, hey, immer logger bleim, Muddi«, sagte einer der Jungs grinsend.

Ella schüttelte verwirrt den Kopf und warf einen Blick auf die Uhr. Ihr erster Arbeitstag begann in knapp zwei Stunden. »Oh, Shit!«

»Hey, die sprischt ja ooch Deutsch«, stellte der Kettenjunge fest.

Ella wandte sich an die fremde Frau. »Könnten Sie mir wohl ein Taxi rufen, mein Mobile ...«

»Na, da hört sisch nu alles uff«, unterbrach die Frau sie empört. »Keene Bleibe, aber nach 'm Schofför klingeln!«

Ella zog schnell ihr Mobiltelefon aus der Tasche. »Ich habe natürlich ein Mobile, aber ich habe noch keine Karte für das deutsche Funknetz«, erklärte sie eilig. »Ich komme gerade erst aus Tokio.«

»Ey, Alter, ey, ein iPhone!« Einer der Mützenträger deutete auf Ellas Handy.

»Aus Tokio? Is ja geil!« Ein anderer Jugendlicher boxte seinen Kumpel in die Seite. »Die war bei die Fidschis.«

»Und ich komme gerade aus Riesa«, grollte die Frau. »Und jetze ist Schluss mit dem Palaver. Schauen Sie, dass Sie losmachen! Und nehmen Sie diese schreckliche Tröte mit!«, verlangte sie barsch. »Nicht, dass der ganze Dreck liegen bleibt.«

»Aber ich brauche ein Taxi«, insistierte Ella. »Dringend!«

»Nu, geht klar.« Der Kettenjunge zückte ein Handy, tippte darauf herum und sah Ella an. »Isch mach immer nur SMS und so.« Er drückte seinem Kumpel das Handy in die Hand. »Ruf du mal an!«

Wenige Minuten später saß Ella auf dem Rücksitz eines Taxis und versuchte zum wiederholten Male vergeblich, das Saxofon in dem offensichtlich viel zu kleinen Instrumentenkoffer zu verstauen. Sie musste sich unbedingt umziehen und frischmachen, bevor sie ihrem neuen Chef gegenübertrat.

Der Löwe im Sack

»Irrtum, Freundchen! Ich verklage SIE!«, brüllte eine Männerstimme hinter der geschlossenen Tür.

Seufzend ließ sich Ella auf einem der Stühle an der Wand nieder und hielt sich an ihrer Ledermappe fest. Der Raum sah aus wie ein Wartezimmer. Nur die Illustrierten fehlten. Dafür hingen Werbeanzeigen hinter Glas an den Wänden.

»Ich verklage Sie wegen Hochstapelei!«, brüllte die Stimme erneut. »Creative Director! Ha! Sie sind weder kreativ noch besitzen Sie Führungsqualitäten. Sie sind ein Langweiler!«

Ella rutschte unruhig auf dem Stuhl hin und her. Der Raum erinnerte sie nicht nur an irgendein Wartezimmer, sondern zunehmend an das ihres Zahnarztes. Richtig, einen Zahnarzt würde sie sich hier auch suchen müssen. Vielleicht war es doch etwas voreilig gewesen, sofort alle Zelte abzubrechen. Die Tür wurde schwungvoll aufgestoßen. Ella zuckte zusammen.

»Gehen Sie! Am besten zur Konkurrenz!«, brüllte die Männerstimme jetzt noch lauter. »Sollen die sich ihre Etats doch mit hoch bezahlten Langweilern ruinieren!«

Ein edel bezwirnter Mann mittleren Alters stürzte aus dem Büro. Er schien Ella nicht einmal zu bemerken, so eilig hatte er es. Schnell zog sie ihre ausgestreckten Beine an. Sie musste diesen gescholtenen Unkreativen nicht auch noch zu Fall bringen. Dann stand sie auf, strich ihr Kostüm glatt und riskierte einen Blick durch die geöffnete Bürotür. Hinter dem Schreibtisch lief ein älterer Herr schimpfend auf und ab. Wie ein Löwe im Käfig, dachte Ella, und vermutlich war er gerade fast so gefährlich. Sie klopfte energisch an den Türrahmen. Der Löwe lief weiter.

»Guten Morgen, Herr Dr. Sack!« Ella verlieh der profanen Begrüßung einen souveränen Unterton.

Mürrisch hielt der Löwe inne. »Raus hier! Ich habe jetzt keine Zeit für alberne Unterschriften!« Er schüttelte unwirsch den Kopf.

An der Wand über dem Schreibtisch prangte ein Plakat mit einem riesigen Schriftzug: Konsequent kompetent! Darunter leuchtete das Agenturlogo von ›Sack & Sohn‹. Ella schmunzelte.

Der Löwe hielt in seinem Auf und Ab inne, kniff die Augen zusammen und musterte Ella. »Was wollen Sie? Geld? Ha! Dann fassen Sie mal einem nackten Mann in die Tasche!«

Ella räusperte sich. Sie mochte sich diesen ergrauten Choleriker mit Bauchansatz nicht nackt vorstellen. »Ich bin die Neue!« Sie deutete mit einem Kopfnicken auf das Plakat an der Wand. Mit elegantem Schwung warf sie ihre Ledermappe auf den Schreibtisch. »Voilà, meine Referenzen.« Sie lächelte süffisant. »Konsequent kompetente Kampagnen.«

Einen Moment lang erstarrte der Löwe zum Plüschtier. Dann huschte ein breites Grinsen über sein Gesicht. »So, so, so, die Neue.« Er nahm Ellas Mappe und warf sie über den Tisch zurück. Mit einer eleganten Armbewegung und einem Schritt zur Seite fing Ella die Ledermappe auf. Uff, Glück gehabt.

Sack nickte anerkennend. »Na, dann fassen Sie mal flott zusammen, ich habe keine Lust auf diesen Papierkram!«

Im Telegrammstil referierte Ella ihre Abschlüsse, Notendurchschnitte, ihre ersten Erfolge, die Auslandsaufenthalte in London, Barcelona, Sydney, Tokio, ihre erfolgreiche Teilnahme an zahlreichen Wettbewerben, die letzten beiden großen Kampagnen …

»Nun ist es aber gut!« Der gezähmte Löwe schüttelte sein Haupt. »So alt sehen Sie gar nicht aus, Mädchen!« Er kam um den Schreibtisch herum und reichte ihr die Tatze. »Willkommen bei ›Sack und Sohn‹, Frau …?«

»Fredderick. Ella Fredderick!«, ergänzte Ella mit festem Händedruck.

»Also, Sie Werbewunder … Ich bin Sack senior. Quasi der Obersack.« Er musterte sie erneut von oben bis unten. »Und arbeiten Sie an diesem grässlichen Östrogenoutfit!«

»Wie bitte?« Ella runzelte die Stirn und strich unwillkürlich über das Revers ihrer Kostümjacke.

»Na, Ihr kurzes Röckchen, diese Schuhe …« Er kratzte sich hinterm Ohr. »Wir laufen hier nicht herum wie in Werbewelten, wir erschaffen sie.«

Kleine Freak-Show

Eine halbe Stunde später betrat Ella den Konferenzraum der Agentur und wunderte sich. Schnell verließ sie das Zimmer wieder und vergewisserte sich anhand des Türschildes, dass dies tatsächlich das Besprechungszimmer sein sollte. Sein Innenleben mutete an wie eine zu groß geratene Abstellkammer mit ausrangierten Sitzgelegenheiten. In den Ecken stapelten sich Kartons und Haufen mit allerlei verrutschten Prospekten und anderen Werbemitteln. In der Mitte hatte man drei runde Stehtische gruppiert, neben denen ein buntes Kuddelmuddel aus Barhockern der werbenden Kreativhintern harrte. Ungläubig betrachtete Ella die Sitzmöbel, die offenbar allesamt vom Sperrmüll gerettet worden waren: Da gab es Chromgestänge mit Kunstlederbezügen in Dunkelbraun und Rot, zwei rustikale Holzgestelle mit rostroten und popelgrünen Polstern und einige unproportioniert wirkende Holzexemplare mit abblätternder Lackierung. Und damit nicht genug, entdeckte Ella unter dem erblindeten Fenster eine pinkfarbene Plastikkiste mit Sekt- und Weinflaschen, die – nach der trüben Staubschicht zu urteilen – bereits vor Jahren geleert worden sein mussten. Ella verzog angewidert das Gesicht. Wo war sie nur gelandet?

»Aber Hallöchen-Hallo!« Eine junge Rothaarige in buntem Strickpulli betrat fröhlich den Raum. Sie blickte Ella aus großen blauen Kulleraugen treuherzig an und streckte ihr die Hand entgegen. »Sie müssen die Neue sein! Freut mich, ich bin Bini, ähm, na ja, eigentlich Sabine.«

Voller Elan hievte sie ihren Jeanshintern auf einen der Hocker. Ella stutzte. Sie trug Stretchjeans und … Gesundheitslatschen. War sie in der letzten Nacht in ein Zeitloch geraten?

Die Frage schien sich zu erübrigen, als nun ein hutzeliges Wesen hereinschlich und sich mit erstaunlicher Geschicklichkeit auf einen der Sperrmüllsitze schwang, ohne nach rechts oder links zu blicken. Catweazle lebt, schoss es Ella durch den Kopf, als Stretch-Bini leichthin meinte: »Das ist Möhre. Er spricht nicht viel.«

Ella musterte Möhre wie ein ekliges Insekt und war froh, ihm nicht die Hand reichen zu müssen, als ihr von hinten auf die Schulter geklopft wurde.

»Hi, Barbie!« Ein langes, dünnes, blassgesichtiges Stück Mensch in wehendem schwarzen Mantel betrachtete sie neugierig aus dunkel umrandeten Augen.

Ella stutzte. Genau so stellte man sich gemeinhin einen Satanisten vor! »Hi«, erwiderte sie und musterte eingehend die langen, mit Totenkopf- und Spinnenmotiven verzierten Gliederringe dieses Gothic-Gruftis.

»Wahnsinn! Die ist gar nicht aus Plaste, die ist echt«, feixte er und lief einmal um Ella herum. »Hey, stehst du auf Horrorstreifen und Metzelmovies? Ich besorg dir alles, no problem!«

»Klar«, sagte Ella und grinste. »Hast du auch den, in dem Barbie allen Gothics pinkfarbene Herzchen auf die Stirn tätowiert und sie zur Dauermoderation im Teleshoppingkanal zwingt?«

»Der war gut!«, ließ Stretch-Bini verlauten und fügte erklärend hinzu: »Das ist übrigens Karl-Heinz aus der Grafik.«

»Grafik, so, so«, sagte Ella. »Wofür? Für Todesanzeigen und Grabsteine?«

Sack senior betrat den Raum. »Scheiße, was für ein Idiot!« Er schnaubte. »Gibt's heute keinen Kaffee?«

»Das Sekretariat ist nicht besetzt«, erklärte Bini. »Ich dachte, Sie wissen, was mit Fred ist …«

»Woher soll ich das wissen?« Sack stöhnte. »Ich frage mich seit 30 Jahren, was mit dem Jungen los ist!«

»Sein Sohn, also der Junior«, zischte Bini Ella zu.

Ella runzelte die Stirn. Sie war ganz offensichtlich nicht nur in den falschen Film, sondern gleich ins falsche Kino geraten.

»Also, Leute, das ist unsere Neue.« Sack senior deutete mit einem Kopfnicken zu Ella. »Sie fängt heute als Creative Director an.«

»Conceptioner«, warf Ella ein. »Ich bin für die Konzeption engagiert. Projektmanagement, Kommunikation, Text …«

»Sie sind unser neuer Creative Director. Basta!« Sack schlug mit der Faust auf einen der Stehtische, dass es schepperte. »Ich habe den alten Langweiler gefeuert. Also brauchen wir einen Creative Director – und das sind Sie. Ende der Durchsage.«

»Dann …« Ella wippte auf die Schuhspitzen. Ihre Pumps drückten. »Dann will ich einen neuen Vertrag.«

Er schien ihre Bemerkung geflissentlich zu überhören. »Also, Frau Friedrich …«

»Fredderick!« Ella trat einen Schritt vor. »Mein Name ist Ella Fredderick.« Sie stemmte die Hände in die Hüften.

»Oh, oh, Barbie wird sauer«, grummelte der Grafik-Grufti.

Sack grinste breit. »Das ist übrigens Karl-Heinz, Designabteilung, Printbereich.«

Ella bedachte Karl-Heinz mit einem herablassenden Blick. »Ja, ich habe schon mit Erstaunen festgestellt, dass er noch lebt.« Sie deutete auf den konstant schweigenden Hutzel-Typen. »Und was ist mit Catweazle hier?«

Sack lachte dröhnend und Möhre zuckte zusammen. »Das ist unser Designer für den Online-Bereich. Websites, DVDs ... der ganze Multimedia-Schnickschnack.« Dann erhob Sack die Stimme. »Los, Möhre, gib der Frau, ähm, der neuen Creative-Tante die Hand!«

Möhre duckte sich, wuselte flink von seinem Hocker und kam auf Ella zu. Als er vor ihr stand, war er genau auf Augenhöhe mit Ellas Busen. Ella versuchte, ihn anzuschauen, doch sein Blick wanderte unruhig von einer Brust zur anderen. Sie riss sich zusammen und reichte ihm die Hand. Die seine fühlte sich an wie ein feuchter Schwamm. »Ella Fredderick, hallo!«

»Sie müssen lauter sprechen, er hört schlecht«, erklärte Sack.

Plötzlich brüllte das Möhrenmännchen los: »Moritz Herrmann, sehr angenehm!« Eine so kraftvolle Stimme hatte Ella ihm gar nicht zugetraut.

»Und das ist unser fleißiges Binchen«, sagte Sack.

»Kundenzeitschriften, Pressekram und so.«

Bini wackelte grinsend mit dem Kopf. »Wo sind eigentlich Jim und Joe?«

»Die sitzen in ihrem Kabuff, brennen sich einen ab und quatschen die Leute doof.« Karl-Heinz polierte seinen Totenkopfring mit dem Mantelärmel.

»Unsere Kontakter«, fügte Sack erklärend hinzu.

»Sie haben Fred vergessen«, warf Bini ein.

»Den kann man ja schließlich vergessen!« Sacks Miene verdüsterte sich. »Fred ist mein Nichtsnutz von einem Sohn. Er hat bereits alle Abteilungen unserer Firma von oben nach unten durchlaufen und ist Dank seines überdurchschnittlichen Talentmangels vorübergehend im Sekretariat angekommen.« Sack warf einen Blick auf seine Armbanduhr. »Oder auch nicht. Wenn er so weitermacht, wird er demnächst die Büroräume putzen.«

Ella blickte sich stirnrunzelnd um. »Das ist eine ganz hervorragende Idee bei dem Saustall!«

Blöde Tröte

Als Ella das quietschende Gartentor öffnete, schoss der Zwergpudel der Pensionswirtin kläffend um die Ecke. In wildem Auf und Ab rannte er knurrend vor Ella herum und bleckte seine winzigen Zähne. Schnell schloss Ella das Tor hinter sich, damit er nicht auf die Straße lief.

»Löwenherz, schscht!« Die Vermieterin kam hinter den Rosensträuchern hervor, schnappte das keifende Lockenknäuel und klemmte es sich unter den Arm. »Schscht, Löwenherz! Was soll die Frau Fredderick denn von uns denken?« Sie streifte sich den Arbeitshandschuh von der Hand. Sofort schnappte Löwenherz danach und sprang auf die Wiese. Unter wildem Geknurre und Geschüttel zerrte er den Handschuh ins Gebüsch.

Ella stöckelte über den frisch geharkten Kiesweg. »Guten Tag, Frau Beck.« Sie unterdrückte ein Gähnen und rang sich ein Lächeln ab.

»Halloho!«, flötete die Pensionswirtin. »Sie müssen sein Benehmen entschuldigen. Er muss sich erst an Sie gewöhnen. Wissen Sie, hier wohnte einige Monate lang ein Herr mit Katze.«

»Klar, da hat der arme Hund Angst, dass ich auch eine in der Tasche habe.«

»Also, Frau Fredderick, wie elegant Sie wieder aussehen! Man merkt doch gleich, dass Sie aus der großen weiten Welt kommen.« Frau Beck musterte Ella mit anerkennendem Kopfnicken. »Fabelhaft! Kein Wunder, dass Sie gleich an Ihrem ersten Abend in unserem schönen Elbflorenz ein Rendezvous hatten.«

»Was denn für ein Rendezvous?« Ella stemmte abrupt die Absätze in den Kies.

»Na, gestern Abend! Ich wollte noch einmal zu Ihnen wegen der Post.« Frau Beck lächelte herzlich. »Nun, und da klopfe ich so an Ihrer Tür und muss feststellen, dass Sie gar nicht da sind. Und das am Sonntagabend.« Sie lächelte vielsagend. »Und da sage ich doch zu meinem Mann: ›Werner‹, sage ich – also, mein Mann heißt Werner –, ich sage also: ›Werner, die Frau Fredderick hat bestimmt eine Verabredung!‹ Und?« Sie legte neugierig den Kopf schief. »Stimmt's oder habe ich recht?«

Ella nickte ausweichend und setzte dann langsam ihren Weg über den Kies fort. »Und warum wollten Sie zu mir?«

»Na, wegen dem Telegramm.« Frau Beck lief flink die wenigen Stufen zur Eingangstür hinauf. Dabei plapperte sie munter weiter. »Wissen Sie, das kam am Samstag an.« Zügig trippelte Frau Beck durch die große Diele im Erdgeschoss. »Und ich habe es einfach vergessen. Es war ja schon vor Ihnen hier.« Sie fischte einen Umschlag vom Platzdeckchen auf der Kommode und reichte ihn Ella mit feierlichem Gesichtsausdruck. »Da ist es!«

Ella nahm den Umschlag entgegen und wollte sich gerade abwenden, als sie den enttäuschten Blick der Vermieterin sah. Sie zögerte kurz und öffnete den Brief. Ungläubig überflog sie die wenigen Zeilen. Der Seecontainer mit ihren Möbeln, den sie erst vor vier Wochen von Tokio aus hatte verschiffen lassen, wartete bereits in Hamburg auf Abholung. Ella schüttelte den Kopf. »Wieso das denn jetzt?«

»Schlechte Nachrichten?« Frau Beck zog die gefärbten Brauen hoch. »Kann ich vielleicht helfen?«

»Nur, wenn Sie einen Seecontainer von über 20 Tonnen von Hamburg nach Dresden transportieren können«, sagte sie seufzend. »Meine Möbel aus Japan sind angekommen.«

Frau Beck sah Ella mit weit aufgerissenen Augen an. »Sie besitzen 20 Tonnen Möbel?«

»Aber nein«, beschwichtigte Ella. »Etwa zwölf Tonnen sind zugeladen. Aber der Container, in dem sich unter anderem meine Möbel befinden, steht in Hamburg.« Sie warf erneut einen Blick in ihr Telegramm. »Ich muss mich schnell um den Weitertransport kümmern.«

»Ach?« Frau Beck machte ein betroffenes Gesicht. »Was es nicht alles gibt.«

Ella überließ die Pensionswirtin ihrer Verwunderung und lief nach oben auf ihr Zimmer. Schnell schlüpfte sie aus den Pumps, befreite sich aus Kostüm und Strümpfen und warf ihren Kimono über. Im Bad entfernte sie mit wenigen, aber geübten Handbewegungen das Make-up und legte zwei Eins-a-Augenringe frei. Sie schnitt sich im Spiegel eine Grimasse und steckte ihre blonde Lockenpracht hoch.

Das Pensionszimmer war groß, hell und geschmackvoll eingerichtet. Gut, Ella bevorzugte einen moderneren Einrichtungsstil, aber hier mussten unterschiedliche Geschmäcker getroffen werden. Und wie es schon wieder aussah! Sie musste unbedingt dort vorn … Aua! Verdammt! Ella war mit dem Fuß gegen irgendetwas Hartes gestoßen und ins Stolpern geraten. Sie vernahm ein dumpfes Scheppern und einen Knall. Missmutig sah sie sich nach ihrer Stolperfalle um. Die blöde Tröte! Welcher Idiot hatte denn …? Ah, sie selbst war natürlich der Idiot, der heute Morgen in aller Eile das Saxofon samt Koffer einfach mitten im Zimmer abgestellt hatte. Vorsichtig robbte sie auf dem Hintern näher heran. Das Instrument schien unbeschädigt. Ella seufzte. Warum war dieser Typ eigentlich einfach ohne sein Saxofon verschwunden? Moment. Ihr nächtlicher Verfolger war abgehauen … Und der Musiker war ihm hinterhergerannt und war, ja, er war wahrscheinlich gar nicht mehr zurückgekehrt. Ella erblasste. Warum war er nicht zurückgekommen? War ihm etwas zugestoßen? Einen Augenblick lang wackelte der Raum um sie herum. Ihr Kopf dröhnte vom Schlafmangel, ihre Knie pochten. Sie griff sich an die Schläfen. Schnell räumte Ella die herumliegenden Kleidungsstücke in den Schrank und zögerte kurz vor der Kommode an der Wand. Jetzt war der Raum schon eher nach ihrem Geschmack. In jedem Fall besser als dieses überquellende Chaos der Agentur, wo Druckerzeugnisse auf allen Tischen lümmelten und sich im Vorbeigehen immer mal wieder ein Papierstapel vor ihre Füße ergoss. Sie hatte den gesamten Nachmittag damit zugebracht, ihr winziges Büro vom Müll zu befreien. Der Neubeginn in dieser Stadt war wirklich ein völliger Flop! Ella gähnte. Aber bei rund 500.000 Einwohnern würde sie diesen Musiker bestimmt ausfindig machen. In Deutschland gab es doch für jedes Problem eine offizielle Anlaufstelle. Zumindest hatte Ella das so in Erinnerung. Es war schließlich über zehn Jahre her, dass sie ihn Deutschland gearbeitet hatte. Irgendwie fühlte sie sich fremd und unbehaglich. Oder bildete sie sich das nur ein? Jetzt musste sie erst mal Schlaf nachholen. Der Jetlag, die vergangene Nacht. Sie würde erst nach einer gehörigen Portion Schlaf wieder einen klaren Gedanken fassen können.

Vertraute Gestalten

Ella lief zügig weiter. Nun hatte sie sich schon wieder verlaufen. Sie musste unbedingt die U-Bahn finden. Mit ihr würde sie ihre Orientierung wiedererlangen und wäre schnell am Ziel. Da hinten schimmerte ein bläuliches Licht. Na also. Eine U-Bahn-Station.

Als sie jedoch näher kam, bemerkte sie, dass das, was da bläulich schimmerte, nur die Leuchtreklame eines Geschäftes war. Darunter stand ein seltsamer kleiner Mensch und winkte. Meinte er sie? Das war doch dieser Hutzeltyp aus der Agentur. Er rief irgendwas, aber sie konnte ihn nicht verstehen. Doch, jetzt wurde seine Stimme deutlicher. »Dresden hat gar keine U-Bahn!«, brüllte er durch die Dunkelheit.

Ella stolperte, fürchtete einen Moment lang, das Gleichgewicht zu verlieren, und ging in die Knie. Dann fing sie sich wieder. Was war das für ein seltsames Geräusch hinter ihr? Es klapperte so komisch. Als sie sich umdrehte, gewahrte sie die gnadenlos geschmacklose Bini. Es mussten ihre Gesundheitslatschen sein, die so klapperten. Nichts wie weg hier, dachte Ella, bevor die ihr noch ein Gespräch aufzwang.

An der Bordsteinkante strauchelte Ella erneut. So ein Mist! Sie sah sich um – und zuckte zusammen. Da hinter ihr wehte ein langer, schwarzer Mantel. Erst jetzt hörte sie bedrohliche Schritte, deren dumpfer Hall sich mit dem Klappern der Gesundheitslatschen mischte. Ella atmete schwer. Immerhin, da war eine Straße. Sie stolperte weiter. Und da kam auch schon ein Taxi. Ella winkte wie wild.

Das Taxi verlangsamte seine Fahrt und stoppte neben ihr am Fahrbahnrand. Schnell sprang sie einen Schritt zurück, damit es ihr nicht über die Füße fuhr. »Passen Sie doch auf!«, schnauzte Ella unvermittelt. Dann sah sie sich erneut um. Das Klappern war verschwunden. Aber hinter sich hörte sie noch immer die dumpfen Schritte und aus den Augenwinkeln sah sie den schwarzen Mantel wehen. »Ich muss weg!«, rief Ella. »Ich muss sofort hier weg!« Doch der Taxifahrer gab nur ein lautes und höhnisches Lachen von sich. Warum lachte der so blöde? Erbost riss Ella die Fahrertür auf und erstarrte. Hinter dem Steuer saß der alte Sack, splitterfasernackt, und lachte hohntriefend.

Ella warf die Tür zu. Beinahe hätte sie dem Taxi noch einen Tritt versetzt. Dann hastete sie weiter über die Straße. Die dumpfen Schritte wurden immer lauter, der bedrohliche Mantel wehte immer näher an sie heran. Jetzt hatte ihr Verfolger sie eingeholt und Ella bemerkte, dass sie humpelte. Deshalb kam sie also nicht recht voran. Sie sah an sich herunter. Einer ihrer Pumps war ihr abhanden gekommen. Sie hastete mit nur einem Schuh durch die Nacht. Da, der schwarze Mantel schien sie zu streifen. Sie sah in das finstere Gesicht dieses halbtoten Grafikers. »Hi, Barbie!«, sagte er und lief an ihr vorbei. Ella stutzte. Er verfolgte gar nicht sie. Nun sah sie viele Mäntel und hörte viele versetzte dumpfe Schritte. Alle eilten an ihr vorbei.

Just in diesem Moment setzte Musik ein. Sie wurde immer lauter und übertönte fast das dumpfe Dröhnen der Schritte. Ella hielt sich die Ohren zu und folgte hinkend ihren vermeintlichen Verfolgern. Unerträglich laut hallten die Töne durch die Nacht, untermalt von unzähligen stampfenden Schritten.

Plötzlich verstummte das Stampfen. Ella humpelte näher heran. Was taten die denn da? Warum standen sie alle da herum? Die Musik war nun leiser geworden. Die Lautstärke ebbte langsam auf ein erträgliches Maß ab. Dann war es sekundenlang mucksmäuschenstill. Ella zuckte zusammen. Schreie! Das waren Schreie! Sie bahnte sich einen Weg durch die Menge von schwarzen Mänteln. Dann sah sie ihn: Den Saxofonspieler. Sie sah sein Gesicht ganz deutlich vor sich, erkannte sofort die vertrauten Züge. Sie musste diesen Mann schon seit Ewigkeiten kennen … Jetzt bemerkte sie, dass es seine Schreie waren, die sie hörte. Was taten sie denn mit ihm? Sein Gesicht verzog sich zu einer schmerzverzerrten Fratze. »Neiiin!«, schrie Ella. »Neiiin!« Plötzlich war es totenstill. Kein Mensch war mehr zu sehen. Ella stand fassungslos vor dem einsamen Saxofon. Es lag in einer riesigen Blutlache.

Ella schreckte auf. Sie selbst war es, die geschrien hatte. Wo war sie? Sie tastete in der Dunkelheit herum … Alles fühlte sich warm, weich und feucht an. Dann fühlte sie einen Schalter, drückte drauf und sah, dass sie im Bett lag. Schweißgebadet hing sie im geblümten Bettzeug und atmete heftig. Der Wecker wechselte mit einem gleichmütigen Klack von 3:59 Uhr auf 4:00 Uhr.

Schlapp schleppte sich Ella ins Bad und ließ sich kaltes Wasser über die Handgelenke laufen. Dann benetzte sie ihr Gesicht und begutachtete sich im Spiegel. Sie sah aus, als habe sie ein Gespenst gesehen. »Ella, das war nur ein Albtraum, nur ein Traum«, flüsterte sie ihrem Spiegelbild zu. Sie konnte sich nicht erinnern, wann sie zuletzt einen Albtraum gehabt hatte. Und dann noch so einen realen …

An Schlaf war erst mal nicht zu denken. Sie lief durch ihr Pensionszimmer und steuerte den geblümten Ohrensessel am Fenster an … Aua, Scheiße! Ella knurrte. Schon wieder war sie über das Saxofon gestolpert. Mit eisernem Griff umfasste sie das Instrument und begutachtete die vielen blitzenden Knöpfe, Klappen, Schrauben und Verbindungen. Wenn sie da unten draufdrückte, ging weiter oben eine Klappe auf. »Kompliziertes System«, murmelte Ella. Das Ganze sah aus wie eine vergoldete Raffinerie und flößte ihr Respekt ein. Sie bugsierte das Instrument vorsichtig auf den großen Sessel. Dann nahm sie sich den Koffer vor. Im Inneren schimmerte blitzblauer Pannesamt. Der weiche Stoff spannte sich über verschiedene Vertiefungen, die zumindest bestimmte Negative zur Form des Instruments erahnen ließen. Außerdem gab es eine Vertiefung, in der Utensilien schlummerten. Da waren ein gepolsterter Riemen und so ein seltsames Band mit einer Art Minifallschirm aus Leder. Sie hielt das Band hoch. Es war mindestens einen Meter lang und erstaunlich schwer, denn in der Schnur steckte ein Bleigewicht. Putziges Teil. In dem Lederschirmchen befand sich ein Borstenbündel, wahrscheinlich, um die Tröte zu reinigen. Ella forschte weiter. Da, eine Streichholzschachtel … Sie schüttelte die fast leere Schachtel. Die Anreißflächen waren abgenutzt, doch der Aufdruck auf der Schachtel war gut lesbar: ›Landhotel Augustus‹. »Gute Druckqualität«, lobte Ella mit Kennermiene. Was war denn das? Ein Lippenstift? Doch bei näherem Hinsehen erkannte sie, dass es sich um einen Fettstift handelte. Wahrscheinlich musste man Teile dieser güldenen Raffinerie regelmäßig schmieren. Außerdem entdeckte sie einige fingerlange Holzplättchen und weitere funkelnde Trötenteile.

Ella befühlte erneut das schimmernde Blau. Gab es vielleicht irgendwo einen Hinweis auf den Besitzer? Sie berührte den Samt im Kofferdeckel … Huch! Ihre Finger sanken ein. Da war ein Schlitz. Vorsichtig zog sie an dem Stoff. Dann fischte sie mit zwei Fingern ein paar zusammengefaltete Blätter und ein zerknicktes Foto hervor. Das Bild zeigte einen jungen Mann und eine junge Frau in fröhlicher

Umarmung. Sie lachten in die Kamera. Nach der Farbqualität zu urteilen war das Foto schon älter. Die Farben wirkten blass und ein bisschen schmuddelig. Ella untersuchte die Rückseite. Es war ein Entwicklungsdatum vom Filmlabor aufgedruckt, das allerdings schlecht lesbar war, da es von einem dicken Knick durchzogen wurde. Ella kniff die Augen zusammen. Sie drehte den Papierabzug wieder um. Die Klamotten und die Frisur der Frau ... Das Bild durfte mindestens zehn Jahre alt sein. Ob der Mann auf dem Foto der Musiker war? Ella runzelte die Stirn. Sie konnte sich beim besten Willen nicht erinnern, wie er ausgesehen hatte. Täuschte sie die eigene Erinnerung und war das vertraute Gesicht aus dem Traum vielleicht eine Wahrnehmung ihres Unterbewusstseins? Dem Mann auf dem Foto sah der Traummusiker nicht im Geringsten ähnlich. Ihrer Erinnerung konnte sie nicht vertrauen, denn schließlich war es mitten in der Nacht gewesen, dann diese schummrige Beleuchtung, und vor allem ihre Angst. Selbst sie hatte in dieser Situation wirklich nicht auf das Äußere dieses Mannes geachtet. Obwohl sie doch sonst gerade bei Männern genau hinsah.

Ratlos schüttelte Ella den Kopf und legte das Foto auf den Tisch. Sie griff nach den Blättern, die ebenfalls im Kofferfutter verborgen gewesen waren. Es waren vier offenbar herausgerissene Heftseiten mit Linien, die in der Mitte von einem senkrechten Strich geteilt wurden, wie bei einem Vokabelheft. Die Blätter waren ziemlich eng beschrieben. Ob das ein Brief war? Das da konnte ein Datum sein. Die Buchstaben allerdings waren derart ineinander verschlungen, dass Ella sie nicht sofort entziffern konnte. Sie würde sich wohl einige Mühe machen müssen.

Ella zuckte zusammen. Was tat sie denn hier? Sie konnte doch nicht einfach fremde Briefe lesen! Immerhin hatte der

Musiker diese Papiere im Innenfutter seines Instrumentenkoffers versteckt. Und das hatte er bestimmt nicht getan, weil es ihm egal war, wer sie las. Irgendetwas musste es mit diesen Aufzeichnungen auf sich haben. Ein Abschiedsbrief? Ein Geständnis? Eine Liebeserklärung? Ella seufzte und schloss kurz die Augen. Nein, sie würde die Finger davon lassen. Wenn sie den Musiker allerdings nicht finden konnte … Sie musste nach ihm suchen. Sie musste Gewissheit haben, dass ihm nichts zugestoßen war. Und sie wollte sich bedanken. Sie musste sich bedanken. Ja, die coole und unnahbare Karriere-Ella wollte unbedingt Danke sagen.

Mahlzeit!

Endlich. Mit einem selbstzufriedenen Grinsen seifte Ella ihre Hände gründlich ein und spülte sie unter dem lauwarmen Wasserstrahl ab. Ihr rustikaleres Arbeitsoutfit hatte durchaus seine Vorteile. Mit den Sneakers hatte sie sich auf den Weg zur nächsten Straßenbahnhaltestelle gemacht und in nur 30 Minuten die Agentur in der Neustadt auf der anderen Elbseite erreicht. Ihr Spaß am Taxifahren war seit letzter Nacht erheblich zurückgegangen. Und in Hose und Pulli hatte sie mal eben selbst die zwei überflüssigen Regale aus dem Büro bugsiert. Nicht, dass sie es nicht gewohnt war, solcherlei Tätigkeiten zu delegieren. Doch sie hatte weder Zeit noch Lust, sich hier mit Innenarchitekten oder gar diesen Agenturfreaks herumzuärgern. Ella trocknete ihre Hände sorgfältig ab, nahm die Ringe vom Waschbeckenrand und streifte sie wieder auf die Finger. Dann reckte sie sich vor dem Spiegel. Diese Wildlederhose war zwar uralt, aber in ihrem Five-Pocket-Schnitt echt klassisch. Außerdem wusste in dieser seltsamen Agentur ohnehin niemand ihren exquisiten Geschmack zu würdigen. Diese Stilbanausen hatten nichts anderes verdient als zehn Jahre alte Klamotten. Das würde doch nicht mal jemand bemerken! Sie kontrollierte ihre Zähne und strich sich mit dem Zeigefinger über die Augenbrauen. Selbst die hochgesteckten Locken erschienen ihr durchaus alltagstauglich. Sie wirkte jünger, fast wie 30.

Ella nickte ihrem Spiegelbild gerade aufmunternd zu, als die Tür zur Toilette aufflog und ein unbekannter Mann hereinkam. Er stutzte und sagte: »Mahlzeit!«

»Doch eher das Gegenteil«, entgegnete Ella prompt und deutete auf die offen stehende Kabinentür.

Der Fremde glotzte verständnislos auf den Toilettentopf. Dann starrte er Ella an.

»Sie haben sich wohl in der Tür geirrt, Herr … ähm?!« Ella sah ihn erwartungsvoll an. Der Typ war jünger als sie und einfach nur grau: graue Hose, graues Hemd, grauer Pullunder, graue Brille. Selbst sein aschblonder Schopf wirkte in diesem Grau-in-Grau seltsam angegraut. »Nun?«, half Ella nach.

»Oh, Verzeihung.« Er schien aus weit entfernten geistigen Welten zurückzukehren. »Wie unhöflich von mir. Mein Name ist Fred Sack.« Er reichte ihr eine schlappe Hand.

»Ella Fredderick. Hallo!« Ella verpasste ihm einen kräftigen Händedruck. »Und, Herr Sack, was führt Sie auf die Damentoilette?«

»Der Harndrang«, sagte Sack junior sachlich. »Wenn Sie mich dann bitte entschuldigen.« Er ging auf eine geöffnete Kabinentür zu. Die Hand bereits an der Klinke, drehte er sich um. »Übrigens, wir haben nur diese eine Toilette, Frau Friedrich.«

»Fredderick, ich heiße Fredderick«, knurrte Ella. Mit quietschenden Sohlen verließ sie das Örtchen. Das war tatsächlich eine Freak-Firma. Sack & Pack! Und sie kannte noch nicht einmal alle …

Kurz entschlossen nahm Ella die Fahndung nach den Kontaktern auf. Dabei vermied sie es peinlich genau, die Aufmerksamkeit von Catweazle und dem Grafik-Grufti zu erregen, die bei offener Tür vor den Monitoren dösten. Irgendwo hörte sie gedämpft Binis Geplapper. Die Sneakers waren wirklich geeignet, um sich anzuschleichen. Ella pirschte weiter über den Gang. Sie ließ das Konferenzkabuff links liegen. Hier musste es sein. Auf dem Türschild verbarg eine willkürliche Collage aus bunten Aufklebern gründlich den Tätigkeitsbereich und die Namen der Büroinsassen. Ella klopfte energisch an die Tür und trat schwungvoll ein.

»Guten Tag, mein Name ist …« Ella stockte der Atem. Qualm stieg ihr in die Nase und reizte ihre Schleimhäute. Sie hüstelte. »Ähm, ich bin die neue …« Ihre Augen tränten, als sie versuchte, inmitten der Rauchschwaden die Mitarbeiter auszumachen. »Hallo, ist da jemand?«

Ein ungesundes Husten drang durch den dichten Dunst. Dann konnte Ella schemenhaft Bewegungen erkennen. Ein glatt rasiertes Gesicht mit schwarzer Brille tauchte vor ihr auf und hielt ihr irgendetwas unter die gereizte Nase.

»Rauchen Sie? Bedienen Sie sich!«, sang eine sonore Stimme.

»Danke, selten.« Ella räusperte sich. »Sollte ich mal Nikotin benötigen, komme ich bei Ihnen vorbei und atme einmal tief ein.«

Ella vernahm ein sympathisches Lachen, und dann gleich noch eines. Ein zweites Gesicht, ebenfalls glatt rasiert und mit schwarzer Brille, erschien vor Ella.

»So, jetzt sind beide Fenster offen!« Diese Stimme klang eine Spur rauer. »Es wäre doch schade, eine so hübsche Kollegin gar nicht richtig erkennen zu können!«

»Denk an das dritte Gebot, Joe. Du sollst nicht schleimen, es sei denn, es ist ein Kunde!« Das sympathische Lachen erklang erneut. Sein Urheber gab Ella die Hand. »Das ist mein Kollege Joe. Ich bin Jim. Und Sie müssen Frau Frederick sein!«

Zumindest der Händedruck ließ nichts zu wünschen übrig. »Korrekt.« Sie gab dem anderen die Hand.

»Hey, hey! Joe-Joe baggert die Barbie an.« Der Grafik-Grufti kam herein und rieb sich die Augen.

»Hallo, Karl-Heinz, du Herr der Augenringe.« Joe lachte

kehlig. »Haben dir deine Horrorvideos heute Nacht wieder den Schlaf geraubt?«

»Schlaf? Wer braucht schon Schlaf, wenn er bei ›Sack & Sohn‹ ein Büro hat«, konterte der Grufti.

»Und wer braucht bei solchen Kollegen noch Horrorfilme!«, ergänzte Ella.

Jim und Joe lachten.

»Was ist? Gehen wir essen?«, fragte der gruftige Grafiker.

»Döner?«, warf Joe in die Runde.

Alle sahen Ella erwartungsvoll an. Sie verzog angeekelt das Gesicht. Bei dem Gedanken an Essen ohne Besteck verging ihr der Appetit.

»Ganz in der Nähe ist der beste Dönerladen der Stadt. Und es gibt auch fleischlose Kost«, erklärte Jim in seinem sonoren Singsang.

»Danke, nein ...« Ella musterte widerwillig den Grufti.

Der gähnte herzhaft. »Ab nächste Woche gibt's dann Sushi. Mein Bruder eröffnet zwei Straßen weiter einen Sushi-Saloon.«

»Sehr originell!«, spottete Ella. »Ich habe heute Morgen auf dem Weg in die Agentur auch nur drei Sushi-Läden gesehen.«

Unternehmer des Jahres

»Müller, alter Schwede!« Sack senior klopfte einem schmächtigen Herrn im dunklen Anzug kräftig auf die Schulter. »Das ist übrigens meine neue Geheimwaffe.« Er zeigte auf Ella. »Gerade noch in Tokio, und jetzt bei ›Sack & Sohn‹ in Dresden … Was meinst du, Müller, warum sich solche Talente ausgerechnet meine Agentur aussuchen?«

Müller lächelte Ella verlegen an und zuckte, sichtlich verunsichert, die schmalen Schultern.

»Mensch, Müller, weil wir gut sind!« Dr. Sack lachte selbstgefällig. »Und weil wir immer besser werden! Schieß den ollen Stegmann in den Wind und komm zu uns, Müllerchen! Aber entscheide dich schnell.« Er umfasste mit seiner Löwenpranke das Sektglas. »Lange steht mein Angebot nicht mehr!«

Ella wandte schnell den Blick ab und sah sich zwischen den zahlreichen Herren und der Handvoll Damen um. Besonders kreativ wirkten die alle nicht, obwohl es doch das Verbandstreffen der Kreativen Mittelständler war. Vermutlich war das typisch deutsch. Ella erinnerte sich, dass es in Deutschland schon immer für alles Vereine und Verbände gegeben hatte. Allerdings dieser Schriftzug ›KreMi‹, der auf allen Prospekten und Plakaten prangte, war eine Beleidigung für ästhetisch sensibilisierte Augen. Der Innenarchitekt, der diese Hotelkette ausgestattet hatte, musste ebenfalls unter einem akuten Augenleiden gelitten haben. Ella konnte nur den Kopf schütteln über die grässliche Kombination der an sich schon scheußlichen Muster von Teppichboden, Polsterung und Tapete. Besonders schaurig jedoch fand sie die wuchtigen Vorhänge vor den Fenstern. Ihr Thema setzte sich auf tragische Weise in den Spanndecken auf den Stehtischen fort. Ein dicklicher Herr trat auf das kleine Podium in einer Ecke des Raumes. Er klopfte an sein Glas und räusperte sich. »Meine Damen und Herren, liebe KreMis …«

»Das ist unser Präsi!«, dröhnte Sack Ella ins Ohr.

»Bitte, wer?« Ella zog die Augenbrauen hoch.

»Na, der Verbandspräsident!« Sack nahm zwei weitere Gläser mit Sekt vom dargebotenen Tablett der Kellnerin. »Trinken Sie! Ist alles gratis!« Er drückte Ella ein Glas in die Hand.

»Wir blicken heute auf die fast 20-jährige Geschichte unseres Verbandes zurück«, erklärte der Verbandspräsident. »Fast 20 Jahre, in denen viel passiert ist, Krisen kamen, Pleiten folgten, aber ebenso Erfolge im Kleinen wie im Großen. Nicht alle unsere Weggefährten der ersten Stunde haben überlebt …«

»Ist das hier irgendein Jubiläum?«, raunte Ella Sack senior zu.

Der schüttelte den Kopf. Dann reckte er den Hals nach dem Redner.

»Ich freue mich, dass ich so viele von euch begrüßen darf«, erklärte der Präsident. »Gerade, weil es heute zum 20. Mal gilt, den Unternehmer oder die Unternehmerin des Jahres aus unseren Reihen zu küren.«

Vereinzelt begannen die Anwesenden zu klatschen.

Der Präsident hob die Hände. »Bitte! Wir haben es uns auch in diesem Jahr nicht leicht gemacht, das heißt: Ihr habt es uns nicht leicht gemacht. Aber dennoch sind wir zu einem einstimmigen Ergebnis gekommen.«

Erneut klatschten einige Anwesende, als habe man sie dazu aufgefordert. Ella sah sich missbilligend um. Sie hätte diesen Quatsch gern möglichst schnell hinter sich gebracht. Schließlich gab es in dieser verlotterten Agenturbude genug zu tun, bevor man überhaupt richtig mit der Arbeit loslegen konnte.

»Und so erhebt gemeinsam mit mir das Glas!« Der Verbandspräsident hielt ein Sektglas in die Höhe. »Erhebt mit mir das Glas auf unseren neuen Unternehmer des Jahres. Einen Mann, der von Anfang an mit dabei war, einen, der sich nie scheute, ungewöhnliche Wege zu gehen.«

Sack senior schnappte der vorbeigehenden Kellnerin schnell zwei weitere Gläser vom Tablett.

»Ein Mann, der die Menschen kennt, einer, der weiß, worauf es ankommt, einer, der sich nicht zu schade ist, die Ärmel hochzukrempeln und selbst mit anzufassen.«

Ella stöhnte leise auf und nahm einen großen Schluck aus ihrem Glas. Der Sekt war zu warm.

»Er ist einer, der dem Nachwuchs eine Chance bietet und die Konkurrenz das Fürchten lehrt!« Der Präsident hatte die Stimme etwas erhoben. »Kurzum: Er ist einer von uns, und er ist in den vergangenen Jahren so etwas wie ein Freund für uns alle geworden.«

Sack zwinkerte Ella zu. »Na, was meinen Sie, was jetzt kommt?«

»Ich hoffe doch, man wird den Superunternehmer vorführen und uns endlich einen Abstecher ans Büfett gönnen«, sagte Ella und griff zum nächsten Sektglas.

»Er ist ein Unternehmer, wie man ihn sich wünscht!«, rief der Präsident mit rhetorisch geschulter Begeisterung. »Komm zu mir, mein Lieber! Komm herauf aufs Podium und hole dir deine verdiente Auszeichnung … Jörg Stegmann!«

Applaus hob an und sogar einige Jubelrufe waren zu hören. Als Ella zum Podium schielte, verschluckte sie sich fast. Schnell stellte sie das Glas wieder auf den Tisch und sah genauer hin. Jööörg. Das war dieser schmierige Jörg, den sie beim Nobelitaliener hatte sitzen lassen.

Sack senior verzog das Gesicht, als habe er in eine Zitrone gebissen. Mit deutlichem Widerwillen rang er sich ein paar Klatschlaute ab. »Ausgerechnet Stegmann, das Arschloch«, knurrte er.

Wenige Minuten später standen sie an einem langen Büfett Schlange, und Ella beobachtete, wie Sack senior Berge von Antipasti auf seinen Teller schaufelte. »Wollen Sie Proviant für die ganze Firma mitnehmen?«, fragte sie missbilligend.

»Na los, Mädchen, greifen Sie zu!«, verlangte Sack senior burschikos. »Ist alles gratis. Außerdem«, er musterte sie von oben bis unten, »Sie können es ja vertragen!«

Ella beförderte etwas grünen Salat, ein gefülltes halbes Ei, ein Schinkenröllchen und zwei Käsehäppchen auf ihren Teller. Als sie an den Tisch kam, hörte sie plötzlich neben sich eine vertraute Stimme. Das war doch dieser Typ, dessen Name klang, als müsse man aufstoßen, dieser Jöööörg.

»Sie haben sich ja doch nicht in Luft aufgelöst«, stellte Rülps-Jörg gut gelaunt fest. »Und ich hatte schon befürchtet, Sie seien so was wie eine Zauberfee.«

Sack senior brummelte etwas Unverständliches, aber unbedingt Unfreundliches.

»Obwohl das sicher nicht schlecht wäre, was, mein lieber Sack? Jemand, der Ihren Laden aus den roten Zahlen hext!« In Stegmanns Stimme schwang deutlicher Hohn. »Ich sage Ihnen etwas, meine Liebe.« Er deutete mit einem seiner Wurstfinger auf Ella. »Kommen Sie lieber in meine Agentur. Mit dem Pleite-Sack setzen Sie auf das ganz falsche Pferd. Wenn Sie mich fragen …«

»Dich fragt aber keiner, Stegmann!«, blaffte Sack los.

In diesem Moment trat eine dunkelhaarige Frau an den

Tisch. »Herr Stegmann, Gratulation zum ›KreMi-Unternehmer des Jahres‹. Beantworten Sie mir doch bitte ein paar Fragen«, verlangte sie selbstbewusst und zückte Block und Stift.

»Aber gern, Frau Baer.« Jörg Stegmann grinste von einem Ohr zum anderen. »Was möchten Sie denn wissen?«

Die Dunkelhaarige sah ihn aufmerksam an. »Ich möchte zum Beispiel wissen, ob es richtig ist, dass die gesamte Verbandsjury aus alten Stammkunden von Ihnen besteht? Und ich möchte wissen, warum ausgerechnet Sie bei jeder Ausschreibung einer städtischen Kampagne den Zuschlag bekommen; es kann doch gar nicht sein, dass Sie immer alle anderen unterbieten. Oder hängt das damit zusammen, dass Ihre Azubis nicht einmal die Mindestvergütung erhalten und Ihre Mitarbeiter 80 Stunden die Woche arbeiten müssen?« Sie sah ihn herausfordernd an.

»Meine Mitarbeiter sind stolz, bei ›Prop-Agent‹ zu arbeiten«, hob Jörg Stegmann an. »Und im Übrigen steht es jedem frei, zur Konkurrenz zu gehen.« Er deutete mit einem Kopfnicken auf Sack senior. »Fragen Sie ihn mal, warum ihm die Mitarbeiter weglaufen! Er holt sich jetzt die Leute aus dem Ausland, die noch gar nicht mitbekommen haben, dass sein Ruf längst ruiniert ist.« Stegmann warf ein triumphierendes Grinsen in die Runde, drehte sich um und watschelte zum Büfett.

Ella musterte die Dunkelhaarige. Eine gewisse Attraktivität war ihr nicht abzusprechen, doch sie war einfach zu schlecht angezogen, um dazuzugehören.

»Glauben Sie diesem Scharlatan kein Wort«, schnarrte Sack senior über den Tisch.

»Worauf Sie sich verlassen können«, konterte die Journalistin. Sie winkte einem Fotografen im Hintergrund. »Florian, wir machen ein Foto von Stegmann am Büfett.« Sie warf ein lässiges »Ahoi!« in die Runde und folgte dem Fotografen.

Ella sah ihr nach und stellte mit einer gewissen Genugtuung fest, dass die Journalistin einen viel zu dicken Hintern hatte. Eine unsympathische Person. Obwohl sie diesem Jörg recht gut die Stirn geboten hatte. Aber das machte sie vermutlich bei jedem.

Sack senior unterbrach Ellas Überlegungen. »Wieso kennen Sie Stegmann?« Er machte sich über seinen Berg von Antipasti her. »Er hat Sie angebaggert, was?«

»Ich wüsste nicht, was Sie das angeht«, erwiderte Ella spitz.

»Ich bin Ihr Boss, Schätzchen. Wenn Stegmann Sie anbaggert, will ich das wissen!« Sack senior schmatzte. »Aber Sie sind ja nicht doof.« Er zog ein Stück Peperoni zwischen seinen Zähnen hervor und legte es auf den Tellerrand. »Der Typ hat keinen Stil und keine Manieren!«

Ella runzelte die Stirn und blickte auf Sacks Teller. »Sicher.« Sie schob ihren Teller zur Seite. Eine appetitanregende Veranstaltung war das wirklich nicht. »Allerdings lassen Ihre Umgangsformen ebenfalls zu wünschen übrig.«

»Na, na!« Sack grinste breit und wischte sich mit dem Handrücken über die fettigen Lippen. Dann hielt er ihr seine Pranke hin. »Ich will mal nicht so sein. Frieden?«

Ella warf einen Blick auf seine fettige Hand und zog die Augenbrauen hoch. »Nein. Und nennen Sie mich nie wieder ›Schätzchen‹!« Sie drehte sich um und ging.

Büromanagement

Eine Stunde später ließ Ella sich erschöpft auf ihren Bürostuhl plumpsen.

»Hallöchen-Hallo!« Bini stürmte mit Elan durch die offene Bürotür und mitten hinein in Ellas Büro. »Sie sind ja wieder … Wow!« Bini sah sich staunend im Raum um. »Das nenne ich …« Sie zuckte die Achseln. »Das nenne ich … ich weiß nicht, wie.« Sie nickte anerkennend. »Aber wow!«

»Das kreative Chaos, vom dem immer alle schwärmen, ist eine reine Ausrede.« Ella drehte sich auf ihrem Bürostuhl um sich selbst. »Allerdings brauche ich noch ein ergonomisches Sitzmöbel. Schauen Sie mal, wenn die Fenster geputzt sind, stimmen sogar die Lichtverhältnisse. Zumindest einigermaßen.«

Bini schritt drei schlichte Tafeln an der Wand ab. »Was ist das? Moderne Kunst?« Sie trat einen Schritt zurück.

»Kanji«, erklärte Ella. »Die erste steht für ›Muda‹, was so viel heißt wie ›Verschwendung‹, die zweite heißt ›Mura‹ und bedeutet ›Auf und ab‹ oder ›Durcheinander‹ und die dritte, ›Muri‹, steht für ›Unvernunft‹ im Sinne von Überarbeitung oder Selbstausbeutung.« Ella stand auf und setzte sich lässig auf die Kante ihres nahezu leeren Schreibtisches. »Muda, Mura und Muri bilden die Basis für die Lean-Management-Philosophie von Unternehmen. Eingeführt wurde das Ganze von Toyota.«

Bini sah Ella aus großen, blauen Kulleraugen an. Dann grinste sie verlegen. »Ich glaube, das Einzige, was ich verstanden habe, war ›Toyota‹. Oder meinen Sie gar nicht das

Auto?« Sie betrachtete erneut die drei Schriftzeichen. »Ist das Japanisch?«

»Kanji sind eigentlich chinesische Schriftzeichen, die jedoch auch im Japanischen verwendet werden«, dozierte Ella. »Zusammen mit den zwei Silbensystemen …« Sie biss sich auf die Unterlippe. Ihre Erklärungen konnte sie sich sparen. Diese Bini verstand ohnehin nicht, was sie sagte.

»Sie waren eine Weile in Tokio, stimmt's?« Binis Blick wanderte weiter durch das Büro. »Wahnsinn, dass Sie Japanisch können!«

Ella schüttelte den Kopf. »Nur ein paar Ausdrücke, die man zur Höflichkeit braucht.«

»Können Sie mir nicht irgendeinen guten Spruch aufmalen?« Binis Kulleraugen leuchteten. »Am besten auf Kästchenpapier. Ich würde mir gern einen Pulli mit einem echten Japanspruch stricken!«

Ella stutzte und musterte die junge Frau etwas befremdet. »Ich habe keine Ahnung, was dafür geeignet ist. Ich kann nicht stricken. Mit Stäbchen kann ich nur essen.«

»Und was soll das?« Bini deutete mit ihrem Zeigefinger auf den kleinen rechteckigen Steingarten, dem einzigen Utensil auf dem Schreibtisch neben der Lampe. »Putzig, dieser kleine Kamm!«

»Das ist eine Harke.« Ella legte die Stirn in Falten. Diese Bini war ja noch weltfremder, als sie geahnt hatte. »Wenn ich nach Ideen suche, hilft mir dieser kleine Zen-Garten, mich zu konzentrieren.«

»Praktisch, ein Garten, und dann so ganz ohne Unkraut.« Na, die Pomeranze stand offenbar mit beiden Beinchen fest auf dem Boden. »Sagen Sie, was machen Sie denn eigentlich so in Ihrer Freizeit, also nach Feierabend?«

»Wie meinen Sie das?«, fragte Ella. ›Freizeit‹ brachte sie nur mit Werbekonsumenten in Verbindung: Erreichte die

Werbung die Kundenzielgruppen in ihrer Freizeit oder während der Arbeitszeit?

»Na ja, ich meine, was Sie so interessiert«, forschte Bini munter weiter. »Ich bin zum Beispiel im Barockverein. Ich stricke gern und ich stehe total auf alte Filme!«

»Filme interessieren mich. Manchmal.« Ella tastete sich argwöhnisch an das Thema heran. »Bevorzugt die Klassiker.«

»Spitze!«, freute sich Bini. »Wissen Sie, ›Dr. Schiwago‹ habe ich im letzten Jahr mindestens drei Mal gesehen!«

Ella winkte ab. »Sorry, aber stundenlange Schnulzen bei schlechtem Wetter langweilen mich bis zur Lähmung.« Mit Grauen erinnerte sie sich, dass in diesem Film immer nur bei penetranter Musik durch den Schnee geritten wurde.

»Wie wär's dann mit ›Vom Winde verweht‹?« Bini war unermüdlich. »Der spielt in den Südstaaten. Da ist immer gutes Wetter.«

Ella sah sie an. »Sie mögen gerne langatmige Filme, was? Ich habe zwei Mal versucht, diesen Film zu gucken, und bin dabei eingeschlafen ...«

»Ach, wir finden schon etwas, das uns beiden gefällt«, prognostizierte Bini unverdrossen. »Und dann machen wir uns einen schönen gemütlichen DVD-Abend ...«

Ella schnitt eine Grimasse. »Klar, wir zünden Räucherstäbchen an und stricken uns Pullover im Partnerlook.« Sie stand auf und ließ sich in ihren quietschenden alten Schreibtischstuhl fallen.

In diesem Moment erschienen zwei baumlange Männer in Bomberjacken in der Tür. Sie trugen Sonnenbrillen und ihre kahlrasierten Schädel kratzten fast am Türrahmen. Bini wich zurück hinter Ellas Schreibtisch.

»Wo ist Chäf?«, fragte einer der Glatzköpfe mit hartem Akzent.

»Einen guten Tag wünsche ich«, sagte Ella streng. »Wer sind Sie und was wollen Sie?« Sie musterte die beiden Typen von oben bis unten. »Und nehmen Sie bitte diese albernen Brillen ab. Ich spreche nicht mit Menschen, die eine Sonnenbrille tragen.«

»Wir wollän zu Chäf«, wiederholte der Typ. Ella sah ihn nur an. Mit einer betont langsamen Handbewegung nahm er seine Brille ab und gab den Blick frei auf ein leuchtendes Veilchen. Sein linkes Auge war fast komplett zugeschwollen.

Ella schmunzelte. Na, der Typ war vermutlich auch ohne Veilchen keine Schönheit. »Und wer sind Sie?«

»Wir von Profittke Inkasso. Wollän zu Chäf!«, verlangte der Typ.

Ella seufzte. Das ging ihr viel zu langsam. »Und was wollen Sie vom Chef?« Sie machte eine ungeduldige Handbewegung.

Jetzt baute sich der andere Glatzkopf vor Ellas Schreibtisch auf und dachte offenbar gar nicht daran, seine Brille abzunehmen. »Wir wollän Gäld! Zack-zack!«

Ella sah ihn herablassend an. »So, so …«

»Wir Profittke Inkasso. Russisch Inkasso, värstähn?« Er ballte die Faust.

Ella erhob sich und verschränkte die Arme vor dem Oberkörper. Eigentlich hatte der alte Sack diese beiden Typen ja verdient. Aber sie hatte keine Lust, sich hier zur Empfangsdame degradieren zu lassen. »Meine Herren, so kommen wir nicht weiter. Mir missfällt Ihr Auftreten außerordentlich.« Sie zückte ihr Mobiltelefon und tippte.

»Rufän Chäf?«, fragte der Typ mit dem Veilchen. Dann sagte er etwas in einer unverständlichen Sprache zu seinem Glatzkopfkumpel.

Ella winkte ab und sprach ins Telefon. »Ja, hier sind zwei

Herren, die sich mit russischen Inkasso-Methoden brüsten. Kommen Sie doch mal bitte und schauen Sie sich die genauer an!« Sie machte eine Pause. »Moment!« Sie wandte sich an die Glatzköpfe. »Wie hieß Ihr Unternehmen noch gleich?«

»Profittke Inkasso«, schnarrte der mit dem lädierten Auge.

»Haben Sie gehört? Profittke Inkasso.« Ella lächelte. »Aber sicher, das richte ich gerne aus. Sie sollen einen Moment warten.« Sie drückte eine Taste und legte ihr iPhone zur Seite. »Sie möchten sich bitte einen Moment gedulden. Die Damen und Herren von der Polizei sind gleich da!«

Der Glatzkopf mit der Sonnenbrille ballte erneut seine Faust und stieß einige fremdsprachige Laute aus, die nur unschwer als Fluch zu erkennen waren. Dann erhielt er ein Kommando von seinem Kumpan. »Wir kommän wiedär«, versprach Veilchenauge und verschwand.

Bini kam aus ihrer Deckung hervor. »Ohgottohgott«, stammelte sie.

Ella nahm wieder auf ihrem quietschenden Stuhl Platz. »Unsympathische Zeitgenossen«, sagte sie. »Und so dämlich.«

»Dämlich?« Bini blickte sie aus entsetzten Augen an. »Ich fand die eher zum Fürchten!«

»Strohdoof, diese Typen.« Ella wandte sich ihrem Zen-Garten zu.

»Und was sagen Sie jetzt der Polizei?«, fragte Bini.

Ella sah sie erstaunt an. »Wieso der Polizei?«

»Sie haben doch gerade die Polizei gerufen!« Binis Stimme quietschte.

Ella harkte eine endlose Acht in den Kies. »Quatsch. Das war natürlich ein Fake.«

Head & Hunting

Na endlich, dachte Ella, als sie sich abschminkte und ihr Mobiltelefon klingelte. Eilig nahm sie das Gespräch entgegen. »Ella Fredderick.«

»Headhunting Agency Consulting for Personal Management«, meldete sich eine Frau. »Sprechen Sie Deutsch?«

»Ja«, sagte Ella.

»Wo stecken Sie denn?«, fragte die Frau. »Ich versuche seit einer Woche, Sie in Tokio ans Telefon zu bekommen.«

»Ich bin in Dresden«, erklärte Ella. Ihr Blick fiel auf das Saxofon, das noch immer im Ohrensessel lehnte. »Haben Sie ein Angebot für mich?«

»Sie sind also noch frei? Wonderful«, nuschelte die Dame am anderen Ende. »Ich habe hier zwei Offers, die ich Ihnen unterbreiten kann.«

»Und von wem?« Ella lauschte gespannt.

»Wir haben eine Werbeagentur, die einen mehrsprachigen Texter sucht, in Oberursel, und eine freie Stelle für Conceptioner in Aschaffenburg«, erklärte die Dame. »Die wollen Sie kennenlernen.«

Ella schluckte. Oberursel? Aschaffenburg? Sie wusste kaum, wo diese Städte lagen, wenn es denn überhaupt Städte waren. »International klingt das nicht.« Ella überlegte angestrengt. »Irgendwelche Namen oder Kampagnen, die man kennt?«

»No name dropping, sorry«, erwiderte die Headhunting-Dame. »Soll ich ein Meeting arrangieren?«

Ellas Blick wanderte zum Sessel. Sie schloss die Augen.

Sogleich sah sie das Saxofon in einer Blutlache liegen. Sie riss die Augen wieder auf und schüttelte sich. »Nein, kein Meeting«, hörte sie sich sagen. »Ich habe kein Interesse.«

»Okay, ich melde mich wieder.« Klack. Sie hatte aufgelegt.

Ella starrte irritiert auf ihr Telefon. Sie hatte nicht einmal nach dem Verdienst gefragt. Was war denn mit ihr los? Wo war die knallharte Ella Fredderick, die schon aus Prinzip deutlich mehr verlangte als die Konkurrenz? Sie warf das Mobiltelefon aufs Bett und setzte das Abschminken fort. Vermutlich war da sowieso kaum etwas zu holen, sonst hätte die Headhunterin nicht so schnell aufgegeben. Sie lebte schließlich von den Provisionen ihrer Vermittlungen.

Ella putzte ausgiebig ihre Zähne und bürstete damit den schalen Nachgeschmack des Telefonats weg. So weit war sie noch nicht, dass sie sich die nächstbeste Klitsche von Agentur ans Bein band. So unmöglich Sack und sein Pack auch waren. So schnell steckte sie nicht den Kopf in den Sand. Sie würde erst mal diesen Laden auf Vordermann bringen. Und wenn sie es nur tat, um den widerlichen Jööörg auf seinen Platz zu verweisen. Eine lächerliche Figur! Und dann käme schon früher oder später ein Angebot der einschlägigen Agenturen aus Hamburg oder Berlin. Diese Headhunterin musste doch einsehen, dass eine Ella Fredderick nicht in Oberursel Prospekte texten konnte. Sie musste dieser Frau noch einmal deutlich erklären, was hier Sache war. Sie ließ sich aufs Bett sinken und schloss die Augen. Huch! Ella fuhr auf. Da war es ja schon wieder, dieses Gesicht, dieses vertraute Gesicht, das ihr Unterbewusstsein als den Musiker erkannte. Schluss jetzt mit diesem ganzen Psychoquatsch! Ella schloss erneut die Augen. Wieder tauchte das vertraute Gesicht auf. Der

Mann lächelte und sah furchtbar nett aus. Einfach schrecklich sympathisch! Ella kuschelte sich in die Kissen. Außerdem konnte sie hier gar nicht weg. Sie musste doch noch Danke sagen …

Frühstück mit Plaudereinlage

Seit einer halben Stunde rannte Ella bereits durch die engen Straßen der Dresdner Neustadt auf der Suche nach einer Möglichkeit zu frühstücken. Doch um diese Zeit war alles wie ausgestorben. Es gab zwar haufenweise Lokalitäten, aber die öffneten frühestens am Mittag. Zum Glück hatte sie endlich dieses Café gefunden. Und sie war sich sicher, dass irgendwo in der Nähe die Agentur sein musste. Müde und hungrig betrat Ella das Café International. Sie sah sich noch einmal um. Rothenburger Straße, Ecke Luisenstraße. Hey, was war das? Die Frau, die dort um die Straßenecke bog, kannte sie doch. Aber woher? Komisch, dieses Gesicht kam ihr bekannt vor. Die junge Frau eilte die Straße hinunter und verschwand in einem Hauseingang. Ella kniff die Augen zusammen, doch das Türschild konnte sie auf diese Entfernung nicht entziffern. Jetzt kam ein Mann um die Ecke. Auch er schien es eilig zu haben. O Schreck, das war dieser Jööörg! Schnell schloss Ella die Tür hinter sich und wandte sich der Sammlung von Zeitungen zu, die neben dem Eingang hing. Hatte er sie gesehen? Ella riskierte einen Blick durch die Fensterfront des Cafés. Doch Stegmann war wie vom Erdboden verschluckt. Ob er auch in das Haus gegangen war? Ella griff sich an die Stirn. Das konnte ihr doch völlig egal sein! Dresden war eben nicht Tokio oder New York. Es wurde wirklich Zeit, dass sich eine der großen Agenturen bei ihr meldete. Wie konnten die eine Ella Fredderick nur so lange warten lassen? Was war mit der deutschen Werbebranche los?

Entschlossen studierte Ella das Angebot an Tageszeitungen an der Wand. Nach internationaler Presse suchte man vergeblich. Es gab nicht mal eine deutsche Ausgabe der Financial Times. Seufzend griff Ella nach der FAZ und der Süddeutschen, besann sich dann jedoch eines Besseren und schnappte sich eine Dresdner Tageszeitung. Auf der Titelseite wurde auf einen Immobilienteil hingewiesen, und sie musste sich endlich um eine Lagermöglichkeit für ihre Möbel kümmern. Vorher konnte sie schließlich den Schiffscontainer nicht von Hamburg nach Dresden bringen lassen. So ein Mist! Sie war fest davon ausgegangen, dass sich das Thema Dresden für sie längst erledigt haben würde, wenn die Möbel in Deutschland ankamen.

In dem Café war um diese frühe Zeit noch nicht viel los und Ella verzog sich mit ihrer Zeitung an einen der hohen Tische am Fenster. Sofort eilte eine Kellnerin herbei und drückte ihr eine Karte in die Hand. »Kaffee? Latte macchiato? Cappuccino?«

Ella schüttelte den Lockenkopf. »Einen Tee bitte, Darjeeling. Das heißt, wenn Sie keinen First Flush haben, nehme ich doch lieber einen Earl Grey. Da kann man nicht viel falsch machen.«

»Geht klar, einmal Tee.« Die Kellnerin verschwand.

Ella schlug die Sachsen Zeitung auf, überflog kurz die allgemeinen Meldungen und gelangte blätternd zum Immobilienteil. Zufrieden stellte sie fest, dass zahlreiche Lagerräume zur Miete angeboten wurden und die Kosten dafür kaum der Rede wert waren.

»Suchen Sie 'ne Wohnung?«, fragte die Kellnerin, als sie Ella ein Kännchen Tee samt Tasse brachte.

»Nein, um Gottes willen«, entfuhr es Ella. »Ich brauche lediglich eine Lagermöglichkeit für mein Mobiliar.«

»Lagert man Möbel denn nicht am besten in der eigenen Wohnung?«

Ella sah sie an. »Ich glaube nicht, dass es Sie etwas angeht, was ich mit meinen Möbeln mache.«

»Stimmt.« Die Kellnerin zog eine Schnute. »Aber Ihr Frühstück geht mich etwas an. Was darf ich Ihnen bringen?«

Ella griff nach der Karte. »Also, ich hätte gern das Englische Frühstück, aber statt der Bohnen möchte ich Obstsalat und statt Bacon Lachs.« Sie überlegte kurz. »Und könnte ich das Ei bitte nicht als Spiegelei, sondern als Rührei bekommen?«

»Na klar«, erwiderte die Kellnerin. »Warum nehmen Sie denn nicht gleich das Schwedische Frühstück?« Sie deutete auf die nächste Seite der Frühstückskarte.

Ella musterte die Kellnerin grimmig und warf einen Blick auf die Karte. »Weil ich gern englische Orangenmarmelade hätte.«

Die Kellnerin notierte etwas auf ihrem Block und nahm Ella die Karte aus der Hand. »Gut, also Schwedisches Frühstück mit Orangenmarmelade.« Sie rauschte ab.

Ella sah ihr kopfschüttelnd nach. So eine kleine Klugscheißerin. Sie wandte sich wieder ihrer Zeitung zu. Was war denn das? Neugierig betrachtete Ella ein großes Foto, auf dem sich Rülps-Jörg einen riesigen Löffel voll Salat von einem völlig überfüllten Teller in den Mund schaufelte. Dieser schmierige Typ lauerte in dieser Stadt einfach überall. Im Hintergrund des Fotos verschwammen die Details vom Büfett des gestrigen Verbandstreffens, sodass es aussah, als schwimme der ›KreMi-Unternehmer des Jahres‹ in einem Meer aus Delikatessen. Dieses Foto war mehr als ein bisschen unvorteilhaft. Dieses Foto war eine meisterhaft inszenierte Gemeinheit. Schmunzelnd las Ella neben dem Bild: ›Jörg Stegmann, Chef der Werbeagentur Prop-Agent, genoss es sichtlich, zum Unternehmer des Jahres gekürt worden zu sein. Von seinen 20 Mitarbeitern konnte keiner den Chef an diesem wichtigen Tag begleiten. »Die müssen ranklotzen«, erklärte der Unternehmer. »Meine Firma erstickt derzeit in Aufträgen.«‹ Schnell überflog Ella den Zeitungsartikel. Zwischen den Zeilen schimmerte deutlich ›Er kann den Hals nicht voll genug kriegen‹ hervor. Autorin Laetitia Baer machte keinen Hehl daraus, dass sie Jörg Stegmann für einen Abzocker und Ausbeuter hielt, aber sie befolgte penibel die Regeln der Berichterstattung unter der Überschrift ›Wir ersticken im Erfolg‹.

Mist! Ella nahm schnell das Teesieb aus der Kanne und goss sich Tee in die Tasse. Als sie probierte, verzog sie das Gesicht. Der Tee hatte viel zu lange gezogen, sodass der Bergamotte-Geschmack jedes Aroma des Earl Grey übertünchte. In diesem Moment nahte die Kellnerin mit dem Frühstück. Ella legte die Zeitung beiseite.

»So, einmal Schweden mit Orange!« Sie stellte zwei Teller und einen kleinen Brotkorb auf den Tisch. Dann deutete sie auf die Zeitung. »Haben Sie das mit der Wasserleiche gelesen?«

Ella verneinte. »Was für eine Wasserleiche?« Sie sah die Kellnerin forschend an. Wollte diese Person ihr das Frühstück vermiesen?

»Na, dieser Tote, den sie vor zwei Tagen aus der Elbe gezogen haben«, erklärte die junge Frau. »Voll krass, dass hier einfach so eine Wasserleiche in der Elbe schwimmt. Ich gehe dort morgens oft joggen. Wenn ich mir vorstelle, einen Toten zu finden …«

»Vor zwei Tagen, sagen Sie?« Ella griff erneut zur Zeitung.

»Genau.« Die Kellnerin zeigte auf einen kurzen Artikel weiter unten auf der Zeitungsseite. »Da.«

Ella überflog die wenigen Sätze und zuckte unwillkürlich zusammen. ›Es handelt sich um eine männliche Leiche mittleren Alters, die bislang nicht identifiziert werden konnte … Vermisstenanzeigen liegen derzeit nicht vor …‹ Beinahe hätte sie ihre Teetasse umgestoßen, als sie nun auch mit der anderen Hand nach der Zeitung griff. Es war sogar eine Telefonnummer angegeben für ›sachdienliche Hinweise‹. Was, wenn das der Musiker war? Womöglich war ihr Retter selbst in der Nacht zum Opfer geworden? Ella fuhr sich durch die blonden Locken. »Ach was«, schalt sie sich. Der Mann war vermutlich einfach nach Hause gegangen und konnte gar nicht wissen, wo er sie und sein Instrument finden konnte.

»Ist alles okay?« Die Kellnerin sah sie verwundert an.

»Sicher«, entgegnete Ella unwirsch. »Bringen Sie mir einen neuen Earl Grey. Der da ist viel zu bitter!« Mit einer Handbewegung schob Ella die Zeitung endgültig zur Seite und ihre Gedanken erst mal vom Tisch. Sie wandte ihre Aufmerksamkeit dem Lachs zu und kostete mit spitzer Zunge etwas von dem Rührei. Als sie sich gerade ein Stück Melone aus dem Obstsalat fischte, öffnete sich die Tür des Cafés. Ella vernahm ein lautes und aufdringliches »Morgen!« und sah automatisch auf. Das war doch diese Journalistin von gestern, die da forsch durch das Lokal marschierte, sie ansah, stutzte und dann direkt auf sie zukam. Ella stöhnte auf, aber es war zu spät.

Die Journalistin trat an ihren Tisch und reichte ihr die Hand. »Frau Fredderick, richtig?«, sagte sie. »Ich darf mich doch zu Ihnen setzen?« Dass ihre Frage rhetorisch war, machte sie deutlich, indem sie sofort Platz nahm.

Ella sah sie erstaunt an. »Guten Morgen, Frau Baer.«

Laetitia Baer suchte für ihren dicken Hintern eine bequeme Position auf dem hohen Stuhl. »Schön, dass wir uns mal in Ruhe unterhalten können. Gestern war dazu ja keine Zeit.«

Ella grinste schief. »Stimmt, Sie waren zum Glück mit Jörg Stegmann beschäftigt.«

»Haben Sie meinen Artikel gelesen?«, fragte die Journalistin und winkte der Kellnerin zu. »Ich nehme ein Englisches Frühstück und ein Französisches, und einen Eimer voll Kaffee, schwarz und stark!«

Ella stocherte in ihrem Rührei herum. »Sie mögen Stegmann wohl nicht besonders?«

»Stegmann?« Laetitia Baer warf ihre Tasche auf den nächstbesten Stuhl. »Stegmann ist ein Arschloch. Führt sich auf wie der Superwessi, dabei kommt er aus Stralsund oder Greifswald oder so.« Sie zuckte die Schultern. »Und Sie sind also die neue Wunderwaffe vom alten Sack? Dass der sich so eine wie Sie überhaupt leisten kann …«

Die Kellnerin brachte Ella einen frischen Tee und stellte der Journalistin eine extragroße Tasse mit Kaffee hin. Sofort stürzte sich Laetitia Baer auf den Keks, der auf ihrer Untertasse lag. »Nun erzählen Sie mal!«, verlangte sie kauend. »Sie haben in den Staaten studiert, dann in New York und Sydney gearbeitet, und Sie waren jahrelang in Japan. Was tun Sie ausgerechnet bei ›Sack & Sohn‹?«

»Creative Director«, antwortete Ella knapp. Sie würde dieser aufdringlichen Pressetante mit Sicherheit nicht auf die Nase binden, dass die großen Agenturen wie ›Schulz & Freunde‹ in Berlin und ›Alt von Schach‹ in Hamburg leider nicht ganz so offensiv begeistert von ihrer Bewerbung waren und sie in der Warteschleife geparkt hatten. Ihr war gar nichts anderes übrig geblieben, als entweder eine monatelange Kreuzfahrt zu machen oder sich vorübergehend einen anderen Job zu suchen. Seit sie in dieser Stadt war, betete sie stündlich inniger darum, dass bald ein Anruf aus Hamburg oder Berlin kommen möge. Sie war es nicht gewohnt, derart auf heißen Kohlen zu sitzen. Und so idyllisch dieses Elbtal auch war. Ella hatte Angst, den Anschluss an die großen Werbekampagnen zu verlieren. Wenn sie ehrlich war, hatte sie einfach nur Angst. Womöglich fand sie sich im deutschen Arbeitsalltag überhaupt nicht mehr zurecht … Doch nachdem die Journalistin sie noch immer neugierig ansah, musste sie irgendetwas antworten. »Herausforderung«, murmelte Ella.

»Verstehe.« Laetitia Baer nickte. »Sie sind eine von den Risikofreudigen, sich mit Jeep und ohne Wasser in der Wüste aussetzen lassen oder im Regenwald die Manager beim Überlebenstraining ausbooten.« Sie lachte. »Gegen ›Sack & Sohn‹ ist jedes Dschungelcamp ein Kaffeekränzchen!«

»Hat Ihnen schon mal jemand gesagt, dass Sie unerträglich aufdringlich sind?« Ella sah die Journalistin abschätzig an.

»Nö«, entgegnete Laetitia Baer unbekümmert.

Kampagnengeflüster

Ella saß am Schreibtisch und harkte wie wild in ihrem kleinen Steingarten herum. Diese Pressefrau war wirklich eine unangenehme Person. Aufdringlich, laut und furchtbar vulgär. Wie sie diese Unmengen an Frühstück in sich hineingestopft hatte! Ella schüttelte sich und schob den Kies zu einem Berg zusammen. Und warum wusste diese Zeitungstante eigentlich so viel über sie? Fred Sack klopfte an den Türrahmen, rief: »Meeting!« und verschwand wieder. Ella zerstörte den Kiesberg brutal und verteilte die Steinchen auf viele unregelmäßig angeordnete Häufchen. Diese Zicke war besser informiert als sie selbst. Hielt sich für den Nabel der Welt, nur weil sie ein paar Buchstaben für diese Lokalgazette sortierte. Ella kratzte holprige Wege in den Steingarten, als der Grafik-Grufti kurz den Kopf hereinsteckte. »Hey, Barbie! Meeting!« Sie sah flüchtig auf und bearbeitete weiter den Kies. In jedem Verlag mit Format würde diese Pomeranze doch nur belächelt. Sie mähte die Hügellandschaft nieder. Hah! Die würde sich noch wundern … Aus den Augenwinkeln nahm sie Bewegung auf dem Gang wahr. Dann hörte sie zunächst Joes raues »Meeting!«, gefolgt von dem sonoren »Meeting!« Jims.

»Ja, ja«, antwortete Ella schlaff. Woher nahm diese Schmalspurjournalistin eigentlich das grenzenlose Selbstbewusstsein, das ihrem Größenwahn die Stiefel leckte? Dschungelcamp … Allein dieser Vergleich! Lächerlich! Binis roter Schopf erschien im Türrahmen. »Meeting!«, flötete sie fröhlich.

Ella schlug die Harke in den Steingarten, dass der Kies

nur so spritzte. »Es reicht!«, schnauzte sie. »Ich habe begriffen, dass jetzt ein Meeting stattfindet!« Bini verzog das Gesicht, machte abrupt kehrt und trampelte beleidigt über den Flur.

Als Ella kurz darauf die Konferenzkammer betrat, waren alle Agenturmitarbeiter bereits versammelt. Alle außer dieser Hutzelmöhre. Ella vergewisserte sich, dass an der Wand keine abfärbenden Rückstände hafteten und lehnte sich an. Sogleich wurde sie von Jim und Joe flankiert.

»So, ihr Pappnasen!«, rief Sack senior gut gelaunt in die Runde. »Jetzt erlebt ihr mal, wie man eine geniale Strategie entwickelt.« Er grinste selbstgefällig. »Es gibt eine neue Ausschreibung, und wir werden uns den Auftrag schnappen!« Sack senior nickte Ella zu. »Wir liefern dieser Stadt eine Touristikkampagne, die sich gewaschen hat!«

»Aha«, sagte Ella missmutig. »Und wie stellen Sie sich das vor?«

»Das ist mir doch wurscht!«, verkündete Sack. »Dazu habe ich Sie schließlich angeheuert! Nehmen Sie das in Ihre manikürten Hände, Schätzchen.« Er lachte dröhnend, rieb sich die Hände und griente Ella an. »Bei der Präsentation können Sie dann gern ein gürtelbreites Röckchen tragen und mit dem Popöchen wackeln, haha!« Sack hatte wirklich saumäßig gute Laune. »Apropos Popo …« Er lachte schallend über so viel Wortwitz. »Sie haben sich doch heute mit dieser Laetitia Wolf unterhalten …«

»Baer«, brummte Ella. Woher wusste der alte Sack das schon wieder? »Und nennen Sie mich nicht ›Schätzchen‹!«

Sack senior machte eine unwirsche Handbewegung. »Schnickschnack! Ob nun Wolf, Fuchs, Bär oder Elch. Diese Pressemaus sollten wir uns warmhalten. Die brauchen wir!«

Ella verdrehte die Augen. »Ausgerechnet!«

»Also ich brauche die nicht!« Bini runzelte die Stirn.

»Tatütata«, feixte der Grafik-Grufti. »Ich höre akuten Zickenalarm!«

»Schluss jetzt mit den Albernheiten!« Sack senior ließ seine Faust auf den Stehtisch niedersausen.

Fred, der sich die ganze Zeit über schläfrig an den Tisch geklammert hatte, schreckte auf. »Ja?«

»Wo bleibt eigentlich der Kaffee, du Schnarchsack?«, fuhr der Senior ihn an. »Und nachher wird gründlich aufgeräumt!« Er zwinkerte Ella komplizenhaft zu.

Fred schob sich traumwandlerisch an den anderen vorbei aus dem Konferenzkabuff. Sack sah ihm kopfschüttelnd nach. »Wo waren wir stehen geblieben?«

Ella stieß sich von der Wand ab, machte zwei Schritte auf das Stehtischensemble zu und ergriff das Wort. »Lassen Sie mir die Ausschreibungsunterlagen zukommen. Komplett. Dann sehe ich, was sich daraus machen lässt.«

Der Grafik-Grufti legte den Kopf schief. »Ich hasse städtische Aufträge. Kein Schwein kann ein cooles Design machen, wenn ein Stadtwappen rein muss.«

»Schnauze!«, mischte sich Sack senior ein. »Schöne Bildchen malen kann jeder. Selbst unser Fred …«

Fred stellte gerade das volle Tablett auf einen der Tische und begann, Tassen zu füllen und an die Anwesenden zu verteilen.

»Heikel wird die Textredaktion bei kommunalen Geschichten«, sagte Ella und bemerkte, dass Bini stur auf den Tisch starrte. »Ich halte Bini für kompetenter als diese …«

»Fuchs!« Sack senior beschrieb mit ausladenden Handbewegungen den breiten Hintern der Journalistin.

»Baer!«, rief Bini, und plötzlich machte sich wieder

ein Lächeln auf ihrem Gesicht breit. Sie nahm Fred eine volle Tasse Kaffee aus der Hand und reichte sie an Ella weiter.

Ella nippte daran und sagte erstaunt: »Oh, gut. Zimt?«

»Muskat.« Fred freute sich und kassierte einen mürrischen Blick seines Vaters.

»Wo ist denn unser Multimedia-Fuzzi?«, fragte Ella.

»Möhre ist ein MoDiMi«, gab Bini Auskunft. »Also nur montags, dienstags und mittwochs hier.«

»Donnerstags und freitags wurschtelt er von zu Hause aus«, erklärte Sack. »Fahren Sie einfach zu ihm!«

»Au ja!« Der Grafik-Grufti feixte. »Barbie und die sieben Möhrchen …«

Ella räusperte sich und stellte ihre Kaffeetasse ab. »Brainstorming morgen früh um Punkt acht in meinem Büro«, sagte sie mit Nachdruck.

»So und nicht anders.« Sack senior war sichtlich beeindruckt. »Und blamiert mich nicht, ihr Pappnasen!«

»Herr Dr. Sack …« Ella witterte die Gelegenheit, ihren Bürosessel anzusprechen. »Wir müssen uns noch über meinen Stuhl unterhalten.«

»Oh, ich habe mir etwas überlegt«, kam Fred seinem Vater beflissen zuvor. »Wir könnten außen einfach ein Schild anbringen, das man wenden kann …«

Diverse »Hähs?« und »Wies?« verliehen der allgemeinen Verwunderung Ausdruck. Doch Fred ließ sich nicht aus der Fassung bringen. Er fixierte Ella. »Wenn Sie die Toilette benutzen, ist es eine Damentoilette, wenn ich dort bin, ist es eine Herrentoilette.«

»Aua«, jammerte der Grafik-Grufti. Sack senior fasste sich an die Stirn und sah zu Boden. Bini kicherte leise und Jim und Joe warfen sich verstohlene Blicke zu.

Ella atmete tief durch. »Ich meinte einen anderen Stuhl.«

Sie wandte sich an den Chef. »Herr Dr. Sack, vielleicht könnten wir das unter zwei Hintern besprechen?«

Sack senior lachte. »Und wenn wir gerade beim Thema sind, erzählen Sie mir gleich von Ihrem Gespräch mit der Wolf ...«

»Baer!«, korrigierten Jim und Joe im Chor.

Sachdienliche Hinweise

Ella schlüpfte aus den nassen Sneakers und schüttelte sich. Sauwetter! Sie legte im Bad ihre klammen Klamotten über die Heizung, fuhr in den Kimono und entfernte ihre Haarklammer. Die feuchten Locken kräuselten sich albern um ihren Kopf. Ella warf mit Schwung die Haare in den Nacken.

Im Sessel warteten das Saxofon und die kruden Aufzeichnungen aus dem Koffer auf Ella. Sie seufzte und betrachtete das alte Foto. Dann nahm sie die Zettel mit der verschlungenen Schrift zur Hand. Sollte sie wirklich diese Aufzeichnungen entziffern? Wie wahrscheinlich war es, dass darin ein Hinweis auf die Identität des Musikers enthalten war?

Nein, sie musste sich um die Einlagerung ihrer Möbel kümmern. Ella schnappte sich die Zeitung, die sie in dem Café hatte mitgehen lassen. Wo standen denn gleich diese Immobilienanzeigen?

Während sie blätterte, blieb ihr Blick erneut an dem Foto des entsetzlichen Jööörgs hängen und wanderte dann über die Seite. Diese Wasserleiche … Schnell kramte Ella ihr Mobiltelefon aus der Tasche hervor. Da war die Telefonnummer für ›sachdienliche Hinweise‹. Sie musste es zumindest versuchen. Der lang gezogene Rufton drang in beunruhigender Gleichmäßigkeit an Ellas Ohr. Dann klackte es aus dem Handy. »Guten Tag, lieber Bürger. Hier spricht die Polizei.« Ella verdrehte die Augen – ein Anrufbeantworter. »Sie haben die Rufnummer der Polizeidienststelle Dresden-Blasewitz gewählt. Unsere Bürgersprechstunden finden statt …« Ella nahm das Telefon einen

Moment lang vom Ohr und starrte es an. Dann lauschte sie weiter der monotonen Stimme und sah aus dem Fenster in den Nieselregen. »Weitere Polizeidienststellen erreichen Sie unter …« Was für ein mordsmäßiges Sauwetter. »In dringenden Fällen wenden Sie sich an unseren Notruf 110.«

»Oh Mann«, stöhnte Ella und wollte gerade die Verbindung unterbrechen, als sie plötzlich eine weibliche Stimme vernahm. »Hallo?«

»Guten Tag, lieber Bürger. Bitte haben Sie einen Moment Geduld. Sie werden umgehend mit dem diensthabenden Polizeibeamten verbunden. Guten Tag, lieber Bürger. Bitte haben Sie einen Moment Geduld …« Na, hoffentlich war das Geleier nicht nur eine leere Versprechung und sie bekam tatsächlich jemanden an den Apparat. Ella griff zum Kugelschreiber und widmete sich der aufgeschlagenen Lokalseite. Jörg Stegmann bekam einen Vollbart und eine tiefe Narbe auf die Stirn und bei dem Regen gleich noch einen flotten Hut …

»Polizeiobermeister Kurz!«

Ella schreckte zusammen. »Sind Sie echt?«

»Wie bitte?«, bellte es aus dem Apparat.

»Aha, also echt«, murmelte Ella. »Guten Abend, Herr Polizeiwachtmeister, ich habe da …«

»Polizeiobermeister!«, bellte es. »Polizeiobermeister Kurz wie Lang.«

»Also gut, Herr Polizeimeister …«, hob Ella erneut an.

»Der Polizeimeister ist dem Polizeiobermeister unterstellt und lediglich weisungsbefugt gegenüber dem Polizeioberwachtmeister«, erklärte der unermüdliche Beamte. »Das bedeutet einen erheblichen Unterschied hinsichtlich der zu erfüllenden Aufgaben und der Besoldungsgruppe.«

»Hören Sie, Ihr Dienstgrad interessiert mich nicht!«, rief Ella aufgebracht.

»Dienstgrade gibt es bei uns nicht«, entgegnete der Beamte. »Dienstgrade hat nur die Bundeswehr. Im Polizeivollzugsdienst sprechen wir von Amtsbezeichnungen.«

»Es geht um die Wasserleiche!«, platzte Ella heraus.

»Dann sollten Sie mit dem Diensthabenden der Wasserschutzpolizei sprechen«, entgegnete Kurz.

Ellas Geduldsfaden ächzte bedenklich. Sie bemühte sich um eine beruhigende Atemtechnik. Einatmen … und ausatmen …

»Was ist mit Ihnen?«, fragte der Beamte. »Warum schnaufen Sie so?«

»Ihre Telefonnummer stand heute in der Zeitung, unter der Nachricht von der Wasserleiche«, erklärte Ella. »Vor einigen Tagen ist ein Mann verschwunden. Und nun frage ich mich, ob das dieser Mann sein könnte. Können Sie mir folgen?«

»Natürlich«, sagte der Beamte. »Und ist er der Mann?«

»Das möchte ich gern wissen.« Ella runzelte die Stirn. »Ich habe sein Saxofon.«

»Sie wollen also eine Vermisstenanzeige aufgeben«, stellte der Polizist fest. »Dann brauche ich die Personalien des Vermissten und natürlich Ihre.«

»Die weiß ich doch nicht!«, rief Ella ungeduldig.

»Sie haben Ihr Gedächtnis verloren?« Die Stimme des Beamten klang nun eine Spur weicher.

»Nein.« Ella schüttelte den Kopf. »Ich habe einen Mann getroffen, einen Musiker. Dann ist er verschwunden, und nun habe ich noch sein Instrument.« Sie holte tief Luft. »Und dieses Instrument würde ich ihm gern zurückgeben. Und ich mache mir ein bisschen Sorgen, weil der Mann nicht wieder aufgetaucht ist, oder besser gesagt, dass er eben wieder aufgetaucht ist – im Wasser.« Sie schnaufte.

»Ah ja ...« Der Beamte schien sich Notizen zu machen. »Könnten Sie denn den Mann identifizieren?«

Ella überlegte. »Nein, ich glaube kaum.«

Der Polizist zögerte keinen Moment lang. »Bringen Sie das Instrument zum Fundbüro. Dann kann der Musiker es abholen.«

»Aber wenn er tot ist?« Ella blinzelte betrübt.

»Dann kann er es nicht abholen«, folgerte der Beamte messerscharf. »Ich fasse Ihre Angaben noch einmal zusammen: Sie trafen einen Unbekannten männlichen Geschlechts und vermutlich künstlerischen Berufs, und Sie haben ein Instrument in Verwahrung für diesen Unbekannten.«

Ella bestätigte matt und kritzelte wieder mit dem Kugelschreiber auf der Zeitung herum. Sie seufzte.

»Dieser Unbekannte ist verschwunden, und außerdem so unbekannt, dass Sie ihn nicht identifizieren könnten.« Der Polizeibeamte schien seine Ausführungen abzulesen. »Außerdem haben wir einen unbekannten Toten männlichen Geschlechts, der Ihnen ebenfalls unbekannt ist, jedoch mit dem Ihnen unbekannten Unbekannten männlichen Geschlechts identisch sein könnte.«

Ella stöhnte. Das war quasi eine Ungleichung mit zwei Unbekannten ... Zwei Unbekannte! Sie starrte auf die Zeitungsseite. Sie hatte diesem Rülps-Jörg zu seinem Hut einen Mantelkragen verpasst, und nun sah er aus wie ihr Verfolger aus jener Nacht! »Ich muss Schluss machen. Vielen Dank für Ihre Hilfe!« Ella unterbrach abrupt die Verbindung.

Brainstorming

Sehr harmonisch. Ella betrachtete versonnen die verschlungenen Linien im Kies. Eine große Acht wölbte sich in ihrem Steingärtchen – ohne erkennbaren Anfang oder sichtbares Ende. Da konnte jemand vollendet mit der Miniharke umgehen. Wer immer diese Wellen gezogen hatte, kannte vermutlich ihre Bedeutung: Bach oder Fluss, irgendein Gewässer. Seufzend blickte Ella aus dem Fenster, an das die Regentropfen trommelten.

Um kurz vor acht klopfte es an der Bürotür. Seit diesen Typen von Profittke Inkasso achtete sie darauf, dass ihre Tür geschlossen blieb. Ella ließ ein deutliches »Ja!« verlauten und setzte sich aufrecht hin. Der antiquierte Bürostuhl quietschte bedenklich.

»Guten Morgen«, sagte eine keuchende Stimme. Ella erkannte nur am Grau der Kleidung, dass es Fred sein musste, der rückwärts inmitten einer Gruppe großer grüner Gummibälle durch die Bürotür hereinkrabbelte. Ganz offensichtlich widersetzten sich die hüfthohen Ballmonster.

Ella beobachtete amüsiert Freds Balldressur, als Bini zwischen dem grünen Herumgekugel auftauchte. »Oh, wollen wir etwas spielen?«, fragte sie fröhlich und bahnte sich, eine große Mappe über dem Kopf balancierend, einen Weg durch die Bälle. Zwei der Gummiteile brachen erneut aus auf den Flur.

Karl-Heinz' dunkle Silhouette erschien im Hintergrund. Er schubste die zwei Ausbrecher vor sich her. »Vielleicht fassen die Damen mal mit an?« Doch die Damen überließen es den vereinten Kräften von Fred und dem Grafik-Grufti, die Bälle in Ellas Büro zu bugsieren.

Karl-Heinz rollte einen der grünen Bälle zu Ella hinter den Schreibtisch. »Auf, auf!«, kommandierte er und zog ihr den ächzenden Bürostuhl unterm Hintern weg. Dann schob er den Ball an dessen Stelle. »Und nun schön Sitz machen!« Der Grufti griente. »Wir wollen doch nicht, dass Barbie sich ihr eisernes Rückgrat verbiegt.«

Bini wippte bereits auf ihrem Monsterball auf und ab. »Hey, die Dinger sind supi!«

Fred bewegte sich vorsichtig auf seinem Sitzball vor und zurück. Ängstlich hielt er die Füße am Boden.

»Das ist doch wohl nicht mein ergonomisches Sitzmöbel?«, fragte Ella scharf. Der Blick auf die Uhr zeigte ihr, dass alle pünktlich waren. Sie hatte auf die Gelegenheit zu mindestens einem Anraunzer gehofft.

»Nein, nein«, beeilte sich Fred zu erklären. »Das ist nur vorübergehend.«

»Vorüberrollend«, kicherte Bini und wippte immer kühner auf dem Ball herum.

Karl-Heinz warf seinen langen Mantel nach hinten und nahm auf einem Ball Platz. Ella grinste unwillkürlich. Der Grufti auf giftgrünem Gummi war ein kurioser Anblick.

»Oh, Barbie schreibt sich Termine nicht in den Kalender, sondern in den Sand!« Karl-Heinz deutete erst auf seine Totenkopfuhr und dann auf das Zen-Gärtchen mit der perfekten Acht.

»Na, besser in den Sand geschrieben als in den Sand gesetzt«, entgegnete Ella schnippisch. »Das kommt in dieser Agentur wohl häufiger vor, wie man so hört.«

Bini sah Fred erwartungsvoll an. »Wo bleibt eigentlich der Kaffee?«

Prompt wollte der Junior aufspringen, doch Ella bedachte ihn mit einem strengen Blick. »Nicht jetzt, nicht in meinem Büro und nicht auf diesen albernen Hopsteilen.« Ella fixierte Fred. »Sie führen Protokoll!«, bestimmte sie.

»Hä?« Fred blickte verständnislos auf. »Soll ich das schon aufschreiben?«

»Nein.« Ella sah Bini an. »Und Sie stellen mir alle Touristikkonzepte zusammen, die bisher umgesetzt wurden!«

»Das sind aber Berge von Infos«, seufzte Bini. »Da muss ich noch recherchieren.«

»Tun Sie genau das.« Ella nickte und setzte sich auf ihrem Ball in Positur. »Dann kommen wir jetzt zum Brainstorming … Fred?«

»Ich notiere«, sagte Fred.

»Nein. Sie beteiligen sich!«, befahl Ella. »Und los!« Sie konzentrierte sich auf ihr Zen-Gärtchen. »Farben.«

»Bildmaterial«, sagte Karl-Heinz. »Fotos, schwarz-weiß, Farbe.«

»Grau.« Das war Fred.

»Wetter.« Bini riss die Kulleraugen auf. »Wetter, Jahreszeiten, Wetterbericht, Barock, Männer, Schnaps, Wandern, Jagen, Fischen …«

»Hemingway!« Die Stimme des Grafik-Gruftis hatte einen spöttischen Unterton. »Prominente, August, Cosel, Semper, Pöppelmann, Veranstaltungen, Neonazis.«

»Werbemittel, Werbeträger, Werbebotschaft, Wasser.« Ella straffte ihren Rücken und fixierte die Kieslinien.

»Wasser … ähm … Leiche …«, hauchte Fred.

Ella riss ihren Blick vom Steingärtchen los und betrachtete Fred. Er wirkte entrückt. In diesem Moment flog die Bürotür auf.

»Hallo, Florian!« Der Grufti rollte auf seinem Ball vor und zurück.

Ella stutzte, dann erkannte sie den Fremden. Es war der Typ vom Verbandstreffen, dieser Pressefotograf.

Bini wippte aufgeregt auf ihrem Gummiball. »Hallihallo! Wir planen gerade die Kampagne für …«

»Klappe halten!«, fuhr Ella dazwischen. »Wir planen immerzu irgendwelche Kampagnen!«

Bini errötete und schaute verschämt zu Boden.

Der Fotograf sah von einem zum anderen. »Ich will nicht stören, aber ich soll unbedingt heute noch Fotos schießen. Die müssen ins Blatt.«

Ella starrte ihn verärgert an. »Was soll das? Wen oder was sollen Sie fotografieren? Und für wen?«

Der Fotograf deutete mit einem Kopfnicken auf Ellas Zen-Gärtchen. »Ihr Kare-san-sui braucht mehr Wasser. Dann fließen die Gedanken besser.« Er lächelte. »Ich soll Fotos von Ihnen machen. Laetitia Baer möchte Sie für die Zeitung porträtieren.«

»So, so.« Ella runzelte die Stirn. »Fred, ich will Ihr Protokoll in einer Stunde haben. Ich muss dann weg.« Sie warf einen Blick in die Runde. »Morgen Mittag wieder in meinem Büro.«

»Wieso das denn? Morgen ist Samstag«, meuterte Bini.

»Korrekt«, erwiderte Ella betont sachlich. »Und wenn es sein muss, dann sitzen wir hier bis Sonntag!«

Schmollend folgte Bini Fred, der bereits seinen Gummiball über den Flur rollte. Der Grafik-Grufti erhob sich. »Na, dann schieß mal ein paar scharfe Bilder!« Er grinste den Fotografen an. »Aber Vorsicht! Barbie ist bissig.«

Fundbüro

Da war es. Endlich! Sie stieß die Tür mit der Aufschrift ›Fundsachen‹ auf. Wie konnte man ein Fundbüro nur so verstecken? Das war doch widersinnig. Ella schüttelte den Kopf. Sie war bestimmt 30 Minuten um diesen öden, wie ein Fremdkörper wirkenden Postplatz herumgelaufen und hatte die Theaterstraße gesucht. Wer kam denn darauf, dass eine Theaterstraße so weit hinter dem Theater lag? Außerdem war ganz Dresden voller Theater und Museen.

»Wir schließen in fünf Minuten«, schnarrte eine Stimme hinter dem Tresen.

»Ist eigentlich mal jemand auf der Suche nach Ihnen verloren gegangen?« Ella musterte das Wesen hinter dem Holztresen. Sie konnte beim besten Willen nicht sagen, welches Geschlecht dieser Mensch hatte. Wie irritierend.

Das Wesen sah sie aus eulenhaften Augen hinter dicken Brillengläsern an. »Suchen Sie etwas oder haben Sie etwas gefunden?«

»Beides.« Ella versuchte es mit einem freundlichen Grinsen. »Jemand hat etwas verloren …«

»Dann muss er selbst kommen.« Das Wesen bewegte sich nicht.

Ella beugte sich leicht über den Tresen. »Und ich habe es gefunden …«

»Dann müssen Sie das hier ausfüllen.« Das Wesen fischte ein Formular hinter dem Tresen hervor. »Beeilen Sie sich. Wir schließen in drei Minuten.«

»Hören Sie.« Ella senkte ihre Stimme. »Ich würde die Sache dem Eigentümer gern persönlich geben.« Sie senkte ihre Stimme noch etwas mehr. »Hat sich bei Ihnen jemand nach einem Saxofon erkundigt?«

Das Wesen nickte. »Aber wir haben kein Saxofon.«

»Natürlich nicht.« Ella lächelte so gewinnend wie möglich. »Das Saxofon ist ja bei mir!«

»Wir haben kein Saxofon«, schnarrte das Wesen. »Das habe ich ihm gesagt.«

»Wem?«, fragte Ella gespannt.

Das Tresenwesen rümpfte die Nase. »Er roch so komisch.«

»War es ein Mann?«, forschte Ella nach. »Wonach hat er gerochen?«

Erneut bewegte das Wesen die Nase. »Sie riechen besser.«

»Wann war er da?«, begehrte Ella zu wissen.

»Alle Tage sehen gleich aus«, schnarrte das Wesen.

»Bitte, ich muss das wissen. War es in dieser Woche?«

»Die Wochen sehen auch gleich aus.« Das Wesen klimperte mit einem Schlüsselbund. »Wir schließen jetzt.«

Verwirrt stolperte Ella hinaus auf die Straße. So kam sie nicht weiter. Es fehlte ihr ein klares Konzept. Dabei war sie beruflich stets planungssicher und agierte souverän. Doch sobald sie an den Musiker dachte, sah sie das Saxofon in der Blutlache und ihr sonst so strategieerprobtes Gehirn schien völlig zu versagen. Ella schüttelte die blonden Locken. Das war doch nicht sie selbst …

Möbel im Anmarsch

»Wie? Der Seecontainer ist auf dem Weg nach Dresden?« Ella ließ sich erschöpft auf das Pensionsbett sinken. »Seit wann?« Sie seufzte. »Na dann. Danke.« Sie warf das Handy zur Seite. Übellaunig starrte sie auf das Saxofon auf dem Sessel. »Du musst warten.« Sie fischte die geklaute Zeitung von der Kommode. »Dann wollen wir mal!«

Ella strich sich ein paar der Anzeigen an und begann, die Nummern durchzutelefonieren. Bei der ersten meldete sich niemand, unter der zweiten erreichte sie nur irgendeinen Familienangehörigen, der keine Ahnung hatte, wovon die Rede war, und unter der dritten kassierte sie eine Absage. Die Räumlichkeiten waren bereits vermietet.

Es bedurfte noch einiger umständlicher Telefonate, bis sie jemanden fand, der sie sofort zur Besichtigung empfangen wollte. Hoffnungsvoll schlüpfte Ella in ihre Schuhe.

Als sie gerade die Pension verlassen wollte, öffnete sich im Erdgeschoss die Tür und Frau Beck nickte freundlich mit dem Löckchenkopf. »Hallo, meine liebe Frau Fredderick, warten Sie doch bitte kurz! Ich wollte Sie noch etwas fragen.« Sie kam flink in ihren plüschigen Hausschuhen durch die Diele. »Sagen Sie, ich habe etwas gesehen ... Also, es ist mir direkt unangenehm, aber ich muss das fragen ... Sie müssen entschuldigen!«

»Sicher.« Ella nickte leicht genervt. »Was ist denn?«

»Als ich in Ihrem Zimmer, nun ja, als ich dort für Ordnung gesorgt habe ...« Sie lächelte. »Ich meine, bei Ihnen ist das eigentlich gar nicht nötig. Sie sind ja wirklich eine so ordentliche Person. Wenn doch nur alle so wären!« Sie blickte betrübt die Treppe hinauf. »Aber ich habe dieses Instrument gesehen, und da wollte ich fragen … Sie verstehen schon, im Interesse meiner anderen Gäste muss ich das fragen, wegen eventuellem Lärm … Also nichts gegen Musik!«

»Sie wollen wissen, ob und wann ich Saxofon spiele«, stellte Ella fest.

Die Pensionswirtin nickte eifrig. »Nehmen Sie es mir bitte nicht übel!«

»Nein«, erklärte Ella. »Nein, ich nehme Ihnen die Frage nicht übel. Und nein, ich spiele gar kein Saxofon.« Sie überlegte kurz. »Das mit dem Instrument ist eine längere Geschichte, die ich Ihnen gern erzähle, aber ein andermal.« Sie tippte auf ihre Uhr. »Jetzt habe ich es eilig. Ich muss einen Lagerraum besichtigen. Für meine Möbel.«

»Dann bleiben Sie uns also noch ein Weilchen erhalten?« Frau Beck strahlte. »Das ist aber schön!«

»Wissen Sie, wie ich am besten zu dieser Adresse komme?«, fragte Ella und zeigte der Pensionswirtin ihre Notizen.

»Das ist in Laubegast«, sagte die Wirtin. »Da müssen Sie erst zum Schillerplatz und dann … Ach, wissen Sie was? Ich fahre Sie schnell hin.« Sie verschwand flink hinter ihrer Wohnungstür und kehrte kurz darauf mit Stiefeln, Mantel und Hut zurück. »Das ist ein ganzes Stück Weg. Und dann können Sie mir gleich die Geschichte von Ihrem Saxofon erzählen.«

Ella grinste schief. Ach, daher wehte der Wind! Na ja, wer war schon ohne Gegenleistung hilfsbereit?

Im knallroten Kleinwagen von Frau Beck sausten sie durch schmucke Seitenstraßen. Die Pensionswirtin wurde nicht müde zu betonen, dass sie Ella zu gern den Schillerplatz mit dem ›Blauen Wunder‹, der berühmten Loschwitzer Brücke, gezeigt hätte. Aber leider sei dort um diese Zeit kein Durchkommen, und sie sei sehr froh, dass sich Laubegast auf dieser Elbseite befinde, was das Fortkommen über Schleichwege doch erheblich vereinfache. Ella glaubte schon, Frau Beck habe ihre Neugier auf das Saxofon vergessen, als sie mit ihren Schleichpfaden das Thema Dresdner Feierabendverkehr verließ und ebenso schnurstracks, wie sie jetzt einer breiten Straße folgte, auf die Geschichte des Instruments zusteuerte.

Also schilderte Ella eine entschärfte Kurzversion des Hergangs, was der Pensionswirtin diverse »Achs« und »Ohs« entlockte. Sie stoppte den Wagen vor einer Einfahrt in der Hermannstädter Straße. »Da sind wir.«

Im Hof hinter dem Haus wurden sie schon von einem älteren Herrn erwartet. »Sie hatten angerufen … Frau Beck? Ja, sind Sie es wirklich?«

Die Pensionswirtin nickte und reichte ihm die Hand. »Und das ist unsere liebe Frau Fredderick, die derzeit bei uns wohnt«, stellte sie Ella vor. »Und ob Sie's glauben oder nicht, der Frau Fredderick gefällt es bei uns so gut, dass sie ihre Möbel erst mal unterstellen möchte und uns so noch ein Weilchen als Pensionsgast erhalten bleibt!«

Ella schüttelte dem Herrn die Hand und sah sich neugierig um. »Wo ist er denn, der Lagerraum?«

»Nu, hier hinten, kommen Sie!« Der ältere Herr ging voran und öffnete die Tür zu einem hinteren Gebäude. »Schauen Sie, im Grunde sind es zwei zusammenhängende Räume. Strom ist vorhanden.« Er knipste das Licht an. »Und wir haben auch eine Heizung. Wenn Sie also Möbel lagern wollen, ist das ideal.«

Ella betrat das kleine Nebengebäude und sah sich um. Alles war blitzblank. Sogar die Fenster waren sauber und zu ihrer Erleichterung vergittert.

»Frau Beck, wie geht es denn Ihrem Mann?«, fragte der ältere Herr. »Ich weiß noch, wie meine Tochter bei ihm das Abitur gemacht hat. Ist ja schon eine Weile her.«

»Danke, gut«, erklärte Frau Beck und schaute sich ebenfalls neugierig in den beiden Räumen um. »Er vermisst die Schule natürlich seit seiner Pensionierung.«

»Eine wirklich gute Schule«, lobte der ältere Herr. »Wir haben alle Enkel aufs Kreuzgymnasium geschickt. Trotzdem bilde ich mir ein, dass die Disziplin eine ganz andere war, als Ihr Mann dort noch das Zepter in den Händen hielt.« Er wandte sich an Ella. »Sagt Ihnen der Raum zu? Wie viel Platz benötigen Sie denn?«

Ella musterte kritisch die frisch gestrichenen Wände.

»Und wie ist das hier mit dem Hochwasser?«, fragte Frau Beck unvermittelt. »Sie sind doch nah dran an der Elbe, und Laubegast liegt sehr tief.«

»O ney, dieses Hochwasser!« Der ältere Herr winkte ab. »Wenn ich nur an die Flut damals denke! Es stand alles unter Wasser! Einfach alles! Wir haben alles neu machen müssen, natürlich. Hier ging gar nischt mehr.«

»Wie, diese Räume standen unter Wasser?«, fragte Ella alarmiert.

»Nu klar!« Der ältere Herr nickte eifrig. »Wir konnten durch die Straßen schwimmen. Im Garten hatten wir damals eine Hollywoodschaukel. Die ist zur Einfahrt rausgeschwommen und ein paar Straßen weiter gelandet.« Er schüttelte den Kopf. »Isch sache Ihnen … o ney!«

Vor ihrem geistigen Auge sah Ella ihr weißes Designersofa durch Dresdner Straßen schwimmen und ihre Sammlung moderner Kunstwerke mitsamt den teuren antiken Schränken in den Fluten versinken. Sie schluckte. »Haben Sie oft Hochwasser?«

»Nu, normalerweise zweimal im Jahr«, erklärte der ältere

Herr. »Aber diese Flut damals, isch sach Ihnen, da war komplett landunter …«

»Unsere Frau Fredderick, die überlegt sich das«, ergriff Frau Beck beherzt das Wort. »Noch hat sie die Möbel nicht da. Und wenn es so weit ist, dann melden wir uns.«

»Nu klar, Anruf genügt.« Der ältere Herr nickte. »Wenn Sie wollen, melde isch ooch für Sie den Strom sofort an.«

Sie verabschiedeten sich und Frau Beck musste versichern, ihren Mann herzlich zu grüßen. Dann fand sich Ella auf dem Beifahrersitz neben einer schimpfenden Pensionswirtin wieder.

»So ein Schlitzohr«, sagte sie empört. »Der hätte Ihnen doch glatt nichts von dem Hochwasser gesagt! Gut, dass Sie mich dabeihatten.« Sie nickte, dass ihr Hut wackelte. »Also, das ist nichts für Sie, das sage ich Ihnen gleich. Das nächste Wasser kommt bestimmt! Aber ich verspreche Ihnen, wir finden etwas für Ihre Möbel. Das wäre doch gelacht! Ich werde mich umhören. Meine Schwester, die hat ein Haus in Striesen, und da stehen sowieso zwei Wohnungen leer.«

Ella unterdrückte ein Gähnen. Sie überlegte kurz, der Pensionswirtin zu offenbaren, dass ihre Möbel schon fast in Dresden waren, behielt es dann aber für sich. Vielleicht kam ja in den nächsten Tagen ein Anruf aus Hamburg, und dann gingen die Möbel ohnehin direkt wieder retour.

Barbie und die sieben Möhrchen

Den Sonnenaufgang im Rücken, ließ sich Ella von einem Taxi in Richtung Meißen chauffieren. Mitten auf der Landstraße bog der Wagen unvermittelt links ab auf eine schmale Straße, die mehr einem Feldweg glich. Vor ihnen lag die Einfahrt zu einem heruntergekommenen Dreiseitenhof.

»Das macht 35,80. Brauchen Sie eine Quittung?« Der Taxifahrer drehte sich zu Ella um.

»Ja, bitte«, sagte Ella und zog 40 Euro aus dem Portemonnaie.

»Ich kenne Sie«, sagte der Taxifahrer, während er auf seinem Quittungsblock herumkritzelte. »Sie sind heute in der Zeitung.« Er reichte ihr die Quittung und nahm die 40 Euro entgegen. »Sie sind diese erfolgreiche Superfrau.« Er klimperte mit seinem Kleingeld herum.

»Stimmt so«, sagte Ella und stieß die Tür auf.

»Und Sie finden unser schönes Dresden also ganz schrecklich?« Der Taxifahrer musterte sie neugierig.

»Wer sagt das?«, fragte Ella.

»Na, Sie sagen das doch! In der Zeitung!« Der Fahrer schnaubte verächtlich. »Sie machen unsere schöne Stadt total runter. Hauen Sie doch einfach wieder ab, wenn es Ihnen nicht passt!«

»Wie bitte?«, fragte Ella verdutzt. »Ich habe nie gesagt, dass Dresden ganz schrecklich ist. Ich kenne es doch kaum! Woher haben Sie denn den Unsinn?«

»Das steht heute in der Sachsen-Zeitung!«, stieß der Taxifahrer hervor. »Sie haben das im Interview gesagt.«

»So ein Quatsch!«, rief Ella ungehalten. »Ich habe überhaupt kein Interview gegeben.«

»Junge Frau«, hob der Fahrer erneut an. »Da ist ein Interview mit Foto von Ihnen. Und wenn es in der Zeitung steht, muss es wohl stimmen!«

»Na, wenn Sie mir so kommen!« Sie hielt ihre Hand auf. »Das Wechselgeld bitte.«

Der Taxifahrer zählte ihr grummelnd vier Euromünzen in die Handfläche.

»Auch die 20 Cent!«, forderte Ella energisch, schwang sich aus dem Taxi und sackte prompt bis zu den Knöcheln im feuchten Wiesenboden ein. Der Dieselmotor tuckerte und verschluckte sich fast, als der Fahrer empört auf das Gaspedal trat. Ungehobelt bis zur Geschäftsuntüchtigkeit, dieser Kerl, dachte Ella. Trotzdem fragte sie sich, was in der Zeitung über sie geschrieben stand. Von einem Porträt hatte gestern nur dieser Fotograf gesprochen. So was erforderte doch einen offiziellen Gesprächstermin. Sie war wirklich nur von Dilettanten umgeben! Mit schmatzenden Schritten ging Ella unter dem bröckelnden Torbogen hindurch. Sie musste in Zukunft besser aufpassen, was sie in Gegenwart dieser Pressetante sagte, sonst würde sie noch selbst ihre eigene Kampagne torpedieren.

Möhre wartete bereits in der Tür. Er trug eine orangefarbene Schürze, die seinen Spitznamen geradezu malerisch betonte. »Hallo!«, sagte er eine Spur zu laut. »Kommen Sie herein!«

Ella folgte ihm unter den niedrigen Deckenbalken hindurch in eine große, warme Wohnküche. In der Mitte stand ein langer, grober Holztisch, zu einer Seite von einer Holzbank, zur anderen von unterschiedlichen Stühlen flankiert.

»Bitte! Setzen Sie sich! Mögen Sie einen Kaffee?«

Ella wischte mit der flachen Hand über die Sitzfläche des Stuhls, bevor sie sich setzte. Dann gewahrte sie einige klebrige Ränder auf der Tischplatte und lehnte ihre Ledermappe lieber an den Stuhl. »Ein Tee wäre mir lieber«, erwiderte sie und sah sich in der rustikalen Wohnküche um. Die Wandregale brachen fast zusammen unter der Last zahlreicher Lebensmittel. An den bunt bemalten Küchenschränken aus Omas Zeiten standen ein paar Schubladen offen.

»Einen Moment noch!«, rief Möhre und wuselte aus der Küche. Von draußen ertönte ein ohrenbetäubendes Scheppern. Ella zuckte zusammen. Dann sauste ein kleiner Fratz auf einem Dreirad an ihr vorbei und kam donnernd an einem der Schränke zum Stehen. Sogleich liefen und krabbelten aus allen Richtungen Kinder, purzelten übereinander, schrien und quiekten durcheinander. Verblüfft starrte Ella auf diese lärmende Kinderschar.

Plötzlich stand Möhre wieder in der Küche und klatschte in die Hände. Die Kleinen stolperten und wackelten zu ihm hin, stellten sich in einer Reihe auf und blickten Möhre erwartungsvoll an.

»Wir haben Besuch!«, rief er. »Habt ihr alle saubere Hände?« Die Kinder johlten durcheinander. »Gut, dann sagt der Frau Fredderick Guten Tag.«

Ein Kind nach dem anderen trat vor und reichte Ella eine notdürftig gereinigte Patschehand. Möhre stand daneben wie ein Großmeister bei Hofe und nannte die Namen. »Jakob, Sarah, David, Rebecca, Aaron, Esther, Judith.«

»Sind das alles Ihre?«, fragte Ella ungläubig und musterte die Zwergenschar unbehaglich. Sie wirkten zwar im Moment ganz friedlich, aber nach Ellas Erfahrungen ging von Kinderhorden stets eine latente Gefahr aus. Sie fragte sich, ob sie jemals so viele kleine Kinder auf einem Haufen gesehen hatte.

Die Meute verteilte sich gleich darauf wieder plappernd und sabbernd in Haus und Garten. Kein Wunder, dass Möhre schwerhörig war bei diesem anhaltenden Geräuschpegel. Ella hatte große Lust, sich die Ohren zuzuhalten.

Plötzlich zupfte ein Mädchen mit zerzausten Zöpfen an ihrem Ärmel. »Wo sind deine Kinder?«

»Ich habe keine Kinder«, sagte Ella.

»Gar keine?« Die Kleine sah sie mit erstaunten Augen an. »Nicht mal eins?«

Ella schüttelte den Kopf. »Gar keine.«

»Das ist aber langweilig«, meinte die Kleine.

In diesem Moment begannen zwei ihrer Brüder zu raufen.

»Ihr seid blöde«, sagte das Mädchen mit den zerzausten Zöpfen und zupfte erneut an Ellas Ärmel. »Jungs sind einfach blöde.«

Diese Erkenntnis würde sich vermutlich in den nächsten 30 Jahren ihres Lebens nicht ändern, mutmaßte Ella und seufzte leise.

Papa Möhre stellte Ella eine dampfende Teetasse samt riesigem Zuckertopf und Milchtüte vor die Nase und jagte die Kinder hinaus in den Hof. Dann klappte er ein Notebook auf.

»Ich habe Ihnen das Briefing per Mail geschickt«, sagte Ella.

Möhre nickte. »Multimedial ist da kein Blumentopf zu gewinnen!«, rief er hinter seinem Notebook hervor. »Schauen Sie sich die Touristikstatistiken an. Dresden ist vor allem bei alten Leuten beliebt!« Er drehte sein Notebook und zeigte Ella eine Tortengrafik.

Ella stutzte. »Die sind ja vorwiegend jenseits der Seniorengrenze.«

Möhre nickte erneut. »Und die Zahlen sind rückläufig, obwohl es immer mehr Senioren gibt.«

»Aber dann müssen wir an die jüngeren Zielgruppen heran!« Ella bemerkte, dass sie auch schon schrie. »Natürlich dürfen wir die Senioren dabei nicht außer Acht lassen!«

»Aber wie?« Möhre starrte auf den Bildschirm. »Hightech und Babyboom?«

Ella nickte. Vor allem mit Letzterem kannte Möhre sich schließlich aus.

Plötzlich hob draußen ein grässliches Geschrei an. Selbst der schwerhörige Möhre zuckte zusammen. Das Mädchen mit den Zottelzöpfen kam hereingelaufen. Sie schluchzte so heftig, dass ihr das Sprechen schwerfiel. »Dder Dddavid bluhuhuhutet ganz dolle«, stammelte sie unter spontan einsetzendem Tränenfluss. »Dder dder is von dder Schauhaukel gefalln ...«

Möhre schob die Kleine zur Seite und war in Windeseile durch die Hintertür nach draußen verschwunden.

Ratlos saß Ella vor dem weinenden Mädchen.

»Iihich hahab so Angst, dassser tohot is«, jaulte die Kleine herzzerreißend.

Ella wurde blass und schluckte. »Ohgottohgott«, murmelte sie.

In diesem Moment kam Möhre mit einem bluttriefenden Bündel auf dem Arm herein. Binnen Sekunden sah ein Teil der Küche aus wie ein Schlachthof. Ella würgte leicht. Der Junge hatte ein blutüberströmtes Gesicht, und unaufhörlich quoll weiter Blut aus der Stirnwunde des Kindes hervor. Ella schluckte schwer und kämpfte gegen spontane Übelkeit an. Sie konnte nicht einmal erkennen, ob der Junge weinte oder einfach nur so dasaß. Möhre tupfte mit einem Handtuch an seinem Kind herum.

»Kann ich etwas tun?«, brachte Ella mühsam hervor und bemühte sich, das tropfende Blut zu ignorieren. Erst jetzt bemerkte sie, dass sich ein weiteres Kind an ihr Bein klammerte. Es jammerte ein bisschen, wirkte jedoch unverletzt. Ella atmete auf.

Möhre tupfte weiter an dem verletzten Jungen herum und begutachtete die Wunde. »Das muss genäht werden!«, stellte er lautstark fest.

»Soll ich einen Arzt rufen?«, bot sich Ella an. Sie wollte diese Stätte des Grauens nur verlassen. Entsetzt bemerkte sie, wie Möhre das vollgeblutete Handtuch achtlos auf den Boden warf und nach dem nächsten griff. Dieser vollgesaugte Fetzen Stoff war noch weitaus unappetitlicher als die Blutlachen auf dem Boden. Ella schüttelte sich unwillkürlich.

»Ich fahre direkt mit ihm in die Klinik!«, rief Möhre. »Können Sie bitte so lange die Kinder beaufsichtigen?«

Ella nickte betreten. Sie sollte also mit der Meute schreiender Kinder auf diesem Schlachtfeld ausharren? Um Gottes willen! Ihr »Ja, natürlich …« klang heiser.

»Es dauert bestimmt nicht lange!«, versprach Möhre. »Meine Frau müsste gleich nach Hause kommen. Sie arbeitet ganz in der Nähe!« Er wickelte dem blutenden Kind ein weiteres Handtuch um den Kopf. Beim Hinausgehen rief er den Restmöhrchen ein väterliches »Benehmt euch!« zu. Weg war er.

Zwei Kinder wimmerten leise vor sich hin. Am liebsten hätte Ella einfach mitgeheult. Aber sie besann sich, dass sie jetzt die einzige Erwachsene war. Die einzige Erwachsene, die noch nie in ihrem Leben auch nur *ein* Kind in ihrer Obhut gehabt hatte. »So, ihr Süßen, jetzt putzen wir mal fein!«, verkündete sie im Stil einer Werbespot-Mutti. Die würde jetzt einen Schokoriegel oder anderes ungesunde Zeug aus der Schürzentasche ziehen, perfekt nach einem supersaugfähigen Lappen und dem ultrastarken Putzmittel greifen und loslegen. Worauf wartete sie also? Sie griff sich eine Packung mit Müslikeksen aus dem überquellenden Regal und drückte sie den Kindern in die Patschhändchen. Die Möhrchen saßen nun ganz friedlich am Küchentisch und krümelten ihn voll, während Ella unter der Spüle nach Putzmitteln suchte. Vergeblich. Hatte denn nicht jeder seine Putzmittel unter der Spüle? Ella überlegte. Wo sonst sollte man ...? Dann fiel ihr Blick auf die mampfenden Racker. Natürlich! Putzmittel durften nicht in der Reichweite von Kindern aufbewahrt werden! Mit dieser Erkenntnis und einem Stuhl als Leiter hatte sie wenige Augenblicke später diverse Flaschen Putzmittel vom Schrank gepflückt.

Mit einem leidlich sauberen Lappen, Essigreiniger und einer großen Portion Selbstüberwindung schrubbte sie gegen die Übelkeit an. Sie war gewiss nicht zur pflegenden Krankenschwester geboren, aber Fleckentilgung beherrschte sie geradezu perfekt. Ella putzte sich richtig in Rage, und die Kinder feuerten sie begeistert an. Ha, nichts mehr zu sehen! Sie freute sich und schlug gleich noch eine erfolgreiche Schlacht gegen die Kekskrümel. Die Kinder applaudierten lachend.

»Und was machen wir jetzt?« Ella wischte sich den Schweiß von der Stirn und sah in erwartungsvolle Kinderaugen.

Ein kleiner Junge rief fröhlich: »Kuchen backen!«

»Au ja!«, bestätigte seine Schwester mit den Zottelzöpfen.

»Och, nö«, maulte eine andere.

»Geht nicht«, erklärte Ella. »Das kann ich nicht.«

»Fußball spielen?«, fragte der Kleine.

Ella schüttelte die halb aufgelöste Hochsteckfrisur. »Kann ich auch nicht wirklich.«

»Was kannst du denn?«, fragte eines der Mädchen.

Ella überlegte angestrengt … Sie konnte Tennis spielen, Cocktails mixen, Pokern und alle möglichen Fremdsprachen. Sie war seit Jahren eine erfolgreiche berufstätige Frau und besaß offensichtlich nicht ein Talent, das Kindern gerecht wurde. »Fernsehen!«, platzte sie heraus. »Ich kann supergut fernsehen!«

»Ooooch, das können wir selber.« Der Kleine war enttäuscht.

»Ja, aber meistens dürfen wir nicht.« Das Mädchen mit den Zöpfen grinste verschmitzt. »Komm mit, ich zeige dir unseren Fernseher!«

Ella folgte den hüpfenden Möhrchen nach nebenan in ein kunterbuntes Wohnzimmer. Der Fernsehapparat war ein altes Modell und stand ziemlich verstaubt in der Ecke herum. Ella betätigte den Netzschalter. »Wo ist denn die Fernbedienung?«

»Die versteckt Mama immer«, war die erschöpfende Auskunft.

Auf dem Bildschirm erschienen Kinder in bunten T-Shirts, die grölend durch ein Studio rannten.

»Prima! Kinderkanal!«, frohlockten zwei der Mädchen.

»Der doofe Tigerenten-Club«, sagte einer ihrer Brüder.

Ella öffnete eine Klappe am Apparat, hinter der man die Programme direkt wählen konnte. Sie drückte so lange auf den Knöpfen herum, bis weder Kindergegröle noch Nachrichten auf dem Bildschirm erschienen. Da war ein Privatsender mit Werbespots. Damit kannte sie sich aus! »Soll ich euch erzählen, wie die Werbespots gemacht werden?«

»Werbung dürfen wir nicht«, sagte einer der Jungs.

»Doch, jetzt dürft ihr«, bestimmte Ella. »Jetzt lernt ihr etwas fürs richtige Leben!«

Die Möhrchen saßen regungslos wie die Orgelpfeifen nebeneinander. Sie starrten gebannt auf die Mattscheibe, über die shampoonierte Schönheiten, Tütensuppen-Tipps und Anti-Aging-Produkte flimmerten. Dann begann eine Magazinsendung mit einer Reportage über Obdachlose. Ella hielt einen Moment lang inne. Unwillkürlich hatte sie wieder das Gesicht des Musikers vor Augen. Vielleicht lebte diese Mann auf der Straße ... Nein, so hatte er nicht ausgesehen! Schnell schaltete sie ein Programm weiter. Diese Obdachlosen waren nun wirklich nichts für Kinder. Da, Spielzeugwerbung! Das war doch genau das Richtige, so schön zielgruppengerecht. Jetzt kam ein kleiner Roboter ins Bild gewackelt und schnarrte: »Hallo, Kinder, ich bin Robo, der Spielzeugroboter.« Er drehte sich auf einem Bein und trällerte ein paar Takte. Dann zeigte die Kamera das Robotergesicht in Nahaufnahme. »Und du kannst mir das Sprechen beibringen: Hallo, wie geht es dir?« Nun wurde der Spielzeugroboter wieder ganz gezeigt. Ein japanischer Junge kam von hinten ins Bild und drückte den Roboter liebevoll an sich. Der schnarrte mit seiner blechernen Stimme: »Ich bin dein Freund.« Ella runzelte die Stirn, als der Junge anfing zu sprechen, wobei die Synchronisation fürchterlich misslang. »Hol dir den neuen Artistenrobo ...« Ein weiterer kleiner Roboter im glitzernden Turnanzug machte ein paar Saltos durch das Bild. »Artistenrobo kann turnen, Saltos machen und sogar Seiltanzen!« Tusch, und sofort huschte der nächste Werbespot mit ein paar Gummimonstern über den Bildschirm.

»Robo gucken!« – »Wir wollen mehr Robo!« – »Ich will mit Robo spielen!« Die Möhrchen schienen ganz hingerissen von dem kleinen Spielzeugroboter. Vermutlich bekamen sie sonst kein Elektronikspielzeug in die Finger.

»Ich bin Robo!« Eines der Mädchen wackelte mit abgehackten Bewegungen durchs Zimmer und die anderen Kinder kreischten vor Vergnügen.

»Ich auch, ich auch!« Die zwei Kleinsten, die kaum richtig laufen konnten, versuchten, sich ebenfalls wie der kleine Spielzeugroboter fortzubewegen.

Ella seufzte. Natürlich war dieser Spot einfach nur schrill und schrecklich schlecht. In Tokio war er jedoch wochenlang über die Flachbildschirme geflimmert und löste bei Ella etwas Wehmut aus. War das nun Fernweh oder Heimweh?

»Hey, und ich bin der Artistenrobo!«, hörte Ella einen der Jungen hinter sich. Als sie sich umdrehte, sah sie den Kleinen auf dem Schrank sitzen. »Ich bin Artistenrobo und ich kann fliegen …«

Ella sprang auf, war mit einem Satz vor dem Schrank und konnte den kleinen Artisten gerade noch auffangen. Dann ging sie vor Schreck und Anstrengung in die Knie. »Mach das nie wieder! Hörst du? Nie, nie wieder!«

»Wow, Sie können aber gut mit Kindern.« In der Tür stand eine kräftige Frau mittleren Alters, stemmte die Hände in die Hüften und nickte Ella anerkennend zu. »Immer Klartext reden, und nicht so zimperlich sein, genau meine Linie.«

»Mama!«, rief der Junge plötzlich und riss sich von Ella los. Auch die anderen Möhrchen begrüßten die Mama-Möhre.

Ella rappelte sich auf und reichte ihr die Hand. »Ella Fredderick.«

»Sie sind die neue Kollegin meines Mannes«, stellte die Möhren-Mama fest.

In diesem Moment klingelte es in Ellas Tasche. »Entschuldigung.« Sie zückte das Handy. »Ja?«

»Wo bleiben Sie denn? Wir warten seit über einer Stunde auf Sie!« In Binis Stimme schwang jede Menge Vorwurf mit. »Wir wollen eigentlich alle zur Eröffnung des neuen Sushi-Saloons und nicht sinnlos im Büro rumsitzen.«

»Es ist etwas Unvorhergesehenes …« Ella hielt inne. »Ach was … Wo ist denn dieser Sushi-Saloon? Dann komme ich direkt dort hin.«

»Gleich hier bei der Agentur um die Ecke«, erklärte Bini. »In der Luisenstraße.«

»Bis später«, beendete Ella eilig das Gespräch.

»Ich habe übrigens den Artikel über Sie heute in der Sachsen-Zeitung gelesen«, sagte Mama-Möhre, die es sich auf der Couch bequem machte. »Sie haben das sehr treffend beschrieben mit diesem provinziellen Mief in Dresden.«

»Also, wenn ich von irgendwelchem Mief gesprochen habe, dann von deutschem Mief ganz allgemein«, warf Ella ein. »Allerdings habe ich überhaupt kein Interview gegeben und frage mich, wie angebliche Aussagen von mir in die Zeitung gelangt sind. Zudem fürchte ich, manche Leser sind von dem Artikel nicht sehr begeistert.«

»Ach, das renkt sich schon wieder ein. Die Leute regen sich immer erst mal über alles auf. Mir hat der Artikel ziemlich gut gefallen!«

»Wenn Sie meinen«, sagte Ella. »Vielleicht sollte ich selbst mal den Artikel lesen. Ich weiß nämlich gar nicht, was genau drinsteht.«

Sushi-Saloon

Ella blieb mit dem Absatz an einem der Bordsteine hängen. Sie kontrollierte kurz ihren Schuh. Der Absatz war in Ordnung. Vorsichtig stöckelte sie weiter über die Sandsteinplatten des Bürgersteigs. Ein seltsames Stück Dresden, diese Neustadt. Einerseits alternativ und ein bisschen verlottert, andererseits aber extravagant und exklusiv. Dieser eigenwillige Kontrast sorgte durchaus für einen bemerkenswerten Charme. Frühling hing in der Luft und sie fühlte sich toll in ihrem leichten roten Leinenanzug und passendem, kultiviertem Schuhwerk. Sie erwartete nicht viel vom bevorstehenden Agenturtreffen und diesem Sushi-Laden. Da, das musste er sein. ›Apotheke‹ war in verblasster Aufschrift auf der Fassade über den beiden großen Schaufenstern zu lesen. Über dem Eingang langweilte sich auf einem Transparent der zinnoberrote Kreis der Sonnenscheibe, in dem in schwarzer, angenehm schlichter Schrift ›Sushi-Saloon‹ zu lesen war. Im Schaufenster leuchteten bunte Plastiknachbildungen von Sashimi und Sushi. Als Ella die Tür öffnete, bimmelte eine altmodische Ladenglocke, Köpfe flogen herum und zahlreiche Augen musterten sie neugierig. Von irgendwo tönten laute Hallo-Rufe. Es dauerte etwas, bis Ella zwei winkende Hände zuordnen konnte. Sie gehörten Bini, die mit dem Grafik-Grufti zusammen an einem der Tische saß. Ella stolzierte durch ein Spalier von Augenblicken zu ihnen hinüber. Warum schauten die bloß alle so?

»Sie sehen wieder mal toll aus«, lobte Bini fröhlich und rückte ihr einen Stuhl zurecht.

Der Grafik-Heinz grinste frech. »Nicht meine Farbe, aber du kannst das tragen.«

»Da habe ich aber Glück.« Ella zog die Augenbrauen hoch. »Sonst hätte ich mich natürlich sofort entkleidet.« Sie betrachtete aufmerksam die Umgebung. An den Wänden reihten sich hohe, dunkle Holzeinbauten aneinander und präsentierten allerhand japanische Speiseutensilien. Im hinteren Teil ragten altehrwürdige Apothekerschränke bis zur Decke, aus deren Mitte sich ein Transportband über den dunklen Verkaufstresen schlängelte und eine Reihe bunter Teller langsam durch einen Teil des Lokals schweben ließ. Herabhängende Halogenstrahler beleuchteten das geschäftige Treiben im Hintergrund. Ella schmunzelte. Es war eine bizarre Mischung aus Dr.-Sauerbruch-Ambiente und modernem Imbiss. Im vorderen Teil des Lokals erleichterten rustikale Kneipentische den europäischen Gästen die Anpassung an die exotische Esskultur.

»Gucken Sie mal, die hübschen Teller kann man sogar kaufen!« Bini deutete entzückt auf die Auswahl an grünen, blauen, roten und gelben Tellern an der Wand.

Ella sah sie verwundert an. »Kaufen? Die Teller? Wie kommen Sie denn darauf?« Ihr Blick haftete an Binis langen Ohrhängern, die fast bis auf die bestrickten Schultern herabbaumelten.

»Na, es stehen Preise drunter«, erklärte Bini mit großen Kulleraugen. »Komisch, dass die blauen Teller so viel mehr kosten. Viel größer sind die schließlich nicht!«

Der Grafik-Grufti kicherte blöde.

»Ähm, das bezieht sich auf die Gerichte«, erklärte Ella. »Die Speisen auf den gelben Tellern haben einen bestimmten Preis, die auf den roten einen anderen … und so weiter.«

»Nicht verzagen, Barbie fragen!«, feixte Karl-Heinz.

»Ach so«, meinte Bini verlegen.

Ella warf dem Grufti einen missbilligenden Blick zu und widmete sich dann wieder ihren Betrachtungen. Irgendetwas störte das ohnehin bizarre Bild ganz besonders. Richtig, dieser Mensch hinter der Sushi-Theke. Er sah aus wie ein waschechter Cowboy! Jetzt schob der hünenhafte Naturbursche mit Wildwesthut sich breitbeinig durch das Lokal. Bini starrte ihn mit weit aufgerissenen Augen an. Ella grinste unwillkürlich. Was tat dieser Marlboro-Man in einem Sushi-Lokal?

30 Sekunden später stand der Cowboy vor Ella und reichte ihr seine Lasso-Pranke. »Hallo, Lady«, sagte er mit heiserer Stimme.

»Darf ich vorstellen?« Der Grafik-Heinz sah von einem zum anderen. »Das ist Hans-Dieter, mein großer Bruder. – Johnny, das ist Superbarbie, unsere neue Geheimwaffe!«

»Großer Bruder trifft es offenbar genau.« Ella musste den Kopf in den Nacken legen, um dem Cowboy ins Dreitagebart-Gesicht zu sehen. »Hallo, Hans-Dieter!«

Der Hüne bleckte ein makelloses Gebiss. »Nennen Sie mich Johnny, Lady!« Er sah gelangweilt in die Runde. »Was darf ich euch bringen, Leute?«

»Sashimi bitte. Und welche Art von Sushi bieten Sie an?« Ella musterte den Cowboy herausfordernd.

»Nigiri-Sushi und Oshi-Sushi.« Er grinste breit. »Ich kann Ihnen vor allem unser Chirashi empfehlen …«

»Wakarimashita.« Ella nickte. »Und warmen Sake bitte.«

»Und ich hätte dann gern Mitsubishi, aber mit einem Hauch Yamaha oder besser Yamamoto.« Der Grufti legte den Kopf schief. »Nein, warte! Doch lieber Toshiba mit etwas Hitachi und vorweg eine Portion Fuji …«

Der Cowboy grinste und sah Bini an. Sie zuckte zusammen und errötete. »Ähm, äh, das nehme ich auch«, stammelte sie und klimperte nervös mit den langen Wimpern.

»Sashimi und Chirashi-Sushi?« Der Marlboro-Man zwinkerte Ella zu. »Und Sake?«

»Aber huschi-huschi!«, rief der Grufti.

Ella beobachtete amüsiert, wie Bini den Hintern des davonschlendernden Johnny taxierte. Sie schien sich nur mühsam von diesem Anblick losreißen zu können. »Warum lernen wir deinen Bruder denn erst jetzt kennen?«, fragte Bini vorwurfsvoll.

»Weil der gute Johnny ein Weltenbummler ist«, erklärte der Grafik-Heinz. »Er war jahrelang überall und nirgends.«

»Von Texas über Tokio direkt nach Ost-Sachsen«, stellte Ella fest.

»Scheint gerade im Trend zu liegen.« Der Grufti feixte. Dann reckte er seinen langen, dünnen Hals. »Hey, da kommen unsere Säcke!«

Dr. Sack schob eine ausgesprochen junge Frau vor sich her. Hinter ihnen trottete der graue Fred mit hängendem Kopf. »Hallo, Leute!«, rief Sack gut gelaunt. »Das gefällt mir! Meeting am Samstag und gesunde Ernährung.«

Binis Ohrgehänge wackelte, als sie Sack und seinem Anhang zunickte. Karl-Heinz schien Fred zu beobachten. Dann wanderte sein Blick zu der jungen Frau, die der alte Sack wie eine Trophäe vor sich zurechtrückte.

»Frau, äh, Ella ... Darf ich bekannt machen? Meine Frau!« Er lächelte siegesgewiss. »Hasy, das ist unsere neue Creative-Chefin. Sag der Frau Ella Guten Tag!«

Hasy? Ella musterte die Blondine und reichte ihr die Hand. Angesichts ihrer offensichtlichen Jugend verzichtete Ella darauf, aufzustehen. »Angenehm, Frau Sack. Fredderick, Ella Fredderick.«

»Hallihallo, wie geht's, wie steht's?«, flötete die Blondine. Offenbar schien es ihr nichts auszumachen, wie eine Jagdtrophäe behandelt zu werden.

Während die anderen floskelhafte Bemerkungen über das Wetter austauschten, sah Ella von einem zum anderen. Also wie die Mutter von Fred wirkte dieses Hasy-Blondchen nicht – eher wie seine kleine Schwester. Sack hielt sie fest wie alte Damen ihre Handtaschen in öffentlichen Verkehrsmitteln. Komisch, die Frau kam ihr irgendwie bekannt vor. Ella versuchte, sich an eine mögliche Begegnung zu erinnern, als der Sushi-Cowboy sie aus ihren Überlegungen riss.

»Sake für die Ladys und den Herrn«, kündigte er mit heiserer Stimme an.

»Herr Dr. Sack, Sie kennen meinen Bruder Johnny?«, fragte der Grafik-Heinz.

»Vom Hörensagen«, brummte Sack senior und musterte den Marlboro-Man.

Johnny streifte das Hasy-Blondchen mit einem herablassenden Blick. »Hallo, Hasy.«

»Hallihallo, wie geht's, wie steht's?«, wiederholte die Blondine wie aufgezogen. Dann sah sie hinüber zu Fred, der grau und schweigend am Rande des Geschehens stand.

Ella bemerkte, wie der Grafik-Grufti noch eine Spur blasser um die Nase zu werden schien. Er blickte mit flinken Augen von Johnny zu Fred. »Fred, du erinnerst dich sicher an meinen Bruder!« Der Grufti nickte Fred aufmunternd zu.

»Ähm, äh, ja, doch«, stammelte Fred gesenkten Hauptes.

»Ach, ihr kennt euch alle schon«, stellte Bini erstaunt fest. Dann sah sie mit großen Kulleraugen den Cowboy an. Ihr Blick verklärte sich sogleich.

»Hallo, Freddy«, schnarrte der Cowboy. Er musterte mit zusammengekniffenen Augen die junge Blondine. »Tut mir leid«, sagte er in einem Tonfall, der klarmachte, dass ihm niemals etwas leidtat. »Wir sind ausgebucht. Alle Plätze sind reserviert.«

Ella verfolgte fasziniert, wie sich die Atmosphäre fast bis zum Zerreißen über den Tisch spannte. Bini glotzte unverwandt auf den Sushi-Cowboy.

»Verderbt euch nicht den Magen mit dem rohen Zeug«, warf Sack senior in die Runde. »Schönen Tag noch.« Er zupfte an seinem Hasy herum und wandte sich zum Gehen. »Fred!«

»Fred, bleib doch!« Der Grufti lächelte säuerlich.

Fred stand unschlüssig neben dem Tisch.

»Na, komm schon«, sagte der Grafik-Heinz und klopfte einladend auf den noch freien Stuhl neben sich.

Johnny stellte mit einer bedächtigen Handbewegung das leere Tablett auf den Tisch und klemmte die Daumen in die Hosentaschen.

»Fred, ich würde mich sehr freuen, wenn Sie sich zu uns setzten«, hörte Ella sich säuseln und lächelte Fred an.

»Sehr gern«, sagte er leise, nickte Ella zu und huschte auf den freien Stuhl.

»Geht doch«, brummte der Sushi-Cowboy.

Fred starrte vor sich auf den Tisch.

»Johnny, wir nehmen noch eine komplette Runde Sake und eine weitere Portion vegetarisches Sushi.« Karl-Heinz bedeutete seinem Bruder zu verschwinden.

Beklemmendes Schweigen senkte sich auf die Tischplatte. Der Grafik-Heinz schob seine Sake-Karaffe und den Becher zu Fred und schenkte ein. Fred nahm einen hastigen Schluck und schüttelte sich.

»Was war eigentlich bei den Möhrchen heute Morgen los?«, fragte der Grufti. »Gab es Probleme?«

Ella goss nun ebenfalls Sake in ihren Becher. Der Wein war inzwischen fast kalt. »Alles halb so wild. Kinder eben.«

Sie verdrängte schnell das Schlachthofpanorama und prostete Bini zu.

Bini nippte am Reiswein und verzog das Gesicht. »Das ist total bitter!«

»Hallo zusammen!« Der Zeitungsfotograf klopfte lachend auf den Tisch. In diesem Moment erschien auch Johnny und brachte weiteren Sake.

»Florian!« Der Grufti wirkte sichtlich erfreut. »Was machen deine Kinder? Wenn du mal einen kompetenten Babysitter brauchst …« Er deutete mit seinem totenkopfverzierten Finger auf Ella. »Barbie ist der Traum aller Kinder!«

»Zumindest denken sie bei mir nicht, sie seien in der Geisterbahn«, schoss Ella quer über den Tisch. Missmutig sah sie die Journalistin nahen. Und noch missmutiger gewahrte sie, dass der Marlboro-Man sich freute, sie zu sehen.

»Laetitia! Was machst du denn hier?«, fragte Johnny und umarmte die Journalistin kurz. »Mit dir habe ich in Dresden gar nicht mehr gerechnet.«

»Sonst wärst du sicher früher zurückgekehrt.« Die Journalistin lachte. »Du hast dich überhaupt nicht verändert!«

»Ihr müsst euch zu mir an die Theke setzen«, sagte der Sushi-Cowboy und sah sich im gut gefüllten Raum um.

»Kein Problem.« Der Fotograf lächelte. Erst jetzt bemerkte Ella, dass er den Marlboro-Man aufmerksam betrachtete. Er reichte ihm die Rechte. »Ich bin Florian und mache die Fotos. Wir wollen über die Eröffnung hier berichten.« Er deutete mit einem Kopfnicken auf die Journalistin.

Betrübt verfolgten Binis Kulleraugen, wie Johnny die beiden zur Theke geleitete. »Warum dauert das so lange?«, nörgelte sie. »Ich dachte, Sushi muss nicht gekocht werden.«

»Fred, trink nicht so viel!«, mahnte Karl-Heinz grinsend, als Fred sich bereits zum zweiten Mal aus der Karaffe einschenkte.

Ella trank ebenfalls. »Verflucht, jetzt ist er zu heiß!«, zischte sie.

»Etwas nicht in Ordnung, Lady?« Sogleich war Sushi-Johnny wieder zur Stelle und balancierte elegant einige Teller zum Tisch.

»Der Wein ist zu heiß«, erklärte Ella und spitzte die schmerzenden Lippen. »Er sollte Körpertemperatur haben.«

»Streber-Barbie!«, bemerkte der Grufti.

»Da haben Sie natürlich recht.« Der Cowboy verteilte bedächtig die Teller auf dem Tisch und ordnete Keramikbänkchen und Stäbchen an. Dann beugte er sich zu Ella herunter. »Sie müssen wissen, Lady: Meine Körpertemperatur ist eben einfach etwas höher …«

Ella gönnte ihm einen übertriebenen Augenaufschlag. »Nun, dann bin ich wohl zu cool für derart erhitzte Gemüter.«

»Touché!«, frohlockte Fred und verschüttete etwas Sake. Bini kicherte und trank.

»Wie dem auch sei«, meldete sich Karl-Heinz zu Wort. »Wir wollen mehr von dem Zeug!«

»Und nun?« Bini blickte ratlos auf ihr Sashimi.

»Abwarten«, erklärte Ella, als der Marlboro-Man mit einem Körbchen zurückkehrte und jedem ein kleines, feuchtwarmes Handtuch reichte.

»Oshibori«, sagte er.

Ella rieb sich die Handflächen mit dem Handtuch ab und tupfte behutsam in ihrem Gesicht herum, um ihr Make-up nicht zu gefährden. Aus den Augenwinkeln sah sie, dass die anderen ihre Bewegungen kopierten. Wie putzig! Der Grafik-Grufti tupfte ebenfalls vorsichtig in seinem Bleichgesicht herum, als habe er Make-up aufgetragen.

»Itadakimasu«, schnarrte der Cowboy.

»Du mich auch!«, entgegnete sein Bruder und griff zu den Stäbchen. »Hashi …«

»Gesundheit!« Fred gluckste.

»Hashi heißen die Stäbchen«, sagte Karl-Heinz. Er sah Ella herausfordernd an.

»Bravo«, lobte Ella. »Volkshochschule?«

»Internet.« Der Grafik-Grufti hantierte äußerst geschickt mit den exotischen Esswerkzeugen.

Fred trank selig grinsend einen weiteren Becher leer. Seine Fingerhaltung beim Umgehen mit den Hashi ließ vermuten, dass er durchaus geübt in asiatischen Tischmanieren war. Die Störungen in Freds Feinmotorik hatten andere Ursachen. Er kämpfte mit einem Schluckauf.

Ella genoss das ausgezeichnete Sashimi und ertappte sich hin und wieder dabei, wie ihr Blick zur Sushi-Theke wanderte. Zufrieden bemerkte sie, dass die Journalistin Mühe hatte, ihr ausladendes Hinterteil elegant auf den Barhocker zu schwingen. Der Fotograf lehnte sich voll ins Geschehen. Wenn der so weitermachte, würde er gleich selbst auf dem Transportband durchs Lokal fahren.

»Oh, Shit!« Binis schriller Aufschrei riss Ella aus ihren schadenfrohen Betrachtungen. Mundgerechte Fischbrocken verteilten sich um Binis Teller. Grimmig stocherte sie mit den Stäbchen danach. Sie hielt die Hashi wie zwei Stricknadeln in den Händen.

Ellas Zwerchfell zuckte verdächtig, als nun der Marlboro-Man hinzutrat, um weiteren Alkohol zu servieren.

»Hätten Sie wohl für meine Kollegin ein paar Meter Algen?«, fragte Ella breit grinsend. »Sie würde sich gern einen Nachtisch stricken.« Karl-Heinz lachte meckernd.

Der Sushi-Johnny verzog keine Miene. »Hidoi!!«, wies

er Ella zurecht. Sie schmunzelte süffisant und legte schweigend die Stäbchen parallel zur Tischkante.

»Setzen Sie sich doch zu mir an die Bar«, forderte der Cowboy Bini auf. »Ich zeige Ihnen ein paar Tricks, dann klappt das sofort.« Er warf einen abschätzigen Blick in die Runde. »Bevor diese Bande Sie verhungern lässt.«

Binis Gesichtsfarbe näherte sich dem Rot ihres Haarschopfes. Sie nickte, stand auf und folgte dem Marlboro-Man wie ein hypnotisiertes Kaninchen.

Ella beobachtete, wie die Journalistin vom Hocker wabbelte. Dann krabbelte Bini hinauf. Der Fotograf zückte seine Kamera und trat ein paar Schritte zurück.

»Hicks!«, gab Fred zum Besten. »Also, dieses Essen, na ja …« Seine Artikulation verschwamm bereits. »Aber das Sake-Zeug ist wirklich prima!« Er prostete Ella zu. »Santé, Frau Fredder…, Fredder…, Fred… Hihi! Ist Ihnen eigentlich aufgefallen, dass ich in Ihnen drinstecke?«

»Fred, lass gut sein!« Der Grafik-Heinz legte ihm die beringten Finger beschwichtigend auf die Schulter.

Ella zog die Augenbrauen hoch. Wie viel Sake hatte sich der Junior-Sack denn schon genehmigt? Das war ja mehr als unappetitlich. Peinlich berührt, wollte sie sich wieder der ungleich attraktiveren Fotoszene zuwenden, als die Journalistin direkt auf sie zukam.

»Darf ich?« Wie es von Laetitia Baer nicht anders zu erwarten war, blieb die Frage rhetorisch. Sie saß bereits. »Das ist ja ein Ding!«

»Was?«, fragte der Grafik-Heinz. »Dass Bini mit den Hashi noch keinen erstochen hat?«

»Wer?« Die Journalistin machte eine abwehrende Bewegung mit der Hand. »Ach so, die … Ja, das auch.« Sie grinste den Grufti an. »Nein. Ich meine, dass dein Bruder wieder in Dresden ist! Von diesem Sushi-Saloon hatte ich schon gehört, aber ich hatte keine Ahnung, dass Johnny dahintersteckt!«

Fred prostete Ella grinsend zu.

»Ich bediene mich mal«, sagte Laetitia Baer unbekümmert und nahm einen Schluck aus Binis Sake-Becher.

»Das ist meins!« Fred nahm Binis halb gefüllte Karaffe, goss ein und schlürfte. »Hmh, lecker …«

»Warum hast du mir denn nichts erzählt?« Die Journalistin sah Karl-Heinz erwartungsvoll an.

»Ist denn schon wieder Stadtfest?«, fragte der Grufti gereizt. »Wenn ich dich erinnern darf: Du redest genau zwei Mal im Jahr mit mir. Einmal zum Stadtfest und einmal zum Striezelmarkt.«

Ella blickte verständnislos von einem zum anderen.

»Ach das!« Laetitia Baer lachte. »Das ist doch nur für die Zeitungsumfrage. Von dir habe ich ein gutes Foto im Computer und muss immer nur den O-Ton aktualisieren.«

»Und nun, wo Johnny wieder da ist, willst du mir einen ganzen Dialog aufzwingen«, stellte der Grufti fest. »Stadtfest ist erst im Sommer!«

Ella sah den Cowboy mit weiteren Tellern und einer Flasche nahen. »Die Lady …«, brummte er und servierte Ella ihr Chirashi-Sushi. Fred und Karl-Heinz bekamen nicht weniger ästhetisch aufbereitete Tofu-Häppchen. »Aburaage«, sagte Johnny. Er stellte den Reiswein auf den Tisch.

Ella beobachtete, dass die Journalistin den Marlboro-Man aufmerksam ansah. »Bringst du mir Temaki-Sushi?«

»Nein«, knurrte der Cowboy und zog seinen Hut ein Stück ins Gesicht. »Du kannst dich am Laufband bedienen, Lätta!«

Breitbeinig verzog sich der Marlboro-Man hinter die Theke. Bini und der Fotograf schienen ihn schon zu erwarten.

»Er ist wirklich ganz der Alte!« Laetitia Baer schob ihren Hintern Richtung Laufband.

»Lätta?«, fragte Ella den Grufti. »So fettarm sieht sie gar nicht aus.«

»Lätta«, bestätigte er grinsend. »In der Schule hatte sie den Spitznamen ›Laetitia Arsch‹ …«

»Aus offensichtlichen Gründen«, murmelte Ella und biss sich auf die Unterlippe.

»Das auch«, bestätigte der Grafik-Heinz. »Johnny machte daraus dann irgendwann ›Lätta‹.«

»Er is ’n Arsch!«, schimpfte Fred unvermittelt, als die Journalistin mit zwei gut gefüllten Tellern voll trichterförmig eingerollter Sushi an den Tisch zurückkehrte.

»Wer ist ein Arsch?«, fragte sie.

»Ach, niemand«, wehrte der Grufti ab.

Doch Fred wurde lauter. »Johnny is ’n Arsch!«

»Ist ja gut, Fred! Iss dein Sushi«, versuchte Karl-Heinz zu beschwichtigen.

»Ich mag das nicht«, motzte Fred. »Sushi ist Scheiße! Und Johnny is ’n Arsch!«

Ella erwartete eine Reaktion von der Journalistin, doch die war intensiv mit dem Verspeisen ihrer Temaki beschäftigt.

Fred griff zur Weinkaraffe. Der Grufti hielt sie fest. »Lass das lieber!«

»Quatsch!«, stieß Fred hervor. »Die trink ich jetzt … Und dann haue ich sie diesem Arsch auf seinen blöden Hut!«

Ella bemerkte zahlreiche Blicke von den anderen Gästen. Diese Situation war nicht nur peinlich. Sie war geradezu absurd. Sie versuchte, tief und ruhig zu atmen, und konzentrierte sich voll und ganz auf ihr Essen.

Fred brabbelte übellaunig vor sich hin. »Johnny is ’n Arsch – und Lätta hat einen …«

»Schluss jetzt!«, zischte Karl-Heinz. »Reiß dich zusammen! Schau mal, Barbie rümpft schon ihr Puppennäschen.«

Ella warf dem Grufti einen strafenden Blick zu und erhob sich. »Ich verschwinde kurz für kleine Plastikpuppen. Wenn ich wiederkomme, ist dieses unerfreuliche Theater beendet, verstanden?«

»Aufs Klo? Gute Idee! Ich komme gleich mit!«, verlautbarte Laetitia Baer und folgte ihr durch das Lokal zu den Toiletten.

Ella verzog das Gesicht. Sie konnte diese weibliche Gruppendynamik in Sachen Toilette nicht ausstehen.

»Ich geh vor!« Die Journalistin schob sich an ihr vorbei. »Wow! Was ist das?«

»Youshiki«, sagte Ella. Vor ihnen lag nicht das, was man gemeinhin unter einer deutschen Toilette verstand, sondern ein großzügiger Grooming-Room in heimeliger Beleuchtung. Irgendwie flimmerte der Hightech-Raum vor Ellas Augen. Sie hatte wohl reichlich Sake getrunken, wenn sie auch mit diesem schrecklichen Fred sicher nicht konkurrieren konnte. Mit etwas fahrigen Bewegungen steuerte sie an Laetitia Baer vorbei. Die Tür zur Toilettenkabine schob sich automatisch auf.

»Ist ja geil!«, rief die Journalistin.

Als Ellas Kabinentür sich hinter ihr schloss, klappte der Toilettendeckel auf und ließ automatisch einen frischen Plastikbezug über die Brille fahren.

»Hey, da komme ich gar nicht rauf!«, grölte die Journalistin nebenan lachend.

»Sie müssen sich nur davorstellen, dann wählt die Toilette die passende Höhe«, erklärte Ella.

»Wie? Was?«, kam es von nebenan.

»Davorstellen!«, rief Ella. »Die Höhe der Schüssel stellt sich von selbst ein!«

Ellas Toilettensitz hatte die korrekte Position erreicht. Sie kontrollierte den Temperaturregler der Toilettenbrille. 37 Grad, perfekt. Als sie sich auf dem Hightech-Topf niederließ, ertönte durchdringende Musik. Das war ja scheußlich. Ella suchte nach den entsprechenden Knöpfen und fand sie am linken Rand der Brille. Sie drückte einen davon und sofort wechselte die Musik zu meditativem Gezirpe.

»Hihi!«, tönte es von nebenan. Wirklich verstehen konnte Ella die Journalistin jedoch nicht. Sie wechselte erneut die Hintergrundklänge. Jetzt ertönte Meeresrauschen. Das war gut. Sie lehnte sich entspannt zurück. Der Toilettendeckel war ebenfalls beheizt. Aus der Kabine nebenan vernahm Ella ein Gurgeln und Grummeln. Vermutlich probierte die Journalistin alle Knöpfe durch. Ella studierte noch einmal die Knopfleisten zu beiden Seiten der Brille. Man konnte Temperatur und Intensität des Wasserstrahls für die Bidetvorrichtung wählen und den Strahl für Männlein oder Weiblein einstellen.

Die Journalistin quietschte laut.

Ella betätigte den Knopf zum Trocknen, der natürlich ebenfalls eine Temperaturwahl ermöglichte. Als sie den Toilettentopf verließ, verstummte das Meeresrauschen.

»Hilfe! So eine Scheiße! Ich will hier raus!« Das Gezeter mischte sich mit dem kathedralenhaften Raunen gregorianischer Gesänge. »Ah, ist das heiß! Aua! So ein verdammter Mist!«

Ella trat aus der Kabine. »Frau Baer? Ist alles in Ordnung?« Sie klopfte an die Tür nebenan.

»Nichts ist … So eine Scheiße!«, schimpfte die Journalistin. »Blöder Kackstuhl!«

Ella zuckte zusammen. »Was ist denn los?«

»Ich hänge fest!« Laetitia Baer klang empört. »Ich klemme

in dieser blöden Brille, die saugt und sprüht und schnauft … Und dann ist das Ding nach oben gefahren!«

Ella grinste. »Versuchen Sie erst mal, die Musik auszuschalten«, riet sie ihr. »Dann können wir uns besser verständigen.«

»Und diese ganzen Knöpfe!«, schnauzte die Journalistin. »Woher soll ich denn wissen, welcher für die Musik ist?«

»Ganz ruhig.« Ella kicherte. »Sie dürfen nicht alle auf einmal drücken, dann verknüpfen sich die Kommandos.«

»Was?«, rief die Journalistin ungehalten.

Ella musste an das Zeitungsporträt denken, das sie nicht kannte, geschweige denn abgesegnet hatte. »Sie sollten alle Knöpfe drücken, die Sie finden können!«

Plötzlich stampften Bässe aus der Kabine hervor. »Moment! Jetzt habe ich den Knopf.« Dann jagten elektronische Gitarrenakkorde einige mozartfröhliche Flötenklänge.

»Stopp! Ausschalten!«, verlangte Ella.

Reggae plätscherte durch den Raum. Es klickte und gurgelte. »Aaah! Ist das heiß!«

Ella kicherte hinter vorgehaltener Hand. Gleich würde der Monsterpopo gar sein. »Warten Sie! Ich versuche hineinzukommen.« Ella rüttelte an der Kabinentür, doch die war fest verschlossen. Sie würde sich vermutlich nicht öffnen lassen, solange die Toilette besetzt war. »Soll ich Johnny …?« Ella prustete los bei der Vorstellung, dass der Sushi-Cowboy Laetitias Popo aus der Hightech-Falle befreite. Sie konnte sich gar nicht mehr beruhigen.

»Warum lachst du denn so blöde?«, kreischte es vom Topf. »Hilf mir lieber raus!«

»Moment.« Ella suchte mit den Augen den Raum ab. In Tokio hatte fast jeder Privathaushalt eine Hightech-Toilette mit jeder Menge Bedienelementen. Aus ihrer Agentur oder von Restaurants wusste sie, dass es bei solchen Grooming-Rooms irgendwo eine Funkbedienung geben musste. Hinter der Eingangstür blinkte ein Bedienfeld an der Wand. Während Laetitia Baer in der Toilettenkabine vor sich hinschimpfte, versuchte Ella, mit der Ansammlung aus Tasten etwas anzufangen. So viele verschiedene Funktionen konnte es wohl nicht geben. Vielleicht sollte sie einfach einige durchprobieren. So. Das Licht erlosch.

»Was ist jetzt los?«, brüllte die Journalistin.

»Ruhe bewahren!«, ordnete Ella an. »Ich versuche, die Tür zu öffnen.« Sie drückte eine neue Tastenkombination. Aus der Kabine kam ein lang gezogenes Summen und das Licht flackerte wieder auf.

»Oh mein Gott!« Die Journalistin atmete schwer.

»Strafe muss sein«, murmelte Ella und drückte wild drauf los. »Festhalten!«

»Oh!«, kam aus der Kabine. Es rauschte, gurgelte. »Oh, nein!« Dann polterte es. »Hey, sind Sie noch da?« Die Stimme der Journalistin klang beunruhigt.

»Klar!«, rief Ella. »Ich muss mich konzentrieren.« Sie wählte eine Taste, auf der ein laufendes Männchen abgebildet war. Die Kabinentür der verschlossenen Toilette schob sich lautlos auf und gab den Blick auf eine am Boden zappelnde Laetitia Baer frei. Ella amüsierte sich köstlich. Es sah einfach zu komisch aus, wie die Journalistin dort herumkrabbelte und sich beeilte, ihre Hose hochzuziehen.

Doch Laetitia Baer schien die Situation kein bisschen peinlich zu sein. »Ist das blöde!«, rief sie lachend. »Ich bin doch echt zu doof, aufs Klo zu gehen!«

Ella freute sich diebisch. »Eine gewisse Inkompetenz ist Ihnen nicht abzusprechen.«

Laetitia zuckte gleichmütig mit den Schultern und näherte

sich neugierig der Funkbedienung. »Japanische Schriftzeichen, was?«

»Apropos Schriftzeichen.« Ella sah sie von oben nach unten an. »Ich hoffe, ich lese am Montag nicht davon in der Zeitung. Vielleicht ›Technikbegabte Karrierefrau rettet Schlagzeilen-Erfinderin vom Klo‹.«

Die Journalistin lachte unbekümmert. »Wäre echt eine schräge Geschichte.«

Ella zog die Augenbrauen hoch. »Ich möchte nur ein für alle Mal klarstellen, dass diese Begegnung kein offizielles Interview ist. Und ich wünsche nicht zitiert zu werden!«

Laetitia Baer grinste. »Haben Sie das Porträt gelesen? Ist gut, was?«

Ella wandte sich zur Tür und öffnete sie. Im Gehen drehte sie sich noch einmal um. »Nein!«

Pappsüßer Kaffeeklatsch

Ella schnaufte, als sie das Gartentor hinter sich schloss. Sie atmete tief ein, ließ dann Arme, Oberkörper und Kopf vornüberhängen und atmete langsam aus. Sie schüttelte ein Bein nach dem anderen locker aus, als der kläffende Zwergpudel um die Ecke schoss und auf der Stelle Jagd auf ihren in der Luft zappelnden Fuß machte. Ella beugte sich zu dem keifenden Lockenbündel hinab, das sogleich knurrte und die winzigen Zähne zeigte. Mit der Frotteemanschette wischte sie sich den Schweiß von der Stirn. Sie war ziemlich aus der Übung. Regelmäßige ausgedehnte Joggingrunden hatte sie zuletzt in Sydney absolviert. Dort hatte sie sich täglich mit ihren Arbeitskollegen zum gemeinsamen Joggen in dem riesigen Park direkt am Pazifik getroffen. Wie hieß der denn noch? Na ja, im Dresdner Waldpark musste sie jedenfalls einige Runden laufen, um auf ihr altes Pensum zu kommen.

»Ach, Frau Fredderick, Sie sehen selbst in Ihrem Turntrikot elegant aus!« Frau Beck war offenbar dem Kläffen ihres Köters gefolgt und musterte nun anerkennend Ellas eng anliegendes, schwarz gehaltenes Sportoutfit. »Schscht, Löwenherzchen! Mach Sitz!«

Der Zwergpudel knurrte und trollte sich beleidigt. »Sonst gehorcht er aufs Wort«, versicherte die Vermieterin und schüttelte betrübt ihre frische Dauerwelle. »Ich glaube, er kommt in die Pubertät.«

»Ach, ist er doch schon so alt …« Ella schmunzelte.

»Ja, das täuscht«, erklärte Frau Beck ernsthaft. »Wissen Sie, Zwergpudel werden oft für junge Pudel gehalten.«

Ella verspürte nicht die geringste Lust, über Pudel und

deren Adoleszenz zu fachsimpeln. Ihr Kopf litt noch immer unter dem gestrigen Sake-Konsum. Da hatte bislang auch die Bewegung an frischer Luft nichts ausrichten können.

»Und, Frau Fredderick«, hob die Vermieterin erneut an, »haben Sie sich gut eingelebt in unserem schönen Dresden?« Sie lächelte warmherzig. »Also, wenn ich so überlege, was Sie alles von der Welt kennen ... Und dann kommt jemand wie Sie in unser gemütliches Sachsen. Kommen Sie! Tun Sie mir den Gefallen und trinken einen Kaffee mit uns, ja?«

Ella sehnte sich nach einem ausgiebigen Bad und daher nach einer zügigen und glaubwürdigen Ausrede. Doch ihr Gehirn verharrte im Pausenmodus. Sie zuckte mit den Schultern. »Gern, aber nur kurz.«

»Das ist wunderbar!«, freute sich Frau Beck, hakte Ella mütterlich unter und führte sie durch den Garten um das Haus herum. »Wissen Sie, wir sitzen in diesem Jahr zum ersten Mal auf der Terrasse. Weil doch das Wetter so schön ist.« Sie schüttelte sich behaglich. »Mir ist dabei immer ganz feierlich zumute. Sie müssen mir unbedingt von sich erzählen.«

Ella stöhnte innerlich auf. Kaffeeklatsch und Small Talk! Das waren ja fabelhafte Aussichten. Auf der Beck'schen Terrasse spannte Werner Beck gerade mit rosa Blumen übersäte Polster auf die Gartenmöbel. Auf dem runden Gartentisch harrten drei Porzellangedecke in passendem Dekor der Benutzung.

»Guten Tag!« Der Vermieter reichte Ella die Hand. »Hat meine Frau Sie endlich abgepasst? Sie müssen wissen: Seit heute früh lauert sie darauf. Bitte, nehmen Sie doch Platz!« Er rückte Ella einen der praktischen Plastiksessel zurecht. »Sie hat sogar ihre sonst so heilige Kaffeepause verschoben.«

Bestürzt registrierte Ella, dass es sich um einen vorsätzlichen Überfall handelte und dass Dr. Beck offenbar ebenso gesprächig war wie seine Gattin. Die war bereits geschwind nach drinnen geeilt und kehrte nun mit einer Marzipanblüten tragenden Torte zurück.

»Meine berühmte Marzipantorte«, stellte sie vor. »Sie mögen doch Marzipan?« Stolz platzierte sie das bunte Gebilde auf dem Tisch.

»Aber Hildegard«, sagte ihr Mann mit gespielter Empörung. »Jeder mag doch Marzipan!«

Ella überwachte angestrengt ihre Gesichtszüge. Sie verabscheute Marzipan. Erstaunt bemerkte sie, dass rund um die Terrasse die gleichen Pflanzen blühten, die das Porzellan verzierten. »Pflanzen Sie diese Büsche passend zum Geschirr, oder wählen Sie das Geschirr passend zur Bepflanzung?«

»Nein, dass Sie das sofort bemerken!«, rief Frau Beck entzückt aus.

»Sie sind eine wirklich gute Beobachterin«, lobte Dr. Beck anerkennend. »So was ist heutzutage leider selten.«

»Milch und Zucker?«, säuselte die Vermieterin und goss Kaffee aus der zierlichen Kanne in die zierlichen Tassen.

»Milch bitte«, sagte Ella. »Keinen Zucker.«

»Sehr vernünftig«, nickte Werner Beck wohlwollend. Er war offenbar die absegnende Instanz.

Glück gehabt, dachte Ella schmunzelnd und erinnerte sich an die Immobilienbesichtigung mit Frau Beck. »Sie sind Pädagoge, nicht wahr?«

»Na, Werner, was sagst du dazu?« Frau Beck klatschte verblüfft in die Hände. »Unsere Frau Fredderick!«

Der Mann nickte, natürlich anerkennend. »Sie haben recht und auch wieder nicht.« Er lächelte huldvoll. »Ich bin inzwischen pensioniert. Zuletzt war ich 20 Jahre lang der Direktor des Kreuzgymnasiums.«

Das erklärte Ella sein enormes Mitteilungsbedürfnis. Sie tippte auf Deutsch und Politik.

Frau Beck schaufelte Ella ein voluminöses Stück Torte auf den feinen Teller. »Mein Mann ist sehr beeindruckt von Ihrer umfassenden Bildung. Stimmt's, Werner?« Nun bekam Werner ein Stück Marzipantorte. »Und ich sage noch, Werner, sage ich, das merkt man der Frau Fredderick sofort an, dass sie richtig Bildung hat …«

Ella bedankte sich artig und griff ergeben zur winzigen Gabel, mit der sie diesen süßen Berg bezwingen musste.

»Meine Frau hat vollkommen recht«, bestätigte der ehemalige Gymnasialdirektor. »In meinem ganzen langen Arbeitsleben sind mir vielleicht acht, na, sagen wir zehn Schüler begegnet, die es in ihrer späteren Laufbahn mit Ihren Qualifikationen aufnehmen können.«

»Soll ich noch ein bisschen Sahne schlagen?« Frau Beck legte den Kopf schief und lächelte intensiv.

»Oh, bitte nein!«, warf Ella eilig ein. Ihr wurde allein bei dem Gedanken an Sahne speiübel.

»Und Sie sind ein Mahnmal für alles, was ich meinen Schülern immer gesagt habe.« Werner Beck forderte mit erhobenem Zeigefinger Aufmerksamkeit. »Klassische Bildung ist das A und O. Auch heute, in den modernen Berufen mit all diesen Medien, Computern et cetera.«

Oder doch Latein und Geschichte? Ella bemühte sich, langsam zu kauen. Die Marzipanmasse schien ihr den Mund zu verkleistern.

»Und Sie haben wirklich alle diese Fächer studiert?« Der Oberlehrer schien seine Erinnerung aus der Luft zu ziehen. »Warten Sie, das waren Philosophie, Germanistik, Kunstgeschichte …«

»Werner, ich hole dir die Zeitung.« Frau Beck eilte erneut ins Hausinnere.

»Nicht doch, Hildegard«, rief Werner Beck hinter ihr her. »Das ist eine gute Gedächtnisübung. Außerdem kann mir die Frau Fredderick sicher helfen.« Er schien sich erneut zu konzentrieren. »Anglistik, Kommunikationswissenschaft und …«

»Betriebswirtschaftslehre«, stieß Ella zwischen der klebrigen Masse hervor. »Schwerpunkt Marketing.« Sie schluckte. »Aber woher …?«

Im nächsten Moment stand Hildegard Beck bereits wieder in der Terrassentür und hielt triumphierend eine Zeitungsseite in die Blumenidylle. Gleich zwei farbige Fotos zierten den langen Artikel. Ella in ihrem Büro zwischen den albernen grünen Sitzbällen und Ella mit Dr. Sack beim Empfang der ›Kreativen Mittelständler‹.

»›Eine Frau mit dem gewissen Etwas‹«, las die Vermieterin. »›Ella Fredderick ist in der internationalen Werbewelt zu Hause – und nun in Dresden.‹«

Ella verschluckte sich prompt an einem Marzipanblümchen. Sie nahm die Zeitung zur Hand und überflog die Seite. Diese Laetitia Baer hatte doch tatsächlich alle ihre Stationen in einem separaten Kasten mit Jahreszahlen versehen. Das sah aus, als sei sie steinalt und wollte sich nun zur Ruhe setzen. Unten auf der Seite prangte zu allem Überfluss eine Anzeige von ›Sack & Sohn‹, die alle Mitarbeiterköpfe als Schattenrisse wiedergab. ›Helle Köpfe gegen alte Zöpfe‹ stand daneben. Hatte denn niemand bemerkt, dass diese Schattenrisse tiefschwarz statt hell waren? Ella schüttelte ihren schmerzenden Kopf. Diese Anzeige war einfach nur peinlich!

»Unsere Laetitia!« Der Gymnasialdirektor deutete mit Kennermiene auf die Zeitung. »Das habe ich schon damals immer gesagt, dass aus dem Mädchen einmal etwas wird.«

»Das stimmt«, bestätigte Frau Beck. »Laetitia, hat mein Mann damals immer gesagt, Laetitia ist eine, aus der mal etwas wird. Hast du ihr nicht damals dazu geraten, in Leipzig zu studieren, Werner?«

Der Oberlehrer nickte. »Und das hat sie getan.«

Neugierig wanderten Ellas Blicke über die Zeitungsseite. Ganz offensichtlich hatte diese Journalistin ihr eine Menge Aussagen in den Mund geschrieben, die sie niemals gemacht hatte. ›Provinzieller Mief‹ kam darin vor, wie die Möhrchen-Mama bereits erwähnt hatte. Von ›barocker Bequemlichkeit‹ hatte Ella aber nicht gesprochen. Diese Journalistin hatte aus Ellas persönlichem Frust eine völlig verzerrte Schimpftirade auf Dresden gemacht! Es wirkte, als habe die Pressetante einfach zusammengeschrieben, was sie in anderen Artikeln nicht loswerden konnte. Ellas Blicke tasteten die Spalten ab. Ach, hier war der Grund für das seltsame Verhalten dieses geschäftsuntüchtigen Taxifahrers: Laetitia Baer hatte Ellas Ärger über mangelnde Taxis in der nächtlichen Innenstadt aufgegriffen und daraus ›international nicht tauglicher Service im Osten‹ gemacht. Das war wirklich die einzige Passage, die entfernt etwas mit ihrem Gespräch in dem Frühstückscafé zu tun hatte … Es war einfach unglaublich! Verärgert suchte sie weitere Aussagen, die ihr untergejubelt worden waren, als der Pudel plötzlich aus dem Garten geschossen kam, seine Zwergenzähne in die Zeitungsseite schlug und eine gehörige Portion Informationen abriss. Ella betrachtete verärgert die Überreste. Dem Empfangsfoto war der alte Sack ebenso abhanden gekommen wie der Zeitungsseite die Agentur-Anzeige. Das war kein wirklicher informationeller Verlust. Doch auch ihrem Porträt fehlte die Hälfte.

»Löwenherz!«, ermahnte der Gymnasialdirektor a. D. »Das gehört sich nicht!«

»Ihr Löwenzahn scheint ziemlich verhätschelt zu sein«, knurrte Ella verärgert.

»Löwen*herz*«, korrigierte Werner Beck. »Er heißt Löwenherz!«

»Werner, ich habe dir immer gesagt, dass wir uns noch einen Hund anschaffen sollten«, erklärte Hildegard Beck in mütterlichem Ton. »So ein Einzelhund entwickelt sich nun einmal falsch.«

Ella runzelte ungläubig die Stirn. Der Hund musste ja eine Macke haben, so wie er behandelt wurde.

»Sagen Sie mal, Frau Fredderick«, hob Dr. Beck an, »Sie haben hoffentlich nicht durchweg einen so schlechten Eindruck von unserem schönen Elbflorenz, wie das in diesem Artikel beschrieben ist, oder?«

»Aber nein«, hörte Ella sich sagen. Warum tat sie das? Warum sagte sie diesem bildungsvernarrten Einzelhundhalter nicht einfach, dass diese Journalistin sich das Meiste aus den Fingern gesaugt hatte? »Sehen Sie, dieses Porträt war keinesfalls autorisiert«, erklärte sie wahrheitsgemäß. »Ich hatte lediglich ein kurzes, privates Gespräch mit dieser aufdringlichen Frau Baer.«

»Wie bitte?«, fragte der ehemalige Gymnasialdirektor streng.

Ella räusperte sich. »Nun ja, sie mag recht gebildet sein für deutsche Verhältnisse. Aber als Lokaljournalistin nimmt sie sich meiner Meinung nach etwas zu viel heraus.«

»Werner, so was geht doch nicht!«, pflichtete ihr Hildegard Beck bei. »Du solltest ein ernsthaftes Wörtchen mit Laetitia reden.«

Dr. Beck nickte verärgert. »Ich werde einen Leserbrief schreiben und das ein für alle Mal richtigstellen.« Sein Tonfall duldete keine weiteren Kommentare. »Und nun Schluss damit.«

Ella verzog das Gesicht. Vielleicht sollte sie all diese völlig sinnlosen Kalorien bei einer weiteren Laufrunde abarbeiten … Sie versuchte vorsichtig, mit der Zunge das klebrige Marzipan von ihren Backenzähnen zu entfernen, und hatte das dringende Bedürfnis, den Teller mit dem Rest Torte von sich zu schieben und sich die Zähne zu putzen.

»Oh, haben Sie Zahnschmerzen?«, erkundigte sich Frau Beck, die sie aufmerksam beobachtete.

»Noch nicht«, entgegnete Ella. Allerdings spürte sie förmlich, wie ihr die Marzipanmasse das Gebiss ruinierte.

»Warten Sie, ich habe eine Adresse für Sie.« Hildegard Beck sprang auf und marschierte schnurstracks ins Haus.

»Ich weiß, was meine Frau jetzt holt«, prahlte Dr. Beck. »Es ist die Adresse der ältesten Zahnarztpraxis Dresdens. Dort sind Sie genau richtig!« Er nickte bekräftigend. »Gerade mit Ihrem Blasinstrument.«

Ella sah ihn irritiert an. Was sollte sie denn mit dem Saxofon beim Zahnarzt?

Doch Dr. Beck duldete keine Unterbrechung seiner Ausführungen. »Dieser Zahnarzt ist eine Koryphäe auf seinem Gebiet und behandelt alle Blasmusiker der Region.«

»Ach?«, warf Ella ein. Sogleich sah sie das Traumgesicht des Musikers vor sich und wappnete sich gegen das Bild vom Saxofon in der Blutlache, indem sie sich auf die widerlichen Marzipanblumen konzentrierte. Es gelang, mühsam, aber ohne einen Anflug von Übelkeit. Sie sehnte sich geradezu nach dem Geschmack einer Mundspülung.

»Ja.« Werner Beck nickte erneut. »Blasmusiker haben ja stets Probleme. Mit diesen Instrumenten ruiniert man sich nicht unerheblich die Zähne. Unser Dr. Blonski aber behandelt sie alle zur Zufriedenheit. Schon zu DDR-Zeiten hat er das gemacht, obwohl man hier nicht an die Materialien kam …«

»Ich habe sogar noch ein Kärtchen!« Hildegard Beck

eilte herbei und reichte Ella eine alte Behandlungskarte. »Die können Sie haben.«

»Danke«, murmelte Ella und legte die zerrissene Zeitung zur Seite.

Hildegard Beck griff neugierig nach der Zeitung. »Ach, es fehlt nur der Dr. Sack«, sagte sie leichthin. »Der ist ja ohnehin nicht wichtig!«

»Hildegard!« Der Oberlehrer traf erneut den Pudel-Erziehungstonfall. »Wie sprichst du denn von dem Vorgesetzten unserer Frau Fredderick? Das gehört sich nicht!«

Frau Beck verzog beleidigt das Gesicht. »Pah, was der macht, gehört sich nicht«, entgegnete sie patzig. »Mit dieser jungen Frau …«

»Schluss jetzt, Hildegard!«, verlangte Werner Beck barsch. »Wir wollen nichts davon hören!«

›Doch‹ hätte Ella am liebsten erwidert, beugte sich jedoch der Autorität des Herrn Direktor a. D. Bei Gelegenheit würde sie mit Hildegard ein Gespräch unter vier Frauenaugen führen müssen.

Helle Köpfe unter sich ...

Im Konferenzkabuff erwartete Ella eine Überraschung. Die Stehtische waren in einen nahezu papierfreien Hintergrund gerückt und dienten Freds Kaffeeutensilien als Abstellplatz. Bini zappelte grinsend auf einem der grünen Sitzbälle. Der Grufti lümmelte gähnend auf der ehemaligen Altglaskiste. Jim und Joe rollten nahezu synchron auf ihren Bällen vor und zurück. Von dem geschmacklosen Hockerensemble war nur ein halbwegs zumutbares Sitzmöbel übrig geblieben, auf das Möhre, der kurz hinter Ella hereinwuselte, flink kletterte.

»Guten Morgen!« Ella sah sich um. »Wo ist der Chef?«

Allgemeines Schulterzucken.

»Wahrscheinlich hat Hasy gekocht und jetzt wird ihm gerade der Magen ausgepumpt«, feixte der Grafik-Heinz.

Fred streckte Ella eine Tasse Kaffee entgegen. »Mit einem Schuss Muskat«, hauchte er und lächelte verträumt.

»Ist mit Ihrem Vater denn in absehbarer Zeit zu rechnen?« Ella sah Fred über den Tassenrand hinweg an. Er fixierte sie, sagte jedoch nichts. »Fred, was ist mit Ihrem Vater? Kommt er gleich?« Sie nippte am Kaffee. »Fred! Wo ist Dr. Sack?«

Fred zuckte leicht zusammen. Er schaute Ella fragend an.

»Sie wissen es nicht, oder was?«, half Ella nach. »Der Kaffee ist übrigens wieder sehr gut.«

Ein glückliches Lächeln breitete sich auf Freds Gesicht aus. Dann geriet Bewegung in den grau Gewandeten. Er lief zum Tisch und zog Papiere hervor, die in Klarsichthüllen steckten. »Ihre Unterlagen vom Freitag.« Fred überreichte Ella feierlich jede Hülle einzeln. »Das Protokoll unseres Brainstormings. Und hier der Bericht über Sie für die Zeitung. Sie möchten ihn bitte umgehend lesen und, mit Anmerkungen versehen, zurückfaxen, denn …« Fred warf einen Blick auf die Uhr. »Heute Abend um acht Uhr ist Redaktionsschluss.«

»Freitagabend«, sagte Ella trocken und gab Fred die Hülle zurück. »Am Freitag war Redaktionsschluss. Altpapier.« Sie warf einen feurigen Blick in die Runde. »Also, der Chef ist nicht da. Los geht's! Wir brauchen einen Aufhänger für die Touristikkampagne.«

»Barock!«, rief Bini aus. »Das ist doch das, wofür wir berühmt sind.«

Ella musterte sie skeptisch. »Eben … sind. Wir brauchen was Neues für die jungen Zielgruppen.«

»›Bar‹ ist doch gut«, warf Jim ein. »Dresden hat haufenweise stylische Bars!«

»Und ›Rock‹«, ergänzte Joe. »Also Konzerte und Veranstaltungen.«

»Bars, Rock und Barock«, höhnte der Grafik-Grufti. »Das ist ja ein echter Brüller.«

Ella musste ihm leider beipflichten. »Geht gar nicht.«

»Die Elbe.« Fred lächelte, als sei ihm gerade etwas Außergewöhnliches bewusst geworden. »Wir haben die Elbe!«

»Die haben Magdeburg und Hamburg genauso«, stellte Karl-Heinz fest.

Ella zuckte leicht zusammen. Hamburg … Ob wohl bald ihr ersehnter Anruf käme? »Elbe geht ebenfalls nicht. Wir brauchen einen echten Aufhänger, etwas Besonderes!«

»Da gibt es doch genug«, meinte Bini leichthin. »Frauenkirche, Kreuzkirche, Garnisonskirche …«

»Ey, wir machen nicht die Kampagne für den Evangelischen Kirchentag«, fuhr der Grafik-Heinz sie an.

Bini zog eine Grimasse. »Der zieht aber haufenweise junge Leute an.«

»Saxony Valley!«, brüllte Möhre plötzlich in den Raum.

Ella verschüttete vor Schreck beinahe ihren Kaffee. »Wie?«

»Dresden ist einer der wichtigsten Hightech-Standorte in Europa!« Möhre grinste zwischen seinen Haarzotteln hervor. »Das Elbtal wird doch auch als ›Saxony Valley‹ bezeichnet. Damit können wir punkten!«

Bini verzog das Gesicht. »Das zieht doch nur Jobsucher an.«

In diesem Moment klingelte Ellas Handy. »Sorry«, warf sie in die Runde und nahm das Gespräch entgegen. »Fredderick!« Den Bruchteil einer Sekunde dachte sie an die großen Agenturen, nach denen sie sich sehnte, und an ihre internationalen Kampagnen. Doch am Apparat war nicht etwa die Headhunterin, sondern jemand von der Dresdner Hafen-Logistik und unterrichtete sie sachlich über die Ankunft ihres Containers aus Hamburg. »Was, jetzt schon?«, rief Ella ungehalten. Dann sah sie sich um. »Warum starrt ihr mich so an?«

»Sie führen Privatgespräche?«, hörte sie die drohende Stimme von Sack senior hinter sich. »Während der Arbeitszeit, und dann gleich mitten in der Konferenz?« Er schob sein blondes Hasy vor sich her und platzierte die junge Frau erneut wie eine Jagdtrophäe.

Hasy Sack sah Ella empört an. »Sie sind aber nicht sehr professionell!«, stieß sie hervor.

Ella warf einen ungläubigen Blick auf Sacks Trophäe. »So professionell wie ein Chef, der nicht zur Konferenz erscheint, ohne Bescheid zu geben?« Sie sah Sack senior herausfordernd an. »Oder so professionell wie die Werbung mit den Schattenrissen für helle Köpfe?« Sie hielt die Seite der Sachsen-Zeitung hoch und deutete auf die Anzeige. »Welcher helle Kopf hat denn da sein Gehirn in den Schatten bugsiert?«

»Die Anzeige ist spitze«, entgegnete Hasy patzig. »Die ist nämlich von mir!«

Ella lächelte spöttisch und Dr. Sack räusperte sich. »Das ist das Besondere daran«, erklärte er. »Diese Anzeige ist einfach … authentisch.«

»Für wen?« Ellas Lächeln wurde breiter und noch eine Spur süffisanter. »Mein lieber Dr. Sack, diese Anzeige ist tatsächlich höchst authentisch für diese Agentur. Zu authentisch.« Sie sprach leise, in drohendem Tonfall. »Oder wollen Sie mir erzählen, diese Schlägertypen von Profittke Inkasso sind Ihre Kunden? Zu denen würde diese Anzeige übrigens wirklich passen.«

Sack senior errötete bis in die rar werdenden Haarwurzeln. Er vermied es, Ella direkt anzusehen.

Ella legte die Zeitung auf den Tisch, warf einen mitleidigen Blick auf Hasy Sack und wandte sich an die Runde. »Wir setzen unser Meeting fort. Nach der Mittagspause in meinem Büro!« Sie drehte sich auf dem Absatz um und verließ hoch erhobenen Hauptes das Konferenzkabuff.

Container-Schock

»So, wenn Sie mir dann noch den Erhalt der Ware quittieren …« Der Hafenmitarbeiter reichte ihr das nunmehr sechste oder siebte Formular.

»Nein.« Ella klemmte den Stapel Papiere unter den Arm. »Jetzt will ich erst mal den Inhalt des Containers sehen«, verlangte sie energisch. »Woher soll ich wissen, dass wirklich der Container mit meinen Möbeln angekommen ist.«

»Oh, ney!« Der Hafenmitarbeiter verdrehte die Augen. »Na, kommen Se, junge Frau, dann gehen mer glei guggn.«

Ella hatte Mühe, mit ihm Schritt zu halten, als er durch eine Schlucht aus aufgestapelten Transportcontainern hetzte. »Nu, mer müssn vor zu den Schiffsgondainern«, erklärte der unermüdliche Mann. Er marschierte nach links, dann nach rechts. »Nu, da isser ja.« Der Hafenmensch deutete auf die Kombination aus Nummern und Buchstaben auf dem Container. »Guggn Se mal, ob's basst.«

Ella zückte ihren Papierstapel und kontrollierte die Codes. »Scheint richtig zu sein.« Sie nickte. »Machen Sie den bitte auf. Ich möchte nachsehen. Sicher ist sicher.«

»Sischer.« Der Hafenmann seufzte und entfernte mit einer Zange geschickt die Bolzenverschlüsse. »Warum sachn Se denn ni einfach, wo er hin soll? Isch meen, das is ja en kleener Gondainer, den kann man ooch off der Straße dransbordiern.« Er öffnete beide Flügel der Tür. »Nu, Lischt hammer keens da drin.«

Ella stutzte, als sie auf eine Wand aus Kartons guckte. »Was ist das?«

»Ladung?« Der Hafenmitarbeiter warf ihr einen spöttischen Blick zu. »Vielleischt hätten Se jetze die Güte … Isch hab ooch noch andere Kunden.«

»Moment. Helfen Sie mir mal!«, verlangte Ella und begann, einen der Kartons aus dem Stapelwerk herauszufummeln. Er war mit japanischen Schriftzeichen versehen. »Was ist das?«

»Wenn Sie das ni wissen«, meinte der Hafenmann. »Isch weeßes ooch ni.«

»Gucken Sie doch einfach in die Papiere!« Ella zückte ihren Schlüsselbund und ritzte die Klebefolie des Kartons auf.

»Die Papiere haben Sie«, entgegnete der Hafenmann und deutete auf den Papierstapel, den Ella achtlos zur Seite gelegt hatte.

»Spielzeug«, stellte Ella fest. »Da ist jede Menge Spielzeug drin.« Sie zerrte eine der Verpackungen heraus, auf der das Konterfei eines kleinen Roboters abgebildet war. »Ach, dieser Robo …« Sie griff nach den Papieren. »10.000 Stück?« Ella warf einen Blick auf die Kartonfront und zählte die Verpackungen im Karton. Es waren zwei Lagen zu fünf Robotern. »Ich muss 1.000 Kartons loswerden, um an meine Möbel zu kommen!«

»Sind das denn gar ni Ihre?« Der Hafenmann sah sie verwundert an.

Ella schüttelte den Kopf und ließ sich auf den Karton sinken. »Wer holt die denn ab?«

Er zuckte die Achseln und deutete auf die Papiere.

Ella fuhr sich durch die blonden Locken, hielt jedoch geistesgegenwärtig in der Bewegung inne. Kein Grund, sich die Hochsteckfrisur zu ruinieren! »Nun gut.« Sie stand entschlossen auf. »Dann machen Sie mal wieder dicht und tragen mir den Karton hier zu meinem Taxi.« Ella raffte die

Papiere und setzte ihre Unterschrift auf die letzte Seite. »Was schauen Sie denn so?« Sie blickte in das bass erstaunte Gesicht des Hafenmenschen. »Na los! Ich habe keine Zeit zu vertrödeln und Sie doch auch nicht.«

Liebe auf den ersten Roboterblick

Ella legte verärgert das Telefon zur Seite. Niemand schien in Dresden eine Lieferung der japanischen Firma Omocha zu erwarten. Sie drehte den kleinen Roboter um. »Dich will hier keiner.« Das freundliche Robotergesicht lächelte unverdrossen. Ella fuhr das Betriebssystem ihres Notebooks herunter. Auf ihre Mails würde man in Japan erst reagieren, wenn es in Dresden bereits Nacht war. Sie nahm ihren Terminplaner zur Hand. Die Woche gähnte sie aus leeren Zeilen an. So konnte sie nicht arbeiten. So nicht! Seufzend blickte Ella auf ihre Notizen, als sie auf dem Flur ein heruntergeleiertes »Hallihallo, wie geht's, wie steht's?« hörte.

Prompt betrat Sacks Jagdtrophäe Ellas Büro, baute sich grußlos vor dem Schreibtisch auf und stemmte die Händchen in die Hüftchen. »Wagen Sie es nicht noch einmal, mir in die Quere zu kommen, Sie Miststück!«

Ella betrachtete Hasy Sack interessiert und stützte abwartend das Kinn in die Handfläche.

»Ich warne Sie!«, zeterte das Blondchen weiter. »Wenn Sie mir in die Parade fahren, werde ich ungemütlich! Und glauben Sie nicht, ich hätte Sie nicht durchschaut. Ich weiß genau, was Sie vorhaben!« Hasy schnaubte verächtlich und lief vor Ellas Schreibtisch auf und ab. »Wenn Sie meinen, Sie können hier auftauchen und alles an sich reißen, haben Sie sich geschnitten!« Sie richtete einen drohenden Zeigefinger auf Ella. »Dies ist meine Stadt! Und es ist *mein* Mann, für den Sie in *meiner* Agentur arbeiten! An *meinem* Arbeitsplatz!«

Aha, daher wehte der Wind … Ella begann langsam,

gleichmäßige Wellen in den Kies ihres Steingartens zu harken.

»Unterschätzen Sie mich nicht!«, verlangte Hasy selbstbewusst.

Ella beendete ihre Kieswelle exakt, sodass kein Anfang oder Ende zu erkennen war. Dann richtete sie sich langsam auf und schubste mit einem Fuß lässig den Sitzball zur Seite. Mit herablassendem Lächeln sah sie auf die um einen Kopf kleinere Hasy hinab. Ella sprach sehr leise und sehr deutlich. »Passen Sie gut auf, was Sie von sich geben, Frau Sack. Nichts liegt mir ferner, als Ihnen in die Quere zu kommen. Sie sind wirklich nicht mein Niveau. Ich persönlich arbeite für mein Geld. Im Übrigen bin ich hier, um Ihre Agentur mit Ihrem alten Sack flottzumachen. Und wenn Sie meinen, sich mit mir anlegen zu müssen, ist das ein weiteres untrügliches Zeichen für Ihre Inkompetenz.« Ella knurrte leise. »Sie spielen nicht in meiner Liga, Kindchen. Die psychiatrischen Kliniken sind voll ganz anderen Kalibern, die sich mit mir angelegt haben.« Völlig unvermittelt erhob Ella die Stimme. »Raus!«

Offensichtlich hatte sie dem blonden Sack-Accessoire einen gehörigen Schrecken eingejagt. Hasy verließ, blass um das Näschen, Ellas Büro. Warum kam ihr diese Frau nur so bekannt vor? Bereits in dem Sushi-Saloon war sie sich sicher gewesen, ihr Gesicht schon einmal gesehen zu haben …

»Hey, wollen wir essen gehen?« Bini kam fröhlich hereingewackelt. »Ich habe richtig Hunger.« Als sie den Spielzeugroboter auf Ellas Schreibtisch sah, riss sie die Augen weit auf. »Mein Gott, wer bist du denn? Du bist ja putzig!« Sie griff nach dem Spielzeug. »Darf ich?«

»Nur zu.« Ella nickte. »Ich habe 10.000 Stück davon. Und so wie es aussieht, will die ohnehin niemand haben.« Sie fischte eine Bedienungsanleitung vom Tisch. »Der kleine

Kerl kann tanzen und singen, und man soll ihm sogar so ziemlich jede Sprache beibringen können.«

Bini knuddelte den Roboter wie ein kleines Haustier. »Du bist so niedlich mit deinem Sushi-Gesichtchen!«

Ella schüttelte den Kopf. Diese Bini hatte wirklich ein sehr kindliches Gemüt.

»Gucken Sie mal, sein Gesicht sieht doch tatsächlich aus wie diese hübschen Häppchen auf einem Sushi-Teller.« Bini hielt Ella den Roboter hin. »Da, die Kulleraugen und das Näschen und dann dieser putzige Mund!«

»Sie wollen wohl sagen, Sie könnten ein bisschen Johnny zum Mittagessen vertragen«, sagte Ella stirnrunzelnd. »Sie wollen zu unserem coolen Cowboy in den Saloon?«

Bini errötete prompt. »Ich muss das mit den Stäbchen doch jetzt üben«, sagte sie ausweichend und untersuchte die Rückseite des Roboters. Als sie einen Knopf an seinem Rücken betätigte, plärrte das Spielzeug los. »Huch!« Bini hielt ihn von sich fern. Als er nun seine Beine bewegte, stellte sie ihn auf den Fußboden. Sofort marschierte der kleine Kerl los.

»Schalten Sie doch dieses Geschepper ab!« Ella verzog das Gesicht. »Das ist ja grauenhaft.« Sie blätterte in der Bedienungsanleitung. »›Push button for …‹ Er jammert japanische Kinderlieder. Wie scheußlich!«

Bini schnappte sich das Spielzeug und unterbrach Bewegung und Geräusche. »Spricht er denn Japanisch?«

Ella deutete auf einen Absatz der Bedienungsanleitung. »Nicht unbedingt. Hier steht, man kann ihm verschiedene Sprachen beibringen.« Sie blätterte um. »›All toys are able to learn English, Spanish, French and German.‹ Ich nehme an, das Modell wurde eigens für den europäischen Markt entwickelt. Er spricht so ziemlich alles außer Japanisch.«

»Und wie?« Bini lugte neugierig über den Schreibtisch.

»Hier.« Ella hielt ihr die Bedienungsanleitung hin. »Nehmen Sie ihn doch einfach mit und spielen Sie ein bisschen mit ihm.«

Binis Augen funkelten. »Echt jetzt?«

Ella nickte und beobachtete amüsiert, wie Bini mit dem Roboter im Arm aus dem Büro hüpfte. Dieses Spielzeug war für sie und ihre Umwelt sicher ungefährlicher als die japanischen Stäbchen.

Zahn-Rat

»Frau Fredderick, bitte!«, knarzte es aus dem Lautsprecher. Ein grau melierter Herr im weißen Kittel eilte ihr entgegen.

»Dr. Blonski. Ich grüße Sie!« Der Zahnarzt reichte ihr eine zartgliedrige Rechte.

»Nett, dass Sie mir so kurzfristig Audienz gewähren«, floskelte Ella und sah sich im Behandlungszimmer um. Sie bemerkte, dass Blonski sie geradezu mit seinen Blicken verschlang.

»In Ihrem Fall mache ich doch gern eine Ausnahme«, sülzte der Zahnarzt. »Zahnreinigung, hmh?«

Klar, dass der gern eine Ausnahme machte. Sie war privatversichert. »Und einmal Kontrolle.« Ella ließ sich mit Schlabberlatz in den Sessel sinken und in Position fahren. Die Behandlungslampe blendete.

»Na, dann wollen wir doch erst mal schauen, ob sich nicht doch …« Blonski streifte Handschuhe über.

Während Ella ihm die Zähne zeigte, stellte sie fest, dass er sich mehr für ihre Augen als für die Beißerchen interessierte.

»Und? Haben Sie sich ein bisschen eingelebt in unserem schönen Dresden?«, plauderte Blonski vor sich hin. »Ich habe über Sie in der Zeitung gelesen.«

Eine Antwort konnte er wohl kaum erwarten von jemandem, der mit aufgesperrtem Mund vor ihm lag. Ella versuchte ein Nicken anzudeuten, als der Arzt sie nun mitsamt Stuhl wieder in Sitzposition fahren ließ.

»Also, Ihr Gebiss …« Er lächelte. »Ein wahrer Traum. Da lacht das Zahnarztherz!«

Ella grinste möglichst verbindlich zurück. Sie glaubte ihm kein Wort. Schließlich verdiente er sein Geld mit kränkelnden Kauwerkzeugen.

»Normalerweise übernimmt meine Assistentin die Zahnreinigungen«, erklärte er mit einem Augenzwinkern. »Aber bei Ihnen werde ich mich natürlich höchstpersönlich darum kümmern.«

Er verteilte gewissenhaft einige Instrumente auf dem Behandlungstablett, und Ella nutzte diese kurze Gelegenheit, ihr anderes Anliegen zu verbalisieren. »Sie behandeln auch Blasmusiker?«, fragte sie lächelnd. »Ich meine, solche, die spezielle Probleme haben?«

»Sie wollen mir jetzt aber nicht erzählen, Sie spielten so ein Instrument?« Er sah sie aufmerksam an. »Sie müssen wissen, so was erkenne ich sofort am Gebiss. Man ruiniert sich die Schneidezähne.«

Ella schüttelte den Kopf und legte ein Pfund Charme nach. »Es interessiert mich nur, weil ich gehört habe, dass Sie eine Koryphäe auf diesem Gebiet seien.«

Blonski lächelte gebauchpinselt. »Nun, Koryphäe ist vielleicht zu viel des Guten. Aber Sie haben recht. Ich behandle vor allem Orchestermusiker.«

»Auch Saxofonisten?« Ella blickte ihn treuherzig an.

»Ja, natürlich auch Saxofonisten«, bestätigte der Zahnarzt und streifte sich einen Mundschutz über. »Vor allem Saxofon und Klarinette spielen den Beißerchen oft übel mit.«

»Musiker gibt es doch bestimmt viele in Dresden?«, forschte Ella weiter.

»Nun, sie kommen von überallher zu mir. Gern, wenn sie auf Durchreise sind.« Der Mundschutz dämpfte Blonskis Prahlereien. »Und manchmal mache ich sogar Hausbesuche.«

»Hausbesuche?« Ella wurde mitsamt Stuhl wieder in die

Waagerechte befördert. »Sind denn die Musiker so gebrechlich?«

Der Zahnarzt lachte. »Nein, das nicht. Aber manche sind, hmh, ein bisschen gefährlich …« Er zwinkerte ihr zu.

Gut, dann sollte er es eben spannend machen. »Das müssen Sie mir nun aber erklären!«, flötete Ella.

Blonski warf den Reinigungsstrahl an. Der unangenehme Geschmack der Salzlösung machte sich in Ellas Mund breit. Doch die Zahnarzthelferin saugte schnell und geschickt die überschüssige Flüssigkeit ab.

»Ich betreue die Justizvollzugsanstalt Jammerweg«, sagte er und sah Ella tief in die Augen. »Rein zahnmedizinisch, natürlich.«

Obwohl seine undurchsichtigen, dunklen Augen ihr unangenehm waren, hielt Ella es für geschickter, seinem bohrenden Blick nicht auszuweichen.

»Dort trifft man immer wieder auf Musiker.« Der Saugschnorchel röhrte und die Helferin legte ihn zur Seite. »Und nicht wenige von ihnen spielen Blasinstrumente. Wissen Sie, viele fangen erst in der Haft damit an, Musik zu machen«, erklärte Blonski. »Und Blasinstrumente sind sehr beliebt. Man kann allein in der Zelle und auch gemeinsam spielen. So, Moment … Gleich haben wir's. Außerdem verursachen diese Instrumente gehörigen Lärm. Wenn man jahrelang hinter Gittern sitzt, ist das sicher hilfreich. Man macht auf sich aufmerksam, man baut Aggressionen kreativ ab, man setzt sich körperlicher Anstrengung aus … So, einmal spülen bitte!«

Der war ja der reinste Knastologe, dachte Ella, während sie mit dem Stuhl wieder in die Normalposition fuhr. Blonski reichte ihr – nun wieder ungeschützt lächelnd – einen Becher voll Wasser.

Ella spülte ausgiebig und tastete mit der Zungenspitze

über die Schneidezähne. »Spielen Sie selbst ein Instrument?«

Blonski schüttelte den grau melierten Kopf. »Ich spiele Tennis.« Er reichte Ella die Hand und half ihr vom Behandlungsstuhl.

»Ich auch«, sagte sie prompt. Dann biss sie sich auf die Lippe.

»Das ist ja wunderbar«, sülzte Blonski und ließ Ellas Hand gar nicht wieder los. »Wir müssen unbedingt mal zusammen eine Runde auf den Ball klopfen.« Er führte sie aus dem Behandlungszimmer. »Bei Ihrem wunderschönen Gebiss habe ich sonst viel zu selten die Gelegenheit, Sie zu sehen!«

Ella bemerkte aus den Augenwinkeln, dass inzwischen mehrere Patienten warteten.

»Wissen Sie, Frau Fredderick, ich kann mich gar nicht entscheiden …« Blonski ließ nun endlich Ellas Hand los und tätschelte vertraulich ihren Arm. »Ich kann mich nicht entscheiden, was schöner ist: Ihre Augen oder Ihre Zähne!« Der Zahnarzt lachte, als habe er einen besonders guten Witz gemacht.

Als Ella die Praxistür gerade hinter sich schließen wollte, sah sie einen jungen Mann in einem der Behandlungsräume verschwinden. War das der Saxofonspieler? Die Statur stimmte, oder nicht? Sie starrte auf die Tür, hinter der der Patient verschwunden war. Was war nur mit ihr los?

Entschuldigungen & Bruchbuden

Missmutig steckte Ella den Schlüssel ins Schloss der Haustür. Sie hatte den gesamten Nachmittag mit zwar nicht sinn-, jedoch ergebnislosen Immobilienrecherchen im Internet verbracht. Sie hatte zwar einige Lagerraumangebote gefunden, doch mal waren die Räumlichkeiten zu klein, ein andermal feucht, ein Mensch hatte ihr eine komplette Lagerhalle in der Größe eines Fußballfeldes angeboten, und ihre letzte Ansprechpartnerin hatte ihr doch glatt einen Laden in einer Einkaufspassage andrehen wollen, um dort ihre Möbel einzulagern. Für eine Ladenmiete konnte sie die Sachen genauso gut wochenlang in diesem Container stehen lassen.

Ella war versucht, die Haustür hinter sich zuzuwerfen, besann sich jedoch gerade noch rechtzeitig eines Besseren, denn prompt eilte ihr Frau Beck entgegen. Lauerte die denn den ganzen Tag hinter der Tür?

Ella versuchte es mit einem verunglückten Lächeln. »Nanu, ist Löwenherz nicht da? Man hört ihn gar nicht kläffen.« Sie merkte selbst, dass ihre Bemerkung wie ein Hundetadel klang.

»Ach was, der hat Gesellschaft«, winkte Frau Beck schmunzelnd ab. Sie war zu aufgeregt, um Ellas Unterton zu empfangen. »Kommen Sie, Frau Fredderick, kommen Sie mit! Sie haben Besuch.«

Ella unterdrückte ein Stöhnen. Diese vereinnahmende Familienanbindung ging ihr auf die Nerven. Ob sie sich vielleicht doch eine eigene Wohnung suchen sollte? Nicht, dass sie länger als unbedingt nötig bei ›Sack & Sohn‹ arbeiten wollte. Aber offenbar zog sich das mit den Bewerbungen in Berlin und Hamburg noch hin. Und ihre Möbel waren nun ohnehin hier gelandet. Dann konnte sie sich auch vorübergehend eine Wohnung einrichten und hatte wenigstens ihre Ruhe, wenn sie nach Hause kam. Widerstrebend folgte sie der Pensionswirtin in ein großes Wohnzimmer, das von blumigen Motiven dominiert wurde. Blumenkissen, Blumenvorhänge, Blumenbilder, Blumentischdecken … Kein Wunder, dass der Hund eine Macke hatte, vermutlich hielt er sich für eine Biene.

»Ach, Frau Fredderick, prima, dass Sie da sind!«

Stirnrunzelnd beobachtete Ella, wie Laetitia Baer hinter einem Sessel hervorkrabbelte. Pudel Löwenherz hing munter knurrend an ihrem Fuß.

»Sie schon wieder! Was gibt's?« Ella verdrehte die Augen. Die hatte ihr gerade noch gefehlt.

Die Journalistin hatte endlich ihren Hintern hochgehievt und den knurrenden Pudel abgeschüttelt. »Ich möchte mich bei Ihnen entschuldigen«, schnaufte sie lachend. »Das mit dem Porträt ist dumm gelaufen.«

»Allerdings.« Ella musterte sie vorwurfsvoll.

»Ich hatte Ihnen den Artikel zur Durchsicht geschickt«, erklärte Laetitia Baer munter. »Der Redakteur sollte Ihre Änderungen einarbeiten. Und nachdem er von Ihnen keine Rückmeldung bekommen hatte …«

»Ich hätte gern gewusst, dass überhaupt ein Artikel erscheinen soll«, unterbrach Ella sie. »Normalerweise erfährt man schließlich *vor* einem Gespräch, dass man ein Interview gibt, nicht wahr?«

»Ich sage ja, es ist dumm gelaufen.« Die Journalistin wirkte nicht im Geringsten zerknirscht. »Ich möchte mich bei Ihnen in aller Form entschuldigen. Darf ich Sie heute Abend zum Essen einladen? So als kleine Wiedergutmachung?«

Auch das noch! Ella blickte irritiert auf Frau Beck, die

ihr aufmunternd mit dem Lockenköpfchen zunickte. »Na ja …« Sie sah die Journalistin skeptisch an.

»Ach, kommen Sie!« Laetitia Baer grinste penetrant.

»Aber nicht in diesen Sushi-Saloon«, entgegnete Ella.

»Wo immer Sie hin wollen«, versprach die Journalistin. »Überlegen Sie sich etwas, und ich hole Sie um acht Uhr ab, einverstanden?«

Ella lenkte ein. Sie hatte schließlich nichts Besseres zu tun. »Na gut.«

Hildegard Beck frohlockte. »Ach, wie schön! Darf ich jetzt? Ich habe noch eine Überraschung für Sie!« Sie nickte Ella begeistert zu. »Oder haben Sie schon eine Lagerstätte für Ihr Mobiliar?«

Ella schnaufte leise. »Nein.«

Laetitia Baer reichte Frau Beck die Hand. »Ich bin dann weg«, sagte sie fröhlich, und zu Ella gewandt: »Um Punkt acht bin ich da!« Sie eilte zur Tür. »Ahoihoi!«

Ella sah ihr verwundert nach. Sie wusste wirklich nicht, ob sie Lust hatte, mit diesem Vielfraß einen ganzen Abend zu verbringen. Wenn die einmal loslegte, konnte so ein Essen sicher einige Zeit dauern. Andererseits hatte sie durchaus begriffen, dass Fred die Sache mit dem Artikel verbummelt hatte.

»Da bin ich aber froh.« Frau Beck lächelte selig. »Und mein Mann erst!« Sie sah Ella aufmunternd an. »Nun, dann sollten wir uns sofort auf den Weg machen. Schließlich wollen Sie nachher noch ausgehen.« Sie trat hinaus in die Diele. »Kommen Sie!«

Ella schüttelte den Kopf. Wen oder was hatte die Pensionswirtin denn jetzt noch in petto?

Während Frau Beck in Schuhe und Mantel schlüpfte, plapperte sie munter drauflos: »Ich hatte Ihnen doch von meiner Schwester erzählt? Oder hatte ich Ihnen noch nicht von meiner Schwester erzählt? Nun ja, meine Schwester jedenfalls besitzt ein Haus im schönen Striesen. Das ist gar nicht weit von hier, und ich habe Ihnen doch erzählt, dass dort zwei Wohnungen leer stehen …« Sie setzte sich ihren Hut auf ihre Löckchen. »Nun, meine Schwester erwartet uns.«

Seufzend folgte Ella Hildegard Beck. Eine Wohnung klang zumindest nach einer besseren Lagermöglichkeit als Geschäftsräume in einer Einkaufspassage. Auf der zügigen Fahrt, vorbei an villenähnlichen Häusern mit hübschen Vorgärten und schmiedeeisernen Zäunen, erfuhr Ella, dass die Wohnung im dritten Stock eines Gründerzeithauses lag. Und während Frau Beck die verkehrsgünstige Lage des Hauses anpries und auf die zahlreichen Einkaufsmöglichkeiten hinwies, steuerte sie ihr kleines, rotes Auto über holpriges Kopfsteinpflaster. »Keine Angst, die Straße dort ist asphaltiert. Es ist also nicht so laut, wenn Autos vorbeifahren. Es fahren allerdings auch nicht viele …«

»Meinen Möbeln sind Fahrgeräusche vollkommen egal«, unterbrach Ella sie. »Sie kaufen keine Blumen oder Lebensmittel und fahren wohl kaum mit der Straßenbahn umher.«

»Oh ja, natürlich.« Die Pensionswirtin klang beleidigt. Schweigend lenkte sie den Wagen in eine kleine Sackgasse und hielt an. »Dort ist es.« Sie deutete auf eine düstere Sandsteinfassade, die wahrlich bessere Tage gesehen hatte.

Als sie das dunkle Treppenhaus betraten, rümpfte Ella die Nase. Essensmief schwebte in der Luft, trotz der hohen Decken und Fenster. Verbeulte Briefkästen hingen an der Wand und überall lagen und standen Fahrräder herum. Die Wandmalereien, die dem Treppenverlauf folgten, waren mit Kratzern und Flecken übersät. Die Pensionswirtin wollte offenbar ganz sichergehen, dass es Ella nicht doch noch irgendwo besser gefiel als in ihrer Pension.

Hildegard Beck schnaufte leise. »Hier ist es.« Sie klingelte und kurz darauf lugte eine ältere Dame aus der Tür. Auch sie hatte graue Löckchen auf dem Kopf. Doch außer Frisur und Statur konnte Ella keine Gemeinsamkeiten bei den beiden Schwestern feststellen. Während Frau Beck eine korrekt elegante Erscheinung bot, trug ihre Schwester Kittelschürze und grobe Holzpantinen.

Nach einer wortreichen und nach Ellas Meinung völlig unnötig ausführlichen Begrüßung öffnete die Hausbesitzerin endlich die Tür nebenan und führte sie in eine Wohnung mit zahlreichen Türen und Räumen. An den Wänden verrieten die scheußlichen Tapetenreste, dass es eine Weile her sein musste, dass hier jemand gewohnt hatte. Ein paar Sonnenstrahlen blinzelten durch die halbblinden Fenster und warfen zaghafte Lichtwellen auf die alten Holzdielen. Ella sah genauer hin. Die Fensterscheiben wirkten nicht nur dünn, sondern seltsam wellig und verschwommen.

»Das ist DDR-Glas«, erklärte Frau Becks Schwester mit Stolz in der Stimme. »Es ist alles noch echt und ursprünglich.« Sie öffnete eine kleine Tür. »Auch das Bad.«

Ella glaubte ihr aufs Wort. Als sie einen Blick in das kleine Badezimmer warf, erschauerte sie. Eine graue, alte Wanne stand auf klobigen Holzstücken. Ihre Füße hatte sie längst eingebüßt. Darüber hing ein seltsames Gebilde, vermutlich ein Badeofen der ersten Generation. Ella wandte sich schnell ab. »Ich brauche nur einen Lagerraum für … ein paar Wochen höchstens.«

»Liselotte, das habe ich dir doch gesagt.« Frau Beck klang leicht gereizt. »Frau Fredderick wohnt doch bei mir in der Pension.« In tadelndem Tonfall fuhr sie fort. »Du kannst das doch nicht mehr als Wohnraum anbieten. In diesem Zustand.«

Ihre Schwester zuckte die Achseln. »Na gut, für 200 Mark im Monat kann sie ihren Kram hier reinstellen. Aber sie muss einmal im Monat die Treppe wischen.«

»Euro«, erklärte Hildegard Beck. »Lilo, wir haben keine D-Mark mehr.«

Ella war sich nicht sicher, ob die skurrile Schwester nicht sogar an Ost-Mark gedacht hatte. Wie auch immer, der Preis war geradezu lächerlich. »Ich gebe Ihnen 250 Euro, ab sofort«, erklärte Ella. »Aber ich putze nicht das Treppenhaus!«

Frau Beck lächelte. »Na, Lilo, das ist doch ein Wort.«

Ihre Schwester nickte. »Aber passen Sie ein bisschen auf mit den Möbeln im Treppenhaus und an den Türen. Nicht, dass Sie mir alles kaputt machen.«

Neue und alte Bekannte

Ella stand vornübergebeugt im Bad, um ihrer Löwenmähne eine dezente Portion Haarspray zu verpassen. Dann warf sie die Haare nach hinten und einen Blick in den Spiegel. So. Jetzt sah sie wieder einigermaßen zivilisiert aus. Sie entfernte das Handtuch, das sie sich zum Schutz ihrer Kleidung um die Schultern gelegt hatte. Es war erst halb acht, und so, wie sie diese unmögliche Journalistin einschätzte, würde sie mit Sicherheit nicht pünktlich erscheinen. Es blieb ihr also noch ein bisschen Zeit. Ob sie sich den Saxofonkoffer und seinen Inhalt noch einmal vornehmen sollte? Unwillkürlich griff sie mit der einen Hand nach der Streichholzschachtel und nahm mit der anderen die handbeschriebenen Seiten. Sie musste einfach versuchen, diesen Brief zu entziffern. Immerhin war er der einzige Anhaltspunkt, den sie besaß. Außer diesem Zahnarzt Dr. Blonski, der höchstwahrscheinlich den unbekannten Saxofonisten schon behandelt hatte. Aber wie sagte er noch? Es kämen auch Musiker auf der Durchreise bei ihm vorbei. Vielleicht war dieser hilfsbereite Unbekannte gar nicht von hier – oder er war tatsächlich das Opfer ihres unheimlichen Verfolgers geworden …

Los, mach schon!, feuerte Ella sich im Stillen an. Sie blätterte die Seiten um. Die Schrift war nur sehr schwer lesbar. Hier, das musste die erste Seite sein. ›Dresden, den …‹ könnte das heißen, denn was folgte, war ganz offensichtlich ein Datum, und zwar eines, das erst wenige Wochen zurücklag. Ellas Blicke tasteten die Schlaufen auf den Seiten ab, ohne wirklich Buchstaben oder Wörter wahrzunehmen. Da, noch ein paar Zahlen. ›0351…‹. Das war doch die Vorwahl von Dresden, also war das eine Telefonnummer. Na, bestens! Dann konnte sie das ja alles sofort klären. Ella griff zum Mobiltelefon und tippte die Nummer ein.

Nach wenigen Klingelzeichen meldete sich eine Männerstimme. »Hallo?«

»Guten Abend«, sagte Ella. »Entschuldigen Sie die Störung. Wer ist dort, bitte?«

»Wer sind Sie denn?«, brummte der Mann.

»Mein Name ist Ella Fredderick«, erklärte Ella. »Ich suche einen Mann …«

»Da bin ich bestimmt nicht der Richtige. Ich bin garantiert zu alt für Sie«, antwortete die namenlose Stimme. »Und alle anderen Männer hier auch.«

»Nein, das haben Sie falsch verstanden«, beeilte sich Ella richtigzustellen.

»Nein. Sie haben es falsch formuliert«, sagte der Mann.

»Mag sein«, warf Ella ein. »Hören Sie, ich habe Ihre Telefonnummer in einem Koffer gefunden, dessen Besitzer ich suche …«

Der Mann schwieg.

»Ich habe gehofft, dass Sie mir weiterhelfen können«, insistierte Ella. »Es ist ein Saxofonkoffer, in dem Ihre Nummer …«

»Rufen Sie später noch mal an!« Die Stimme flüsterte jetzt. Dann vernahm Ella einige undefinierbare Stöhnlaute. Im Hintergrund sprach eine energische Frauenstimme. »Wir sollen doch nicht herumtelefo…!« Klick. Die Verbindung war unterbrochen. Ella sah stirnrunzelnd auf das Telefon in ihrer Hand.

In diesem Moment klopfte es an der Tür. Ella warf das Telefon in ihre Tasche, zögerte kurz und steckte dann den fremden Brief und das verknickte Foto ebenfalls ein. Unschlüssig hielt sie die Streichhölzer in der Hand, als sich ihre Zimmertür öffnete. Es war die dreiste Journalistin. Typisch, dass die einfach hereinkam. Wahrscheinlich musste Ella froh sein, dass sie überhaupt zuvor angeklopft hatte.

»Ahoi! Sind Sie startklar?« Laetitia Baer sah sich mit unverhohlener Neugier im Zimmer um. »Mann, sind Sie immer so ordentlich, oder räumt die alte Beck für Sie auf?«

Ella überging ihre Frage demonstrativ. »Guten Abend. Sie sind ja überpünktlich.«

»Ich habe mich extra beeilt«, erklärte die Journalistin grinsend. »Und, wo wollen Sie hin?«

Ella warf einen Blick auf die Streichholzschachtel in ihrer Hand. »Landhotel Augustus, kennen Sie das?«

Die Journalistin nickte. »Das ist Richtung Meißen draußen. Kenne ich.«

»Na, dann los.« Ella steckte die Streichhölzer ein, schnappte sich den Pensionsschlüssel und folgte Laetitia Baer nach draußen.

Als Ella ins Auto der Journalistin einstieg, sah sie Hildegard Beck am Fenster stehen. Sie zog die Gardine weg und winkte ihnen. Diese Pensionswirtin belauerte wirklich ständig alles und jeden.

Während sie über die Landstraße fuhren, plapperte Laetitia Baer über irgendwelche Ereignisse aus ihrem Zeitungsalltag. Ganz offensichtlich war sie bemüht, ihr den permanenten Zeitdruck und den ständigen Konkurrenzkampf nahezubringen. Ella ließ ihr Geplauder wie die Bäume an sich vorbeiziehen. Ihre Gedanken wanderten immer wieder zu dem Musiker. Welchen Namen er wohl trug? Jonathan oder Konstantin? Sie stellte sich unbedingt einen klangvollen Namen für ihn vor. Jonathan mit dem Saxofon. Durch wildes Geschimpfe wurde Ella immer wieder aus ihren Träumereien gerissen.

»Kauf dir einen Blinker, du Arsch!« – »Hast du deinen Führerschein im Lotto gewonnen?« – »Ha, Blondine am Steuer!« Laetitia Baer trat heftig auf die Bremse.

»Muss das sein?« Ella sah sie verärgert von der Seite an.

»Na, klar!« Die Journalistin lachte. »Sonst macht's doch keinen Spaß. Hey, da sind wir schon.« Sie lenkte den Wagen auf einen kleinen, verdeckt liegenden Parkplatz.

Sie stiegen aus und gingen einen schmalen Weg entlang. Durch einen Rundbogen betrat man das Gutsgelände. Auf dem Schild am Eingang stand im Schriftzug der Streichholzschachtel ›Landhotel Augustus‹. Sie überquerten den in der Dämmerung sanft von alten Stalllaternen beleuchteten Hof. In Terrakottakästen waren bereits erste Blüten zu erkennen. Ella folgte der Journalistin durch eine dicke Eichentür ins Innere. Gekalkte Gewölbedecken, stämmiges Mobiliar und bunte Decken auf den Tischen bestimmten die rustikale Atmosphäre. Der Geruch nach deftiger Küche und frisch gezapftem Bier hing in der Luft. Nur zwei ältere Ehepaare belegten einen Tisch. Ella und die Journalistin grüßten und setzten sich an einen Tisch in der Ecke mit kleinem Fenster.

»Was möchten Sie essen?«, fragte Laetitia Baer und deutete auf den Pappaufsteller auf dem Tisch. »Die haben sächsische Spezialitäten und böhmische Küche.«

Ella schlug die Speisekarte auf. »Ich weiß nicht so recht. Nichts Schweres …«

Die Journalistin lachte herzhaft. »*Sie* wollten doch in dieses Gasthaus gehen. Makrobiotische Küche kriegen Sie hier nicht.«

»Habe ich doch richtig gesehen. Sie sind es!« Eine Kellnerin mit langer Schürze trat an den Tisch. Es war die Frau von Möhre.

»Oh, hallo«, sagte Ella überrascht. Kurz flackerte das Bild von dem blutüberströmten kleinen Jungen vor ihrem geistigen Auge auf. »Und wie geht es dem kleinen Patienten?«

»Alles wieder in Butter. Noch mal vielen Dank für Ihre Hilfe! Sie waren wirklich so was wie ein rettender Engel.« Die Mama-Möhre lächelte warmherzig.

»Das muss sie wohl sein, wenn sie den ›Sack-Karren‹ aus dem Dreck ziehen will«, warf Laetitia Baer ein.

Ella musterte sie fragend. Was sollte diese Bemerkung nun wieder?

»Sie meinen, ›Sack & Sohn‹ geht es schlecht?«, fragte die Mama-Möhre. »Wie schlecht?« Sie sah Ella mit besorgtem Gesicht an.

»Wir sind an einer großen Kampagne dran«, beschwichtigte Ella die siebenfache Mutter. »Aber ich darf nicht darüber reden.«

Laetitia Baer grinste spöttisch. »Na, zwei bis drei große Kampagnen möchten es schon werden. Der alte Sack hat den Laden ganz schön runtergewirtschaftet.« Dann schien sie den entsetzten Blick der Kellnerin zu bemerken. »Machen Sie sich keine Sorgen, unser Ella-Engel macht das …« Sie tätschelte demonstrativ Ellas Arm, die ihn sofort wegzog.

»Vorsicht, Frau Baer, Sie schädigen den Ruf unserer Agentur«, ermahnte Ella. »Machen Sie sich bitte keine Sorgen«, wandte sie sich an die Möhrchen-Mama. »Ihr Mann ist für die Agentur absolut unentbehrlich.«

Die Möhrchen-Mama seufzte. »Hoffentlich haben Sie recht.«

Ella warf einen Seitenblick auf die Journalistin. Sie musste aufpassen, dass diese Klatschtante daraus nicht gleich wieder einen Beitrag für ihre Lokalgazette machte. »Es kann allerdings gut sein, dass wir Ihren Mann in nächster Zeit häufiger brauchen, auch am Wochenende.«

»Ach, das ist kein Problem«, sagte Mama-Möhre schnell. »Ich halte ihm den Rücken frei.«

Laetitia Baer klappte die Speisekarte zu. »Wenn ihr dann mit dem Dienstplan so weit seid. Ich habe Hunger. Bitte die Sächsische Kartoffelsuppe mit Würstchen, dann einmal Hausmacher Sülze mit Bratkartoffeln und zum Nachtisch … hmh, Quarkkeulchen oder Buchteln? Ach, ich nehme einfach beides!«

Die Kellnerin notierte eifrig und sah dann Ella fragend an. »Und Sie, Frau Fredderick?«

Ella warf einen letzten Blick in die Speisekarte. »Ich nehme den Dresdner Sauerbraten, aber bitte mit Petersilienkartoffeln statt Knödeln.«

Die Möhrchen-Mama nickte. »Geht klar. Und was möchten Sie trinken?«

»Einen trockenen Rotwein bitte, Spätburgunder.« Ella legte die Karte zur Seite.

Laetitia Baer rutschte unruhig auf ihrem Stuhl herum. »Ich nehme ein Schwarzbier.« Kaum war die Kellnerin verschwunden, sprang sie auf. »Ich gehe mal pullern! Wenn ich in einer halben Stunde nicht zurück bin, retten Sie mich bitte wieder.« Sie lachte herzhaft.

Ella nickte, sah erst ihrem großen Hintern nach und ließ dann langsam den Blick durch den Raum schweifen. Neben der Tür an der Wand bemerkte sie ein Plakat, das irgendwie nicht recht in dieses rustikale Ambiente passen wollte. Eine ›Lange Jazznacht‹ wurde darauf mit einem großen Saxofonbild angekündigt. Offenbar gab es auf diesem Landgut nicht nur Restaurant und Hotel, sondern auch einen Gewölbekeller für Veranstaltungen. Die Namen der Musiker sagten Ella nichts. Es handelte sich wohl um Auftritte regionaler Jazz-Combos. Ob der Musiker zu diesen Kreisen gehörte? Ella dachte an ihr abgebrochenes Telefonat. Sie hatte doch so was wie eine Spur. Schnell zog sie ihr Mobiltelefon aus der Tasche und betätigte die Wahlwiederholung.

Sofort meldete sich die Männerstimme. »Hallo, sind Sie das?«

»Ja, Ella Fre…«

»Sehr schön!«, unterbrach sie der Mann. »Ich habe nachgedacht. Ein Saxofonkoffer, sagten Sie?«

»Ja«, bestätigte Ella und überlegte kurz. »Sein Besitzer kann sehr gut spielen. Mehr weiß ich leider nicht. Kennen Sie ihn?«

»Kann sein«, meinte der Mann ausweichend. »Sind Sie genauso hübsch, wie Ihre Stimme klingt?«

Ella lachte leise. Dieser Fremde war ihr aus unerfindlichen Gründen sympathisch. Ob es tatsächlich die Stimme war, die hier eine Rolle spielte? »Ich weiß es nicht. Aber vielleicht sollten Sie das selbst beurteilen.«

»Sie wollen mich besuchen?« Der Mann klang erfreut.

»Gern. Wenn es Ihnen recht ist?« Ella lauschte gespannt.

»Sicher, sicher. Ich würde mich freuen!« Er nannte ihr eine Dresdner Adresse, irgendwas mit einem Ufer, vermutlich nahe der Elbe. »Können Sie sich das merken?«

Ella bejahte und kramte nach ihrem Terminplaner.

»Dann sind Sie jung«, stellte der Mann fest. »Fragen Sie nach Ephraim und glauben Sie kein Wort von dem, was man Ihnen erzählt!«

Ella stutzte. Er hatte aufgelegt. Sie notierte sich ›Ephraim‹ und die angegebene Adresse. Das war doch endlich mal …

»Sie haben wohl Ihre Geheimnisse, was?!« Die Stimme der Journalistin ertönte plötzlich dicht neben ihr.

Ella fuhr herum. »Mein Gott, haben Sie mich erschreckt!«

Reflexartig klappte sie ihren Terminplaner zu. Irgendetwas segelte zu Boden. Ella bückte sich, doch die Journalistin war schneller.

»Was haben wir denn da?« Laetitia Baer hielt lachend das alte, verblasste Foto hoch. »Oh, unser Hasy!«

Ella atmete tief durch. Natürlich! Die junge Frau auf dem Bild war diese unsägliche Hasy Sack. Frisur und Haarfarbe hatten sich verändert. Aber wenn man genau hinsah, erkannte man ihren primitiven Zug um den Mund. Der war heutzutage noch etwas deutlicher. »Kennen Sie auch den Mann auf dem Bild?«

Die Journalistin betrachtete die Aufnahme, reckte das Kinn vor und spitzte die Lippen. Sie schmunzelte. »Und ob!«

Ella sah sie erwartungsvoll an. »Nun sagen Sie schon!«

»Sie haben ein Foto von ihm in der Tasche und wissen nicht, wer das ist?« Laetitia Baer feixte ungläubig.

»Ich habe keine Ahnung«, erklärte Ella. »Ich habe das Bild gefunden.«

»Sie kennen den Typen von dem Foto ganz bestimmt«, versicherte die Journalistin.

»Dann sagen Sie es mir!«, verlangte Ella.

»Aber ich will diese Geschichte mit dem Musiker hören«, sagte die Journalistin. »Sie suchen doch nach einem Saxofonisten, oder?« Laetitia Baer legte das Foto auf den Tisch.

Ella zog die Augenbrauen hoch. »Woher wissen Sie …?« Sie verstummte. Ob Frau Beck geplaudert hatte? Vermutlich.

Die Journalistin zuckte die Achseln und legte das Foto auf den Tisch. »Das ist Fred Sack, bevor er in der Gummizelle verschwunden und zum Psycho mutiert ist. Und Hasy dürften Sie …«

»Ja, ja«, unterbrach Ella sie schnell. »Fred sah ja mal richtig nett aus.« Sie dachte kurz nach. »Dann hatte er also etwas mit dieser Hasy?«

Laetitia Baer verzog das Gesicht. »Ich glaube, die schmeißt sich an jeden ran, der nicht bei drei auf dem Baum ist. Männer sind eben doof.« Sie sah Ella neugierig an. »Was ist das für eine Geschichte mit dem Musiker?«

»Nun ja.« Ella zögerte. Vielleicht konnte die Journalistin ihr ja helfen ... Sekundenlang sah sie wieder das vertraute Gesicht vor sich. Jonathan passte wirklich hervorragend zu ihm.

Als kurz darauf das Essen serviert wurde, begann Ella kurz und knapp, die nächtliche Situation zu schildern, in die sie an ihrem ersten Abend in Dresden geraten war. Dass sie ausgerechnet mit Jörg Stegmann ein Date gehabt hatte, ließ sie dabei geflissentlich unter den Tisch fallen.

»Und Sie rennen mitten in der Nacht ausgerechnet durch die Lingnerstadt?« Laetitia Baer biss kraftvoll in ein Würstchen. »Das ist ziemlich dämlich.«

Ella stocherte in ihrem Essen herum. »Ich hatte keine Ahnung, wo ich war. Also bin ich der Musik gefolgt.«

»Hat ja dann auch geklappt.« Die Journalistin klopfte mit dem Löffel auf den Rand ihrer Suppenterrine. »Wir werden Ihren Musiker finden. Wir setzen einfach eine Anzeige in die Zeitung.«

Ella sah sie erstaunt an. Warum war sie darauf nicht selbst gekommen?

Laetitia Baer stürzte sich auf Sülze und Bratkartoffeln und schaufelte sich den Mund voll, was sie jedoch nicht davon abhielt, weiterzuplaudern. »Und dann brauchen wir natürlich noch diesen Psychopathen, der Sie verfolgt hat.«

Ella, die gerade ein Stück Sauerbraten zum Mund führen wollte, legte die Gabel zurück auf den Teller. »Warum das denn?«

»Weil solche Typen immer ein heißes Thema sind.«

»Ein heißes Thema? Für wen?«

Laetitia Baer spülte mit Schwarzbier nach. »Na, für meine Leser! Eine attraktive und hilflose Frau, ein sensibler Musiker als Held und das ›Monster‹, das nachts im schönen Dresden den Frauen auflauert … Das ist einfach perfekt!«

Ella warf verärgert ihr Besteck auf den Teller. »Sie wollen doch bloß eine Story!«

»Mhm, gut.« Die Journalistin gabelte den letzten Bissen Sülze auf und schleifte ihn durch einen Rest Remoulade. »Natürlich will ich eine Story! Was dachten Sie denn?«

Ella schob ihren Teller zur Seite und strich sich eine blonde Locke aus der Stirn. Ja, was hatte sie eigentlich gedacht? Natürlich interessierte sich diese Journalistin nur für die Story. Wofür auch sonst?

»Also, dann …« Laetitia Baer hielt ihr die Hand hin. »Abgemacht. Ich helfe Ihnen, Ihren Musiker zu finden, und Sie liefern mir die ganze Geschichte exklusiv. Keine Gespräche mit MoPo oder BILD.«

Widerstrebend schlug Ella ein. Sie hatte ohnehin zu viel erzählt, um die Journalistin ganz rauszuhalten. Vielleicht war es wirklich besser, mit Laetitia Baer zu kooperieren.

»Essen Sie das nicht mehr?« Laetitia Baer deutete auf Ellas Teller.

Ella schüttelte den Kopf.

»Darf ich?« Sie schnappte sich den Rest Fleisch von Ellas Teller und langte kräftig zu. »Auweia, ist das lecker!«

»Entschuldigen Sie, ich muss mal schnell verschwinden.« Mit diesen Worten erhob Ella sich und strebte in Richtung Ausgang. Dabei fiel ihr Blick erneut auf das Plakat mit dem Saxofon zur ›Langen Jazznacht‹. Im Vorraum stieß sie fast mit Möhres Frau zusammen.

»Die Toiletten sind dort drüben.« Sie wies auf einen Durchgang zum Hotel.

Ella nickte und folgte ihrem Hinweis. Ein Schild schickte sie eine Treppe nach oben, die wohl auch zu einigen Hotelzimmern führte. Als sie gerade die Tür zur Damentoilette öffnete, hörte sie hinter sich eine bekannte Stimme.

»Nein, ich gehe vor«, erklärte eine Frau. »Ich will nicht, dass man uns zusammen sieht.«

Es folgten ein paar Schritte auf der Treppe, nach denen sich Ella unwillkürlich umdrehte. Sie blickte in das erschrockene Gesicht von Sacks Hasy.

»Hallihallo, wie geht's, wie steht's?«, sagte sie mechanisch und beeilte sich, an Ella vorbeizugehen.

Ella verzog amüsiert das Gesicht. Es war wohl wieder mal einer nicht bei drei auf dem Baum gewesen. Neugierig sah sie hinauf und stutzte. »Ja, wen haben wir denn da? Unseren Unternehmer des Jahres.«

Jörg Stegmann richtete eilig seinen Krawattenknoten und lächelte verlegen. »Hallo. Ähm, Sie hier?«

Ella zog die Augenbrauen hoch. »Schönen Abend noch, Jööörg!« Sie verschwand hinter der Toilettentür. Das war ja interessant! Ella warf einen prüfenden Blick in den Spiegel. Vielleicht ging es ›Sack & Sohn‹ gar nicht schlecht, weil sie Aufträge vergeigten, sondern weil die Konkurrenz immer einen Schritt schneller war. Da hatte dieses Bett-Hasy doch die kleinen Schlampenfinger mit im Spiel! Selbst eine wie die hatte doch nicht ohne erklärte Vorteile etwas mit einem Typen wie dem ekelhaften Jööörg! Ob sie mit Sack senior darüber reden sollte? Eigentlich war solcher Tratsch unter ihrem Niveau, genau wie diese ganze Hasy. In diesem Moment bemerkte sie im Spiegel das Plakat mit dem Saxofon hinter sich. Ella drehte sich um. Die ›Lange Jazznacht‹ am Wochenende.

Als Ella die Damentoilette verließ und die Treppe hinablief, kam Mama-Möhre gerade mit einem Korb voller Weinflaschen aus einem der Hinterzimmer. Ob sie mehr wusste über diese Jazznacht und die Combos, die auftraten? Vielleicht kannte sie ja sogar den Musiker.

»Ach, Frau Möh… ähm, Frau …« Ella biss sich auf die Unterlippe. Wie hieß diese Möhrenfamilie denn noch mal?

»Herrmann«, erklärte die Möhrchen-Mama lächelnd.

»Genau.« Ella räusperte sich. »Frau Herrmann. Sagen Sie, diese Jazznacht am kommenden Wochenende … Kennen Sie die Musiker, die dort auftreten? Sind das Leute hier aus der Region?«

Möhres Frau stellte den Flaschenkorb ab. »Also, manche von denen kenne ich vom Sehen. Die kommen regelmäßig zu solchen Konzerten. Allerdings mache ich mir nicht viel aus dieser Musik. Warum fragen Sie?«

»Ich bin auf der Suche nach einem Saxofonisten«, erklärte Ella.

»Ach, Sie brauchen einen guten Musiker.« Die Möhrchen-Mama lächelte wissend. »Ist sicherlich für die Kampagne, was? Auf unserer Jazznacht finden Sie da bestimmt jemanden. Unser Chef sucht nur wirklich gute Leute aus für Musikveranstaltungen.« Sie griff energisch nach ihrem Flaschenkorb. »Ich muss jetzt mal weitermachen. Kommen Sie doch einfach am Wochenende und suchen sich einen Saxofonspieler aus!«

Ella lächelte unwillkürlich. Natürlich. Die Welt konnte so einfach sein. Ella spürte, wie sich ihr Lächeln über den ganzen Körper ausbreitete. Sie bekam eine Gänsehaut. Doch jäh erstarb das wohlige Schaudern. Kam ein Musiker ohne sein Instrument zum Konzert? Wie Peitschenhiebe jagten ihr plötzlich Zweifel über den Rücken und eine tiefe Trostlosigkeit machte sich breit.

Kampagne & Krise

Mit müden Schritten schleppte Ella sich am nächsten Morgen durch die verschlafen wirkenden Seitenstraßen der Dresdner Neustadt. Sie hatte keine Lust auf ein Frühstück im Café International. Deshalb ließ sie es rechts liegen und ging die Straße hinunter zur Agentur. Erst wollte sie die Sache mit dieser Spielzeuglieferung klären. Schließlich hatte sie jetzt eine Lagermöglichkeit für ihre Möbel. Die Omocha-Roboter mussten weg.

Als sie die Agentur betrat, stolperte sie fast über Bini, die auf dem Gang saß und kichernd den dahinwackelnden kleinen Roboter beobachtete. Dann sah Ella, dass der Roboter auf den Grafik-Grufti zuwackelte, der ebenfalls auf dem Boden kniete.

»Du bist aber auch ein geiles Teil«, ließ sich Karl-Heinz vernehmen.

»Nu, nu, geht gloar«, schepperte der Roboter zurück und Bini und der Grufti gluckten vergnügt wie Kinder im Sandkasten.

Ella bahnte sich vorsichtig den Weg zwischen den Spielenden hindurch. »Morgen«, murmelte sie.

»Schau mal, du kleiner Sushi, Barbie kommt«, sagte der Grafik-Grufti grinsend. »Das ist doch die perfekte Freundin für dich.«

»Nu, nu, geht gloar«, ertönte es erneut blechern aus dem Spielzeug.

Ella lächelte gequält. Endlich hatte sie ihre Bürotür erreicht.

»Hören Sie mal, er spricht noch mehr Sächsisch«,

freute sich Bini. Sie drückte an den Knöpfen des Roboters herum.

»Isch weeß ja ooch ni«, quäkte das Spielzeug.

Karl-Heinz lachte meckernd. »Das ist nicht nur ein kleiner Sushi, das ist ein echter Sachsen-Sushi.«

Ella schloss kopfschüttelnd ihre Bürotür hinter sich und beeilte sich, ihr Notebook hochzufahren. Dann ließ sie sich in ihren alten, quietschenden Bürosessel fallen und wartete ungeduldig auf die Anzeige ihres Mailpostfachs.

»Na, Gott sei Dank«, murmelte sie, als sie sah, dass Post aus Japan dabei war, und las begierig die erste Mail. Sie war von einem Anwalt, der offenbar die Firma Omocha vertrat. »Wie bitte?« Ella las die Mail erneut. Kein Zweifel, der Anwalt schilderte ihr, dass die Firma Omocha vor vier Wochen Insolvenz angemeldet hatte und dass er, der Anwalt und Verfasser dieser Mail, damit beauftragt war, das Ganze formal abzuwickeln. Ella öffnete seine zweite Mail, die nur wenige Stunden jünger war als die erste. Sie starrte auf den Bildschirm und schüttelte den Kopf. Die Spielzeuge waren für eine Firma in Frankreich vorgesehen, die jedoch vor zwei Wochen die Bestellung wegen Liquiditätsengpässen storniert hatte. Ella runzelte die Stirn, als sie nun las, dass die Fracht weder bezahlt noch ordnungsgemäß versichert war. Der Anwalt schlug ihr tatsächlich vor, die Ware selbst zu verkaufen, um die Kosten zu decken, da von den insolventen Firmen weder Zahlung noch Abnahme zu erwarten seien. Alarmiert griff Ella zur Harke und begann, ihren kleinen Zen-Garten zu bearbeiten. Sie musste sich und ihre Gedanken sortieren.

Die Frachtpapiere! Ella warf die kleine Harke in den Kies und kramte schnell die Papiere aus ihrer Ledermappe. Mit fliegenden Fingern blätterte sie zwischen den zahlreichen Zetteln. Tatsächlich, auf einer der Seiten stand ein Empfänger in irgendeinem französischen Kaff. Sie ließ den Blick über die weiteren Unterlagen wandern. Mit ihrer Unterschrift hatte sie die Fracht angenommen, und zwar die des gesamten Containers und nicht nur ihre Teilladung. »Merde! E kuso!« Ella schlug mit der flachen Hand auf den Tisch. »Shit.«

In diesem Moment ging ihre Bürotür auf und der kleine Roboter wackelte herein. »Nu, hallo, isch bin der Sachsen-Sushi«, schepperte er. »Isch such eene Barbiebubbe.«

»Halt die Klappe!« Ella griff nach ihrer kleinen Harke und warf sie ihm an den Roboterkopf. Der gesamte Container … Wie hatte ihr das nur passieren können? Ausgerechnet ihr?

Augenblicklich tauchten die erstaunten Gesichter von Bini und dem Grufti im Türrahmen auf. »Was ist los?«, fragte Karl-Heinz. »Hat Ken mit dir Schluss gemacht?« Er grinste blöde. »Mach dir nix draus, du hast ja noch unseren Sachsen-Sushi!«

Ella schnaubte verächtlich. Sie sprang auf und schubste ihren alten Schreibtischsessel schwungvoll in die Ecke. »Ich habe 10.000 von diesen blöden Robotern!«

»Echt?« Bini bückte sich nach Sachsen-Sushi und nahm ihn liebevoll in den Arm. »Verkaufen Sie die?«

Ella atmete tief durch. »Das muss ich nun wohl.« Sie ließ sich auf die Schreibtischkante sinken. »Sonst kann ich mich aufhängen …«

»Na, na, Barbie«, schnurrte der Grafik-Heinz. »So perfekt und so frustriert.« Plötzlich grinste er breit. »Aber aufhängen ist gut …«

»Was ist daran bitte gut?«, rief Bini empört dazwischen. »Siehst du nicht, dass unsere arme Frau Fredderick total am Ende ist?« Sie ging auf Ella zu und legte ihr beruhigend die Hand auf die Schulter. Ella zuckte unangenehm berührt zusammen.

»Irrtum, sie ist am Anfang«, verkündete der Grufti fröhlich. »Beim Aufhängen denke ich an Aufhänger … Los, kommt mit! Das Meeting!«

Missmutig folgte Ella unter Binis mitleidigem Blick dem Grafik-Grufti über den Gang ins Konferenzkabuff. Sie wusste nicht, worüber sie sich mehr ärgerte, über ihre Blödheit, die gesamten Papiere zu quittieren, oder über ihren peinlichen Ausbruch vor diesen Provinzwerbern. In jedem Falle ärgerte sie sich über sich selbst, und das waren ebenso schreckliche wie ungewohnte Qualen. Mit angespanntem Gesichtsausdruck verzog sie sich in eine Ecke des Raumes. Möhre, Fred und die Kontakter warteten bereits.

»Gib her!« Karl-Heinz versuchte, Bini den kleinen Roboter abzunehmen. Zunächst sträubte sie sich energisch, gab dann jedoch unter Protest nach. Er befreite einen der Stehtische von den Kaffeeutensilien, stellte ihn mitten in den Raum und platzierte das Spielzeug darauf. »Darf ich vorstellen?«, präsentierte er in feierlichem Tonfall. »Das ist Sushi, genauer gesagt Sachsen-Sushi, unser kleiner, gelehriger Freund und Aufhänger unserer neuen Kampagne!«

Ella blickte irritiert auf und sah, dass Bini erstaunt die Augen aufriss.

Möhre wuselte von einem der Sitzbälle an den Stehtisch und betrachtete den kleinen Roboter genau. »Was kann er?«, rief er.

»Er kann laufen, irgendwelche Kunststückchen machen und man kann ihm mehrere Sprachen beibringen«, erklärte Bini eifrig.

Möhre betätigte einen der Knöpfe, und sogleich schepperte es »Isch weeß ja ooch ni« aus dem kleinen Roboter.

Möhre sprang aufgeregt um den Stehtisch herum und erinnerte Ella mehr denn je an Catweazle. »Hightech!«, brüllte er.

»Nu, nu, geht gloar«, dröhnte der kleine Roboter.

Nun musste sogar Ella lächeln. Vielleicht war die Idee von dem Grufti gar nicht so doof. Der kleine Roboter als eine Art Maskottchen …

»Hey, das ist gut«, sagte einer der Kontakter. »Wir bringen ihm Infos zu allen möglichen Sehenswürdigkeiten bei.«

Sein Kollege und Ebenbild nickte. »Genau, dann haben wir einen Semperoper-Sushi, einen Schloss-Sushi und einen Stadtrundfahrt-Sushi …«

Ella löste sich aus ihrer Ecke. »Möhre und Bini, Sie checken die technischen Eckdaten«, wies sie an. »Wir brauchen Speicherkapazität, Sprachvermögen, alles, was der kleine Kerl so kann.« Dann sah sie Möhre an. »Vielleicht könnten Sie einige Exemplare mitnehmen und von Ihren Kindern auf ihre Robustheit testen lassen?«

»Bekomme ich auch einen?«, fragte Fred mit leuchtenden Augen.

Ella überhörte ihn geflissentlich und wandte sich an die Kontakter. »Jim, Joe! Recherchieren Sie doch bitte den Einsatz von Maskottchen im Touristikbereich. Ich will alle nationalen und internationalen Kampagnen dieser Art in … sagen wir mal: in Europa.« Ella wandte sich dem Grafik-Grufti zu: »Und nun zur konkreten Umsetzung. Ich will vier Dummys, jeweils Screendesign und korrespondierende Printprodukte …« Sie drehte sich um. »Fred!«

Fred schien aus einer entfernten Welt zu kommen und dabei einen weiten Weg zurückzulegen. Er sah Ella ängstlich an.

»Fred, Sie werden scribblen!«, kommandierte Ella.

»Allein? Während der Arbeit?« Fred sah sie ungläubig an.

»Sie können sich mit dem Gruf…, ähm, dem Graf…

Setzen Sie sich mit Karl-Heinz zusammen«, sagte Ella gereizt.

»Aber der muss doch arbeiten«, bemerkte Fred.

»Dabei sollen Sie ihm ja helfen!« Ella atmete tief durch.

»Ist das wieder so ein Kreativding?«, fragte Fred unverdrossen. »Ihr spielt Scrabble bei der Arbeit?«

Der Grafik-Heinz lachte. »Ja, sicher doch. Im Winter spielen wir Hallenscrabble und im Sommer scrabblen wir outdoor.«

»Scribblen, Fred!« Selbst Bini klang gereizt. »Entwürfe mit dem Stift zu Papier bringen …«

»Komm, Fred! Wir legen sofort los«, schlug der Grufti vor und stand auf.

»Moment.« Ella runzelte die Stirn. »Gibt es denn hier sonst gar nichts zu tun? Wie sieht es mit weiteren Aufträgen aus?« Sie sah Jim und Joe an, die auf ihren Bällen in Meditation versunken schienen.

»Mau!« Jim sah Joe an.

»Mau!«, bestätigte dieser.

»Siehst du, Fred, die scrabblen nicht, die spielen Mau-Mau«, feixte Karl-Heinz und knuffte Fred in die Seite.

Ella war einigermaßen bestürzt. Dass sich diese Agentur in Schieflage befand, war ihr natürlich nicht entgangen. Aber dass es in so steilem Winkel akut bergab ging! Sie bemerkte, dass die anderen Mitarbeiter sie verunsichert ansahen. Es herrschte betretenes Schweigen. Nur der ›Sachsen-Sushi‹ dudelte munter sein »Nu, nu, geht gloar.«

»Okay.« Ella sah in die Runde. »Ihr kümmert euch um die neue Kampagne!« Sie deutete auf Karl-Heinz, Fred, Bini und Möhre. Sie dachte kurz an ihre Begegnung mit Hasy und dem ekelhaften Jööörg. »Und kein Wort, zu niemandem! Auch nicht zum Chef!«

In diesem Moment knallte hinter Ella die Tür.

»Wenn man vom Teufel spricht«, ließ sich der Grafik-Grufti vernehmen. »Los, Kinder, ihr habt Barbie gehört! Abflug!«

Sack sah sich irritiert um. »Was haben Sie denn mit denen gemacht?«

»Anweisung«, sagte Ella knapp. Dann stoppte sie Jim und Joe, die den anderen folgen wollten. »Hier geblieben!« Ella bemerkte, dass Sack senior sich zum Gehen wandte. »Auch Sie! Krisensitzung!«, kommandierte sie. »Welche Aufträge sind hier in den letzten Monaten abgewickelt worden?« Ella sah forschend von einem zum anderen. Sack rieb sich die Stirn, sagte jedoch nichts.

»Teilservice«, sagte Jim, und Joe ergänzte: »Hier mal ein paar Prospekte, dort mal ein Webauftritt. Zuarbeiten eben.«

»Und das ist alles?« Ella stellte mehr fest als zu fragen. Dann stemmte sie die Hände in die Hüften. »Ihnen ist doch wohl klar, dass wir mit solchem Kleckerkram nicht weiterkommen! Dr. Sack, Ihre Vorschläge bitte!«

Sack senior sah sie verwundert an. »Wieso?«

»Weil Sie Ihren Laden hier sonst dichtmachen können«, schnaubte Ella und sah Jim durchdringend an. »Sie, Jim, hängen sich jetzt ans Telefon und grasen die Kundenkartei ab! Und Sie hängen sich in jedes Projekt, das halbwegs nach einem Auftrag riecht!« Sie zeigte auf Joe. »Und Sie klappern alle Hotelketten, Reiseunternehmen und Einzelhandelsketten der Republik ab! Und vergessen Sie nicht die Non-Profit-Organisationen!«

Die beiden Kontakter nickten. Sie schienen sich auch beim Schweigen bestens zu ergänzen.

»Und Sie, Dr. Sack, lassen jetzt mal die regionalen Muskeln spielen«, verlangte Ella streng. »Bauen Sie einen Sponsorenpool auf, klinken Sie sich in Events ein und vernetzen Sie sich und alle potenziellen Kunden!«

Sack wirkte baff. »Und wozu habe ich Sie, Schätz…, ähm, Frau Frie…, ähm, wozu habe ich Sie eigentlich engagiert?«

Ella bedachte ihn mit einem mitleidigen Blick. Eine besonders schnelle Auffassungsgabe war wirklich nicht seine Stärke. Sie konnte sich immer besser vorstellen, dass selbst die niveauarme Hasy es schaffte, den alten Sack unbemerkt zu benutzen. »Das kann ich Ihnen sagen.« Ella atmete tief durch. »Ich werde diese Touristikkampagne an Land ziehen. Sein oder Nichtsein, Sie verstehen?«

Sack senior schüttelte den Kopf. »Nun machen Sie doch nicht solchen Wind!«

»Wie bitte?«, fragte Ella erbost. »Dieser Wind kommt aus dem letzten Loch, aus dem Ihr Laden pfeift. Und er weht Ihnen schon jetzt eiskalt ins Gesicht, kapieren Sie das endlich!«

Der falsche Patient

Die gläserne Drehtür spuckte Ella in die Empfangshalle der Seniorenresidenz ›Elbruhe‹. Am Empfangstisch saß eine Frau unbestimmbaren Alters im dunkelblauen Kostüm. Ihre schlammfarbenen Haare waren zu einem strengen Zopf gezurrt. Sie schien in ihre Unterlagen vertieft.

»Guten Tag«, sagte Ella laut und deutlich. »Ich möchte zu Herrn Ephraim.«

Die Schlammfarbene klebte an ihren Listen und Formularen. Sie sah nicht einmal auf.

Ella räusperte sich. »Guten Tag! Ich möchte zu Herrn Ephraim!«, sagte sie noch etwas lauter.

»Moment!« Die Schlammfarbene hielt den Blick gesenkt und zog eine weitere Liste hervor. »Sind Sie der Neffe?«

Ella sah sie ungläubig an, doch die Frau starrte stur in ihre Listen. »Mein Name ist Ella Fredderick und ich möchte zu Herrn Ephraim. Und zwar jetzt!«

»Dann sind Sie also der Neffe«, bemerkte sie und machte irgendwo auf ihrer Liste einen Haken.

»Ich ...« Ella grinste verschmitzt. »Ich war der Neffe. Jetzt bin ich die Nichte!«

Die Frau riss den schlammfarbenen Kopf nach oben, dass der Zopf nur so hüpfte. »Wie meinen?« Sie sah Ella verblüfft an.

»Wo finde ich Herrn Ephraim?«, fragte Ella mit Nachdruck.

»Appartement 37 33, dritter Stock.« Die Frau schluckte. »Aber er erwartet seinen Neffen«, setzte sie tonlos hinzu.

»Ja. Und?« Ella musterte die Empfangstante belustigt.

»Sie wissen, dass er … nun, dass er sehr krank ist«, sagte diese. »Er bekommt eigentlich gar nichts mehr mit.«

»Na, dann ist es doch egal«, sagte Ella und machte sich auf den Weg zum Aufzug.

Im dritten Stock folgte Ella seltsamen Linien auf dem Fußboden, die vermutlich zur Orientierung dienten. Sie klopfte bei Nummer 37 33 an die Tür, die langsam und wie von Geisterhand aufschwang.

Vorsichtig trat Ella ein. »Herr Ephraim? Ich bin es, Ella Fredderick. Wir haben gestern miteinander telefoniert.«

»Schnell, kommen Sie herein«, hörte sie die bekannte Männerstimme aus dem Hintergrund. Die breite Eingangstür schloss sich hinter Ella. Ein seltsames Sirren lag in der Luft. Ella lauschte.

Dann kam ein älterer Herr in einem elektrischen Rollstuhl aus dem Hintergrund angefahren. Trotz seiner Behinderung wirkte er imposant. Er musterte Ella aus wachen Augen. »Ha, Sie sehen viel hübscher aus, als Ihre Stimme klingt! Kommen Sie, wir müssen aufpassen.«

Ella folgte ihm durch den großen Raum. Eine Wand wurde komplett von Bücherrücken verdeckt.

»Die halten mich hier nämlich für beschränkt«, erklärte Ephraim und lachte. »Und das soll auch so bleiben!«

Ella betrachtete ihn verwundert. »Sie wollen für beschränkt gehalten werden?«

»Sicher, Kindchen.« Er lachte. »Das hat bei den Pipi-Tanten hier nur Vorteile. Setzen Sie sich. Möchten Sie Tee?«

»Gern.« Ella nickte. »Soll ich …?«

»Ach was!« Ephraim winkte mit der rechten Hand ab. »Es ist nur die linke Seite, die bei mir nicht mehr so recht will. Der Tee ist schon fertig.«

Erst jetzt bemerkte Ella die kleine Küche, die nur durch eine halbhohe Theke von dem großen Raum getrennt war.

Sie hörte, wie der alte Herr dahinter hantierte. Sehen konnte sie ihn nicht.

»Ist das Personal so schrecklich?«, fragte Ella.

»Ach, das Personal«, kam es hinter der Küchentheke hervor. »Jetzt machen wir mal dies, jetzt machen wir mal das ... Die muss man sich natürlich vom Hals halten.« Er kam mit einem Tablett auf den Knien herangerollt. »Viel schlimmer sind die penetranten alten Tanten!«

Ella nahm das Tablett und stellte es auf einen Tisch in der Ecke.

»Sie glauben gar nicht, was hier los ist«, sagte er grimmig. »Die stürzen sich auf jeden alten Zausel! Grauenhaft!« Er äffte eine alte, zittrige Frauenstimme nach: »Kommen Sie, spielen Sie mit mir Rommé oder Canasta oder wenigstens eine Partie Halma! Und nehmen Sie noch ein Likörchen!«

Ella lächelte und schenkte Tee ein. Er war tiefschwarz und roch intensiv.

»Warten Sie!« Ephraim fuhr hinüber zum Bücherregal. Mit der rechten Hand zog er ein Buch hervor und nestelte eine kleine Flasche aus dem Regal. Sie war fast leer. Das Etikett ließ Hochprozentiges vermuten. Er zog den Korken heraus und goss die Reste in die Teetassen. »Wenn Sie die für mich verschwinden lassen könnten.«

»Sicher doch.« Ella steckte die leere Flasche in ihre Ledermappe. »Ich bringe Ihnen eine neue.«

»Sehr schön.« Er nickte erfreut. »Sie kommen also wieder. Ich schätze intelligente Gesellschaft.«

»Darf ich fragen, warum Sie hier sind?«, wagte Ella sich vor. »Ich meine, wenn es Ihnen gar nicht so schlecht geht.«

»Natürlich dürfen Sie fragen.« Er nahm einen kräftigen Schluck. »Und wissen Sie was?«

»Nein.« Ella nippte nun auch am Tee.

»Ihnen antworte ich sogar.« Er schmunzelte. »Ich hatte einen Schlaganfall. Erst ging gar nichts mehr.« Er stellte die Tasse ab und deutete auf seine Stirn. »Dann kam da oben alles wieder.«

Ella lächelte. Dieser Ephraim war ein komischer Kauz. Er gefiel ihr.

»Aber zu Hause kam ich allein nicht mehr zurecht.« Plötzlich sackten seine Gesichtszüge nach unten. Er guckte bekümmert zur Seite. »Sehen Sie«, sagte er mit schleppender Stimme und deutete auf eine winzige Zeichnung an der Wand. Sie zeigte einen zotteligen Hund. »Und ihn konnte ich auch nicht mehr versorgen.« Ephraims Augen füllten sich mit Tränen. »Sie haben ihn einfach ins Tierheim gebracht.«

Ella betrachtete betroffen das Bild. »Wie?«

Ephraim wischte sich mit dem Handrücken über die Augen. »Entschuldigen Sie. Er fehlt mir schrecklich. Und nicht zu wissen, was aus ihm geworden ist …« Der alte Mann war sichtlich um Haltung bemüht. Er schnaufte.

Ella schluckte. »Wie heißt er denn?« Ihr fiel nichts Besseres ein.

»Ephraim«, sagte Ephraim wieder einigermaßen gefasst. »Er ist Ephraim II.«

In diesem Moment ertönte ein leises Pfeifen und die Eingangstür schwang auf.

»Hallo, Herr Ephraim«, brüllte eine Frau im Kittel und schob einen mehrstöckigen Wagen durch die Tür. »Es ist Zeit für unsere Medikamente!«

Warum schrie diese Frau nur so? Ella beobachtete befremdet die Szene. Ephraim ließ den Kopf hängen und äußerte seltsame Laute. Er wirkte plötzlich völlig weggetreten.

»Oh, wir haben Besuch!«, brüllte die Frau im Kittel und

nickte Ella knapp zu. »Den schicken wir jetzt aber mal fein nach daheeme, nu?«

Ephraim verdrehte die Augen seltsam, gab ein Grunzen von sich und wackelte mit der rechten Hand wie eine Marionette.

Bestürzt sah Ella ihn an. Er zog sein makabres Spiel tatsächlich durch. »Ich komme dann morgen wieder, Onkel Ephraim«, versprach sie, ganz die Vorzeigenichte, und eilte hinaus.

Klatsch & Tratsch

Langsam ging Ella über den Kiesweg und lauschte. »Löwenzahn, mein Süßer«, säuselte sie. »Löwenzähnchen, komm zur Ella!«

Sogleich kam der Zwergpudel aus den Büschen gesaust und rannte kläffend um Ella herum.

»Löwenherz, komm sofort hierher!« Die Stimme von Frau Beck klang verärgert. »Komm her! Böser Hund! Ganz böser Hund!«, schimpfte sie. »Sieh nur, was du angerichtet hast … Ach, unsere Frau Fredderick!« Die Pensionswirtin krabbelte zwischen den Sträuchern hervor und stützte sich auf ihre Gartenharke. »Ein ganz böser Löwenherz ist das heute. Macht sein Geschäftchen in meinen Blumenbeeten.«

»Das gehört sich aber nicht!«, ermahnte Ella beflissen den Hund. Der hörte vor Schreck auf zu kläffen und setzte sich in einigem Abstand auf sein Zwergpudelhinterteil. »Guten Abend, Frau Beck. Hatten Sie einen schönen Tag?«

Die Pensionswirtin lächelte. »Das ist aber sehr freundlich von Ihnen … Ach, das Wetter. Jetzt ist es wieder einige Grade zu warm, finden Sie nicht?« Sie plauderte munter über Gott, das Wetter und ihre kleine Welt.

Ella ließ sie reden, warf hin und wieder ein »Oh« oder ein »Ah« ein, nickte bestätigend und schüttelte energisch den Kopf, wann immer sie es für richtig hielt. Dabei wartete Ella gespannt auf ihr Stichwort.« Wie war denn Ihr Tag, Frau Fredderick?« Frau Beck strahlte. »Macht Ihnen Ihre Arbeit Freude?«

… Und da war es auch schon. Ella frohlockte. »Eigentlich ja«, sagte sie gedehnt. »Wissen Sie, ich habe ausgesprochen interessante Kollegen, aber …« Ella ließ dieses ›Aber‹ möglichst effektvoll in der lauen Aprilluft baumeln.

»Aber was?« Frau Beck machte sogleich ein bekümmertes Gesicht. »Gibt es Probleme? Das kann ich mir gar nicht vorstellen! Sie sind doch so ein netter Mensch.«

»Nun ja«, sagte Ella zögerlich. »Wissen Sie, mein Chef …« Sie vergewisserte sich der vollen Aufmerksamkeit von Frau Beck und der anhaltenden Abwesenheit ihres Mannes. »Ich werde nicht recht schlau aus ihm. Sie sagten doch, dass Sie ihn kennen, nicht wahr?«

»Und ob!« Hildegard Beck sah aus, als habe auch Sack seine Geschäfte einst in ihre Blumenbeete verlegt.

Ella versagte sich ein zufriedenes Lächeln und neigte interessiert den Kopf zur Seite.

»Mein Mann hat den Kleinen damals unterrichtet, den armen kleinen Fred. Wir wussten ja sofort mehr, als in den Zeitungen stand.« Frau Beck beugte sich mit Verschwörermiene über ihren Harkenstiel. »Unfall! Lachhaft! Umgebracht hat sie sich, die arme Frau. Wegen ihm natürlich! Ihr ganzes Geld hat er verpulvert!« Sie senkte verschwörerisch die Stimme. »Ihr Vermögen hat er mit irgendwelchen Weibsbildern durchgebracht. Und das, wo die arme Frau doch immer eine so angeschlagene Gesundheit gehabt hat. Ach, der bedauernswerte kleine Fred … So gehangen hat er an der Mutti!« Hildegard Beck sah traurig aus und ihre Stimme zitterte leicht.

»Oje«, sagte Ella. »Das klingt aber gar nicht schön. Freds Mutter hat sich also umgebracht. Und dann?«

»Dann hatte der arme Junge nur noch diesen Lump von einem Vater, und natürlich die Firma. Die gehörte ja auch der armen Frau – Gott hab sie selig …« Frau Beck zog ein Spitzentaschentuch aus der Schürzentasche und putzte sich geräuschvoll die Nase. »Lange hat es gedauert, bis der Fred in der Schule wieder zurechtkam. Ich weiß es noch wie heute. Werner, also mein Mann, der hat sich Sorgen um den Jungen gemacht, wo der doch so lange weg war, in einem Sanatorium.« Sie starrte betrübt auf den Kiesweg und wackelte mit dem Kopf. »Ach ja, leicht hat er es nie gehabt.« Frau Becks Miene hellte sich plötzlich auf. »Aber dann war er wieder da, der Fred. Und frisch verliebt war er.« Die Pensionswirtin lächelte. »Er hat ihr Blumen mit in die Schule gebracht und Gedichte geschrieben, und Händchen haben sie gehalten auf dem Schulhof. Also Werner, mein Mann, der war immer ganz gerührt …«

»Ach, und wo ist seine große Liebe jetzt?«, fragte Ella. »Besonders glücklich wirkt Fred eigentlich nicht.«

Hildegard Beck vergewisserte sich, dass niemand außer Löwenherz ihnen zuhörte. »Dann hat das schlimme Ding die Gefühle vom armen Fred mit Füßen getreten.« Sie hisste eine Trauermiene. »Sie hat …« Frau Beck zog verächtlich die Mundwinkel noch ein Stück weiter nach unten. »Das kann man gar nicht laut sagen.« Sie senkte die Stimme. »Sie hat sich seinen Vater gekrallt.«

»Dr. Sack?«, fragte Ella.

»Den alten Sack!« Frau Beck spuckte die Worte geradezu in den Garten. »Dieses Flittchen! Richtig rangeschmissen hat sie sich. Und natürlich musste gleich geheiratet werden. Die Freundin des eigenen Sohnes … Ich bitte Sie! So was gehört sich einfach nicht!« Sie hob die Harke kurz an und rammte sie wie einen Zeremonienstab in den Kies. »Eine schreckliche Geschichte.« Sie sah Ella bekümmert an. »Der arme Fred! Den hat der Vater dann ins Internat gesteckt. Ich weiß noch, dass mein Werner das gar nicht gut fand, so kurz vor dem Abitur. Also, wenn Sie mich fragen …« Sie beugte sich vor und zischte hinter vorgehaltener Hand: »Da steckte natürlich auch dieses Flittchen dahinter!«

»Hildegard!« Werner Beck erschien am Fenster. »Hildegard, kommst du bitte!«, schmetterte er dynamisch durch den Vorgarten. »Ah, unsere Frau Fredderick, guten Abend! Entschuldigen Sie, aber meine Frau wird am Telefon verlangt.«

»Ausgerechnet jetzt«, seufzte Hildegard Beck. »Wer ist es denn?«

»Deine Cousine, meine Liebe«, antwortete Herr Beck gereizt. »Und ich bin nicht gewillt, mir ihr Geschnatter noch länger anzuhören!« Dann lächelte er Ella milde an. »Sie müssen wissen, Frau Fredderick, diese Cousine ist eine von diesen Damen, die unentwegt über irgendwelche wildfremden Leute reden, die sich nur für Familiengeheimnisse und Skandale der Nachbarschaft interessieren. Sie ist eine höchst unangenehme Tratschtante und passt so gar nicht zu uns. Aber was soll man machen? Man kann sich seine Verwandtschaft eben nicht aussuchen!«

Sack auf Schmusekurs

»Einen wunderschönen guten Morgen, Frau, ähm, Ella!« Dr. Sack schob einen riesigen ledernen Bürosessel vor sich her und stellte ihn mitten in Ellas kleines Büro. »Ich bin schwer beeindruckt von Ihnen, Mädchen!« Sack senior freute sich sichtlich. »Sie sind ja ein wahres Motivationstalent. Wie haben Sie das gemacht?«

Ella sah ihn prüfend an. »Wie habe ich was gemacht?«

»Dass die alle so fleißig arbeiten.« Sack kam auf sie zu und setzte sich mit Schwung auf die Schreibtischecke. »Sehen Sie, ich habe mir Sorgen gemacht.« Er freute sich ganz und gar sorgenfrei. »Ich dachte schon, ich muss die faule Bande entlassen.«

Ella beobachtete befremdet, wie wohl sich dieser Obersack auf ihrem Schreibtisch fühlte. »Ihre Ignoranz ist wirklich unglaublich«, stellte sie fest. »Ich habe dafür gesorgt, dass Ihre faule Bande überhaupt etwas zu tun bekommt!«

»Und? Wie weit ist die geniale Kampagne, die Stegmann endgültig plattmacht?« Sack senior rieb zufrieden die Handflächen aneinander.

»Plattmachen? Stegmann?« Ella sah Dr. Sack kopfschüttelnd an. »Sie sollten sich zunächst mal nicht selbst plattmachen! Und in diesem Kontext: Was haben denn *Sie* erreicht, Herr Dr. Sack?«

»Na, also so schnell ...« Sack senior lächelte gönnerhaft. »Das wird schon ...«

»Schluss jetzt!« Ella schnellte von ihrem quietschenden Stuhl hoch. »Ist Ihnen eigentlich gar nicht klar, dass wir Aufträge brauchen? Dringend? Händeringend?« Sie verschränkte die Arme vor der Brust. »Hier herrscht total tote Hose, Inkasso-Fritzen stehen vor der Tür …« Ella dachte an die Mama-Möhre. »Die Mitarbeiter haben Angst!«

»Ach, das ist doch nur eine kleine Durststrecke«, winkte Sack lässig ab. »Sie müssen nicht befürchten, dass Sie Ihr Geld nicht bekommen. Geld ist genug da. Meine Frau …«

Just in diesem Moment erschien Fred in der Bürotür und der alte Sack hielt inne.

»Frau Fredderick …« Fred verstummte sofort, als er seinen Vater bemerkte.

Sack senior schwang sich vom Schreibtisch und musterte seinen Sohnemann.

»Frau Fredderick, ich habe ein paar Scribbles für Sie«, wagte Fred zu sagen.

»Was ist das?« Sack senior riss dem Junior die bunten Blätter aus der Hand. »Ach du Scheiße! Was für eine Kinderkacke!« Er warf die Zeichnungen mit verächtlicher Miene auf Ellas Schreibtisch.

Ella nahm sie interessiert zur Hand. Die Zeichnungen wirkten ausgesprochen professionell.

»In drei Tagen ist übrigens die Präsentation«, verkündete Sack senior.

»Schon?«, Ella runzelte die Stirn.

Fred trat nervös von einem Bein auf das andere. »Frau Fredderick?«

»Fred, halt den Mund, wenn sich die Erwachsenen unterhalten«, raunzte Sack senior.

Ella blickte kopfschüttelnd zu Dr. Sack und dann erneut auf die Zeichnungen. »Fred, das sehe ich mir auf jeden Fall genauer an.« Der Junior strahlte auf wie eine Leuchtrakete und verschwand kometengleich über den Flur.

Sack senior sah ihm seufzend nach, erinnerte sich dann offenbar an den Grund seines Auftauchens und zog den ledernen Bürosessel hinter den Schreibtisch. Ella beobachtete, wie der Seniorsack den dicken Sessel umständlich herumschob. »Da haben Sie übrigens Ihr aero-, ähm, ergo- …« Er lachte herzhaft. »Na, Ihren Sessel eben. Los, hinsetzen!« Er gab ihr einen sanften Schubs. Sogleich versank Ella in den dicken Lederpolstern. Der Sessel fuhr nach unten. »Das haben wir gleich«, versprach Sack. »Ich stelle Ihnen die Höhe ein.« Er ging ächzend in die Hocke und machte sich an den Hebeln des Bürosessels zu schaffen. »So?«

»Noch ein bisschen.« Ella setzte sich in den Lederpolstern zurecht und prüfte den Abstand zur Schreibtischplatte. »Noch ein wenig … Genau so.« Sie schob den Sessel mit den Füßen ein Stück zurück.

Dr. Sack rappelte sich mit hochrotem Kopf auf und stützte sich keuchend auf die Armlehne. Er rang nach Atem.

In diesem Moment stürmte Hasy in Ellas Büro und blieb mit wutverzerrtem Gesicht vor dem Schreibtisch stehen. »Was ist hier los?«

Am liebsten hätte Ella Dr. Sacks anbahnende Glatze getätschelt. Ein »Hallihallo, wie geht's, wie steht's?« konnte sie sich nicht verkneifen.

»Hasy?« Sack musterte überrascht seine Angetraute. »Mit dir habe ich ja gar nicht gerechnet.«

»Das sehe ich«, sagte Hasy schnippisch. »Was soll das?«

Ella lächelte süßlich. »Ihr Mann war so freundlich, etwas für meine Anatomie zu tun.«

Präludium für einen Hund

Ella schaltete zufrieden ihr Mobiltelefon aus. Sehr schön. Morgen würden die Roboter und ihr Hausrat in diese Striesener Bruchbude geliefert. Als die Drehtür sie in die Empfangshalle der Seniorenresidenz ›Elbruhe‹ spuckte, warf sie einen prüfenden Blick hinüber zum Empfangstisch. Sie konnte nicht sagen, ob dort dieselbe Frau saß wie gestern. Zumindest sah sie genauso aus.

Ella nahm zügig Kurs auf den Aufzug, als sie von der Empfangstante zurückgepfiffen wurde. »Hallo, warten Sie! Zu wem wollen Sie?«

Ella erwog einen Moment lang, einfach weiterzugehen, wandte sich dann jedoch um. »Ja?«

»Ach, Sie sind das!« Offenbar war es dieselbe Frau. »Sie wollen zu Ihrem Onkel?«

Ella nickte und bemühte sich um ein geduldiges Lächeln.

»Entschuldigung.« Die schlammfarbene Frau erhob sich. »Aber wir haben die Anweisung, große Taschen grundsätzlich zu kontrollieren.« Sie deutete auf Ellas Ledermappe.

Ella spürte eine heiße Welle der Empörung aufsteigen. Das war ein Angriff auf ihre Intimsphäre! Wer sich ungefragt an ihrem Schreibtisch zu schaffen machte, verscherzte sich jede Aussicht auf Sympathien. Wer jedoch in ihrer Tasche wühlte, sprach sein eigenes Todesurteil aus! »Das ist meine Arbeitstasche«, sagte Ella streng. »Darin sind vertrauliche Unterlagen!«

»Warum bringen Sie die dann mit in unsere Seniorenresidenz?« Die Schlammfarbene ließ nicht locker.

»Weil ich direkt von der Arbeit komme«, stieß Ella knurrend hervor.

»Nun lassen Sie mich doch kurz einen Blick hineinwerfen«, verlangte die Empfangstante.

Zähneknirschend öffnete Ella ihre Arbeitsmappe.

»Was ist das denn?« Die Angestellte zog eine Flasche Whisky aus Ellas Tasche. »Die ist ja noch voll.«

»Ach, ich bin heute während der Arbeit noch nicht auf mein Quantum gekommen«, sagte Ella übellaunig und genoss den entsetzten Blick der Empfangsschnepfe. »Hören Sie«, setzte Ella hinzu, »der Hersteller ist ein Kunde.« Ella überlegte kurz, dann beugte sie sich über den Empfangstisch. »Neue Produktlinie, Sie verstehen?«

Die Schlammfarbene starrte ungläubig auf die Flasche.

»Psst!« Ella legte den Zeigefinger an die Lippen. Dann griff sie nach der Flasche, schnappte sich die Ledermappe, drehte sich auf dem Absatz um und stolzierte hoch erhobenen Hauptes zum Aufzug. Kaum hatten sich die Türen hinter ihr geschlossen, prustete sie los. Noch immer kichernd, erreichte sie Ephraims Appartement. Doch als sie ihn sah, verging ihr das Lachen. Er saß in seinem Rollstuhl, zusammengesunken zu einem Häufchen Elend. Im Arm hielt er die Zeichnung von dem zotteligen Hund. Dicke Tränen rannen über sein Gesicht.

»Ella … Sie sind es …, wie schön«, sagte er tonlos.

Ella stellte die Flasche auf den Tisch. »Möchten Sie einen Schluck?«

Ephraim gab keine Antwort. Versonnen streichelte er mit der gesunden rechten Hand die Hundezeichnung.

Kurz entschlossen trat Ella hinter die Küchentheke und holte zwei Wassergläser aus dem Schrank. Dann schenkte sie Ephraim und sich Whisky ein und prostete ihm zu. Er reagierte nicht. Ella sah betrübt in die hellbraune Flüssigkeit.

»Je besser ich die Menschen kenne, desto mehr liebe ich die Hunde …« Ephraim schluchzte leise.

Als Ella ihm den Whisky reichte, sah sie, dass er immer noch Tränen in den Augen hatte. »Ein schöner Ausspruch«, sagte sie unbeholfen. »Ist der von Ihnen?«

Er nahm nun ebenfalls einen Schluck Whisky. »Nein, von Satie, Erik Satie.« Ephraims Gesichtsausdruck hellte sich auf. »Ein ganz schräger Vogel.« Seine Stimme klang wieder fröhlicher. »Ein französischer Komponist. Kennen Sie ihn?«

»Nicht, dass ich wüsste«, sagte Ella.

»Sie wüssten es, glauben Sie mir!« Ephraim lachte kurz auf. »Er hat Schreibmaschinenklappern, Sirenen und Motorengeräusche in seine Kompositionen eingebaut. Grauenhafter Geräuschmüll, wenn Sie mich fragen.«

»Und warum kennen Sie sich dann so gut mit ihm aus?«, fragte Ella, froh, sich auf Umwegen weg von Hunden und hin zur Musik zu bewegen.

»Ach, ein Mensch, der mir sehr nahesteht, liebt Saties Musik.« Er machte eine abwehrende Bewegung mit seiner gesunden Hand. »Er komponiert selbst und hat mir früher oft solchen Lärm vorgespielt.« Ephraim nahm einen Schluck Whisky. »Obwohl, eine Sache von diesem Satie hat mir ganz gut gefallen, ein ganz kurzes Stück. Moment!« Er schien nachzudenken.

Ella hielt es für ratsam, ihn nicht zu unterbrechen. Sie beobachtete Ephraim aufmerksam.

»›Allein zu Haus‹!«, rief er. »Genau, und dann gab es diesen ulkigen Untertitel: ›Wahrhaft schlaffe Präludien für einen Hund‹.« Sein Blick fiel erneut auf die Zeichnung des Zottelhundes. Er reichte sie Ella. »Ist er nicht ein hübscher Kerl?«

Ella betrachtete die Zeichnung. Hübsch hielt sie nicht unbedingt für eine naheliegende Bezeichnung. Aber immerhin sah Ephraim II. aus wie ein richtiger Hund und nicht so auftoupiert wie dieses Löwenzähnchen.

Von der Eingangstür war ein Summen zu hören.

»Schnell, die Flasche!«, zischte Ephraim.

Ella ließ sie hinter dem Sessel verschwinden. Dann stand sie ratlos mit der Hundezeichnung in der Hand da.

»Na, Herr Ephraim, geht es uns besser!«, brüllte eine Frauenstimme hinter dem mehrstöckigen Wagen.

»Nehmen Sie ihn mit, bitte«, flüsterte Ephraim. »Ich werde doch nur traurig. Und bitte! Sie kommen doch wieder, ja?«

»Heute müssen wir uns aber eene kleene Spritze genehmischen, nu?«, brüllte die Frau im Kittel.

Ella beobachtete, wie Ephraim grunzte und zuckte. Sie ließ die Zeichnung in ihrer Tasche verschwinden und schickte sich an zu gehen. »Bis bald, Onkel Ephraim!«

Die Kittelfrau brüllte jetzt Ella fröhlich an. »Und unser Besuch lernt rischtsch schnell, nu?«

Konsequent konspirativ

Die alte Ladenglocke im Sushi-Saloon hatte kaum ausgeklingelt, als der Cowboy bereits neben Ella erschien und ihr galant den nächstbesten Stuhl zurechtrückte. »Konnichi wa.« Der Marlboro-Man deutete eine leichte Verbeugung an.

Das Lokal war trotz der Mittagszeit kaum besucht. Ella betrachtete den bereits eingedeckten Tisch. »Hallo, Johnny!«

»Was darf ich Ihnen bringen?«, fragte der Cowboy und deutete hinüber zum Laufband. »Oder möchten Sie sich selbst bedienen, Lady?«

»Erst einmal nur grünen Tee, bitte. Ich erwarte noch … jemanden.« Ella lächelte.

Johnny fing ihr Lächeln komplizenhaft auf und setzte es fort. »Wie Sie meinen, Lady. Bancha oder Sencha?«

»Egal«, sagte Ella achselzuckend. Sie hatte den Unterschied zwischen beiden Zubereitungsarten für Tee völlig vergessen. Aber das musste sie diesem Weltenbummler ja nicht auf die markante Nase binden.

Er sah sie neugierig an. »Mein Bruder sagte, Sie haben eine Weile in Tokio gelebt …«

»Gearbeitet«, stellte Ella richtig. »In Tokio habe ich eigentlich immer nur gearbeitet.«

»Wie alle dort.« Der Cowboy grinste. »Tokio ist gar keine Stadt, sondern ein Ameisenhaufen.«

Die Ladenglocke kündigte neue Gäste an. Fast etwas enttäuscht bemerkte Ella, dass es sich bereits um die Kollegen handelte. Sie hatte die anderen erst in einer Viertelstunde erwartet.

Möhre wuselte flink durch das Lokal und setzte sich zu Ella an den Tisch. »Hier gibt es mehrere Sushi-Bars«, sagte er, wie immer zu laut. »Aber die hier ist gemütlich!«

»Hallöchen!« Bini ließ sich neben Ella nieder und glupschte verstohlen auf den Sushi-Cowboy. Dann sah sie Ella neugierig an. »Jetzt bin ich aber gespannt.«

»Und ich erst.« Der Grafik-Heinz knuffte seinen Bruder in die Seite. »Du musst wissen, Johnny, unsere Barbie hat das hier als konspiratives Treffen ausgerufen.«

Während Johnny die Bestellungen aufnahm, trudelten Jim und Joe ein. Wie Ella bestellten sie Misosuppe, Nigiri, Maki und Temaki und blickten erwartungsvoll in die Runde.

»Können wir loslegen?«, drängelte Ella. »In drei Tagen müssen wir präsentieren.«

»Fred fehlt noch«, stellte Bini fest. »Sollen wir denn nicht auf ihn warten?«

»Der kennt den Termin und hat mir bereits seine Scribbles gegeben«, erklärte Ella. »Außerdem …«

»Außerdem möchte ich wissen, was die Geheimnistuerei soll«, warf der Grafik-Grufti ein. »Erst lässt Barbie uns die ganze Agentur aufräumen, und jetzt dürfen wir dort nicht mehr arbeiten!«

Ella schenkte ihm einen spöttischen Blick. »Genau. So bleibt der Laden wenigstens ordentlich.«

»Sagen Sie mir einfach, wenn der Kleine sich nicht benimmt, Lady.« Der Cowboy servierte zunächst Ella ihren Tee und dann den anderen die Getränke. »Dann nehme ich ihn mir zur Brust.« Er bleckte sein makelloses Gebiss.

»Hey, du Verräter! Ich wollte Spielverderber-Barbie gerade mit meinem großen Bruder drohen.« Karl-Heinz beugte sich über den Tisch. »Habe ich dir schon erzählt, dass er in der Schule zweimal sitzen geblieben ist?«

Ella beobachtete irritiert, wie Jim und Joe sich Zigaretten anzündeten. Noch bevor sie eine Bemerkung machen konnte, stand Johnny hinter den beiden und nahm ihnen blitzschnell die Glimmstängel aus den Mündern. »No smoking, Freunde.«

»He, wenn ich arbeite, will ich dabei rauchen«, protestierte Jim – oder war es Joe? Ella konnte die beiden noch immer nicht recht unterscheiden.

»Und wenn *ich* arbeite, will ich nicht geräuchert werden«, entgegnete der Johnny, verschwand mit den Zigaretten in der Hand hinter der Theke und warf sie ins Spülbecken. Ella blickte ihm grienend nach.

»Frau Fredderick!«, rief Möhre.

»Oh ja, natürlich.« Ella setzte sich auf ihrem Stuhl zurecht und sah ernst in die Runde. »Ich nehme an, dass auch Stegmann an der Ausschreibung für die Touristikkampagne dran ist …«

»Bestimmt.« – »Klar.« – »Mit Sicherheit.« Allgemeines Nicken unterstrich die Zustimmung.

»Ich will auf jeden Fall verhindern, dass irgendwelche Details unserer Kampagne durchsickern«, stellte Ella klar. »Verstanden?« Sie klopfte auf den Tisch, um ihren Worten Nachdruck zu verleihen. »Das gilt selbst für den alten Sack!«

Bini fuchtelte aufgeregt mit ihren Stäbchen herum. »Sie meinen, dass Sack selbst dem blöden Stegmann unsere Ideen steckt?«

»Nicht direkt.« Ella dachte an ihre Begegnung mit Hasy und diesem Jööörg in dem Landhotel. Dass die beiden etwas miteinander hatten, war offensichtlich. Und nach der Geschichte von Frau Beck und den Andeutungen von Sack senior war Ella sich sicher, dass Hasy etwas im Schilde führte. Ella runzelte die Stirn. »Ich habe so eine Vermutung, über die ich im Moment nicht sprechen möchte.«

»Oh, das Mysterium des Erfolgs.« Der Grafik-Grufti warf die Arme hoch. »Unsere Barbie empfängt geheime Botschaften aus dem Jenseits!«

»Rein optisch bist du näher dran«, knurrte Ella. »Also: kein Wort zur Sacksippe. Ende der Durchsage.«

»Geht klar!«, rief Möhre.

»Gut, dann lasst uns loslegen.« Ella begann, Freds Zeichnungen aus der Tasche zu kramen, als Bini plötzlich ihren Arm festhielt. Ella sah sie überrascht an. »Lassen Sie das!«

In diesem Moment läutete die Ladenglocke. Bini rollte mit den Kulleraugen und deutete zur Tür.

Jööörg Stegmann betrat den Laden, sah sich kurz um und kam dann direkt auf ihren Tisch zu. Er nickte knapp. »Ella …«

Ella tat es ihm gleich. »Jööörg.«

Sofort war Johnny zur Stelle. »Kann ich Ihnen helfen?« Er stand breitbeinig vor dem zwei Köpfe kleineren Stegmann.

»Ich will einen Tisch für zwei Personen«, verlangte Stegmann.

»Kein Problem.« Der Sushi-Cowboy grinste. »Und wann?«

Stegmann schüttelte irritiert die grauen Löckchen. »Na, jetzt!«

»Tut mir leid.« Johnny tippte sich lässig an den Hut. »Es ist alles reserviert.«

»Wie bitte?« Stegmanns Gesicht bekam rote Flecken. »Hier ist doch kein Mensch … Außer denen.« Er warf einen abschätzigen Blick auf die Truppe von ›Sack & Sohn‹.

»Wie ich bereits sagte …« Der Sushi-Cowboy machte einen Schritt auf Stegmann zu. Der wich automatisch zurück. »Heute ist alles reserviert. Sie können gern morgen wiederkommen.«

Amüsiert beobachtete Ella, wie Jööörg sichtlich verärgert das Lokal verließ. Dieser Cowboy gefiel ihr immer besser.

»Nischt für ungut«

»Wir sind fast fertsch«, erklärte der Mann, der neben Ella die Treppe hochschnaufte. Er trug gleich zwei Kartons vor sich her.

Ella nickte und ging langsam weiter. Das Treppenhaus sah noch genauso schäbig aus wie vor einigen Tagen. Doch das störte sie heute nicht wirklich. Irgendwie empfand Ella die Bruchbude von Hildegard Becks Schwester fast als ein bisschen heimelig. Wer hier wohl alles gelebt hatte? Man kam sich vor wie in einer anderen Welt.

Im dritten Stock herrschte reges Treiben. Zwei Männer trugen Kisten in die Wohnung, zwei weitere schichteten die Kartons in den großen Räumen auf. Es waren kräftige Burschen, die sich kein bisschen an der heruntergekommenen Behausung zu stören schienen.

Ella seufzte. Wie Ephraim wohl gewohnt hatte, bevor man ihn und seine letzten Habseligkeiten ins Heim verfrachtet hatte? Sie mochte ihn, diesen einsamen alten Mann, der lieber weiter den Schlaganfallpatienten spielte, als sich mit seiner Umgebung und ihren unangenehmen Menschen auseinanderzusetzen. Sie konnte ihn verstehen. Schließlich hatte auch sie etwas gegen anbiedernde Gruppendynamik und heuchlerische Bünde mit Menschen, die man gar nicht leiden konnte, oder schlimmer, die einem völlig egal waren. Sie wusste genau, was er meinte. Ihr selbst waren die meisten Menschen vollkommen gleichgültig – außer vielleicht ... Das Bild des Musikers stieg wieder vor ihrem geistigen Auge auf. Wieso sah sie ihn von Tag zu Tag genauer vor sich, obwohl sie ihn in jener Nacht kaum hatte erkennen können?

»So, dahinten in die beiden Zimmer haben wir erste mal die Einrischtung geräumt.« Er zeigte durch einen von Kartons gesäumten Flur. »Sie sachten ja, die Kartons müssen erst weg …«

Ella zuckte zusammen. »Wie?« Sie wischte eilig ihre Gedanken weg. Das waren doch nur Traumbilder. Das alles hatte mit der Realität gar nichts zutun. Entschlossen zwängte sie sich zwischen einigen Kartons hindurch in die Wohnung. »Ja, das ist sowieso nur zu Lagerzwecken.«

»Gehen Se mal guckn, obs so passt«, insistierte der Mann. »Wir wolln das ja rischtsch machen.« Er schob Ella ein Stück vor sich her in einen der großen Räume. »Hier ham wer die Stube, nu.«

Ella blickte sich im Zimmer um. Inmitten der kläglichen Tapetenrest-Wände und blinden Fenster standen auf dem abgelatschten Parkettfußboden ihr Designersofa, der antike Sekretär und diverse Kunstobjekte. Ihren großen Spiegel und ein Ölbild hatten die Männer sogar an die schäbigen Wände gehängt.

»Nu, ein paar Pflanzen vielleischt, dann isses schon rischtsch gemütlisch«, meinte der Mann zufrieden.

Ella konnte sich ein Lachen nicht verkneifen. Es sah einfach zum Brüllen aus, wie die Möbel- und Kistenpacker für so was wie Atmosphäre gesorgt hatten.

»Und nebenan stehen die Sachn für die Schlafstube«, erklärte er und deutete auf eine Durchgangstür. »Aber ein Bett war ni dabei. Ist das rischtsch?«

Ella nickte schmunzelnd. Ihren Shikibuton, die original japanische Variante des Futons, hatte sie gleich in Tokio gelassen. Der war ohnehin zu dünn für die harten europäischen Fußböden ohne Tatami-Matten.

»Letzte Kiste!«, rief einer der Männer an der Wohnungstür. »Fertsch!«

Ella bedankte sich gerade mit einem üppigen Trinkgeld bei den Packern, als Frau Becks Schwester zeternd zwischen den Kartons hervorkrabbelte. Sie trug wieder ihre Dederon-Kittelschürze und raufte sich die grauen Löckchen. »Was? Sie geben denen noch Geld?«, mokierte sie sich lautstark und schnappte sich den Schlüssel, den Ella gerade vom Oberpacker in Empfang nehmen wollte. »Wissen Sie, was die gemacht haben? Meine ganze Türe haben sie mir zugebaut. Ich konnte stundenlang meine Wohnung nicht verlassen, weil ich von Kisten eingemauert war!«

Ella schmunzelte, als sie das amüsierte Gesicht des Möbelpackers sah. »Nischt für ungut, aber Sie hättn uns nur im Weg gestandn, meine Gutste.« Er tippte sich an den Hosenlatz. »Mir machn dann mal los!«

Ella beeilte sich, der Vermieterin eine gründliche Treppenreinigung zu versprechen und ebenfalls schnell die Bruchbude zu verlassen.

Ihre Gedanken wanderten wieder zu Ephraim. Sie war sich nicht sicher, ob sie ihn bedauerte oder bewunderte. Natürlich tat er ihr leid, weil er so traurig war ohne seinen Hund. Andererseits hatte er so eine faszinierende Ausstrahlung, dass sie ihre Suche nach dem Musiker fast vergessen hatte, als sie bei ihm gewesen war. Sie hatte ihm noch immer nicht den Brief gezeigt, unter dem sie seine Telefonnummer gefunden hatte. Sie kramte in ihrer Ledertasche. Der Brief war noch da, und auch die Zeichnung von dem zotteligen Hund, die Ephraim ihr mitgegeben hatte …

Ella warf einen Blick auf die Uhr. Wenn sie sich beeilte, konnte sie es vielleicht noch schaffen!

Ausflug in die Pampa

Etwa eine Stunde später stieg Ella in Dresden Cossebaude aus dem Taxi. Vor ihr lag ein moderner Flachbau in einem eingezäunten Gelände. Hundegebell und tierische Gerüche schlugen ihr entgegen, als sie die Tür mit der Aufschrift ›Städtisches Tierheim der Landeshauptstadt Dresden‹ öffnete.

»Kann ich Ihnen helfen?« Ein unfreundlich dreinblickender Mann mittleren Alters musterte sie von oben bis unten. Als er jedoch sah, dass sie kein Tier bei sich hatte, wurde sein Gesichtsausdruck gleich etwas freundlicher.

»Ich suche einen Hund«, erklärte Ella und kramte die Zeichnung aus ihrer Tasche. »Er muss vor einiger Zeit hier abgegeben worden sein, weil sein Besitzer erkrankt ist. Er heißt Ephraim.«

»Eigentlich haben wir jetzt keine Vermittlungszeit«, erklärte der Mann abweisend, sah sich jedoch die Zeichnung genau an. »Den haben wir noch da«, erinnerte er sich. »Ist einfach zu alt und zu groß, um vermittelt zu werden.«

»Bitte, es ist ein Notfall!« Ella schenkte ihm einen langen Augenaufschlag. »Darf ich ihn sehen?«

Der Mann nahm Ella erneut eingehend in Augenschein. »Wissen Sie, der alte Knabe trauert. Ich möchte ihm noch mehr Kummer gern ersparen …«

»Ich doch auch«, sagte Ella schnell.

»Na gut.« Er gab Ella die Zeichnung zurück. »Aber Sie bleiben hier. Ich hole ihn.« Dann verschwand er durch einen Gang hinter einer Tür mit der Aufschrift ›Hundezwinger‹.

Seufzend betrachtete Ella die Stapel von Hundefutter in der Ecke. Markenprodukte von Dosen- bis Trockenfutter türmten sich auf. Ob die Hersteller das Tierheim sponserten? In diese Richtung hatte sie bei der aktuellen Kampagne noch gar nicht gedacht. Mit dem kleinen Roboter konnte man sicher gut bei Kindereinrichtungen punkten. Oder in Senioreneinrichtungen, wenn es dort wirklich so zuging, wie der alte Ephraim das beschrieben hatte …

In diesem Moment kam der Tierheimmitarbeiter mit einem großen, zotteligen Hund zurück. Ella staunte. Das war ganz eindeutig das Tier von der Zeichnung.

Sie wollte sich gerade zu ihm herunterbeugen, als der Mann sie zurückhielt. »Vorsicht! Langsam friedliche Absicht signalisieren! Man weiß nicht, was die Tiere alles erlebt haben.«

Ella hielt Ephraim die Hand hin, die dieser kurz beschnüffelte und sodann begeistert abschleckte. Vorsichtig streichelte sie ihm über seinen Zottelkopf.

»Muss wohl Liebe sein.« Der Mann lächelte zufrieden und tätschelte den Hund. »Na, mein Dicker, da hast du aber ein hübsches neues Frauchen.« Er reichte Ella die Hundeleine. »Bitte schön, die bringen Sie einfach bei Gelegenheit wieder vorbei.«

Ella knuddelte unwillkürlich den Hund. »Oh, du bist aber auch ein Stinker.« Sie rümpfte lachend die Nase.

»Das macht 110 Euro«, erklärte der Mitarbeiter. »Und wenn Sie mir das dann bitte noch ausfüllen. Sie müssen ihn innerhalb von 14 Tagen anmelden. Hundesteuer und so weiter …« Er reichte ihr zwei kleine Hefte. »Impfungen und Wurmkur sind aktuell. Und einen Chip hatte er.«

Ella war froh, als sie mit Ephraim II. kurz darauf endlich in die Freiheit entlassen wurde. Der Hund zog sie kreuz und quer über die wilde Wiese.

»Hey, du Hund, ich habe nur zwei Beine! So geht das nicht!«, schimpfte Ella, doch Ephraim II. schien ihre Kritik kein bisschen zu beeindrucken.

Plötzlich sah Ella sich erschrocken um. Das Taxi! Sie hatte überhaupt nicht daran gedacht, dass sie hier wieder weg musste. Und jetzt stand sie mit dem Hund mitten in der Pampa. Wo hatte sie nur ihren Organisationssinn gelassen? Kopfschüttelnd griff Ella zum Mobiltelefon, wollte zunächst ein Taxi rufen, besann sich jedoch dann eines Besseren und kontrollierte die gespeicherten Nummern des digitalen Telefonbuchs. Frau Beck? Nein, die würde sie noch früh genug mit dem neuen Mitbewohner überraschen. Laetitia Baer? Nein, die Journalistin konnte sie schwer und nur in geringen Dosen ertragen. Bini! Das war doch eine hilfsbereite Seele, die mit Sicherheit ein Herz für Tiere hatte. Vielleicht mehr der Katzentyp, aber sie konnte dem zotteligem Charme Ephraims II. sicher nur schwer widerstehen.

Warm ums Herz …

»Und ich dachte sonst was, als Sie meinten, ich solle unbedingt eine möglichst große Decke mitbringen«, sagte Bini fröhlich und brachte das Auto an der Ampel vor dem Goldenen Reiter zum Stehen. »Da bin ich aber froh, dass die Decke nur für das süße Hundchen ist …«

»Hund-chen ist vielleicht etwas stark verniedlicht«, meinte Ella und warf einen Blick auf Ephraim II., der mit hängender Zunge auf dem Rücksitz saß. »Der wiegt bestimmt 35 Kilo.«

»Und jedes Kilo ist nur so zum Knuddeln!« Bini beugte sich nach hinten und wuschelte Ephraim II. begeistert durchs Fell.

Ella lächelte. »Vielen Dank noch mal, dass Sie uns abgeholt haben. Ich hoffe, ich habe Ihre Planung nicht zu sehr durcheinandergebracht.«

»Ach was«, winkte Bini ab. »Nur ein Treffen vom Barock-Verein.« Sie gab Gas, um nur etwa 100 Meter weiter an der nächsten Ampel anzuhalten. »Ich habe mir überlegt, dass wir unbedingt einen Barock-Sushi machen sollten, mit einem maßstabsgetreuen Kostüm.«

»Gute Idee.« Ella nickte anerkennend. »Aber wie sollen wir das so schnell umsetzen?«

Bini warf ihr einen belustigten Blick zu. »Na, mit Nadel und Faden. Die Schnittmuster und Stoffe habe ich im Kofferraum. Die beiden Prototypen schaffe ich in zwei Tagen. Ich brauche nur noch ein paar Roboter.«

»Zwei Prototypen? Wieso zwei?« Ella sah sie verwundert an.

»Männlich und weiblich.« Bini musste vor der Staatskanzlei hinter einem Linksabbieger warten. »August und Gräfin Cosel, Sachsen-Sushi und Sachsen-Sushine oder so.«

»Klar.« Ella nickte. »Sie meinen, wir sollten zur Präsentation direkt verschiedene Sachsen-Sushis vorstellen und nicht nur Entwürfe?«

»Genau.« Bini strahlte. »Schauen Sie, die Elbwiesen. Wollen wir noch ein bisschen mit dem süßen Zottel spazieren gehen?«

Ella überlegte kurz. »Natürlich!« Sie beugte sich vor, als sie gerade über eine Brücke fuhren. »Da vorn ist doch … Halten Sie mal gleich da links an.«

»Geht nicht, ich muss einmal drehen, um aufs Käthe-Kollwitz-Ufer zu kommen.« Sie setzte den Blinker, ordnete sich verwegen rechts ein und gab Gas, um gerade noch bei Grün über die Kreuzung zu kommen. Dann bog sie rechts ab und gleich wieder rechts. »Schauen Sie, dort ist ein Parkplatz, hinter dem Altenheim.«

Ella nickte zufrieden. Seniorenresidenz ›Elbruhe‹, genau hier wollte sie hin.

Als Bini den Wagen kurz darauf auf einer ziemlich lädierten Wiese abstellte, schlug Ella vor, sie und den Hund ein paar Minuten später unten an der Elbe zu treffen.

»Meinen Sie denn, der geht mit mir mit?«, fragte Bini.

»Sicher.« Ella nickte. »Mich kennt er doch genauso wenig.« Sie sprang aus dem Auto. »Ich bin gleich zurück. Es geht ganz schnell.«

Es dauerte tatsächlich nicht lange, bis Ella nicht nur die Schwester, sondern auch die schlammzopfige Empfangstante davon überzeugt hatte, ›Onkel‹ Ephraim ein bisschen an die frische Elbluft auszuführen. Offenbar hatte sie durch ihre regelmäßigen Besuche der letzten Tage einen zuverlässigen Eindruck hinterlassen. Ephraim spielte seine Rolle allerdings so hervorragend, dass Ella sich fragte, ob ihm dieser Ausflug überhaupt recht war.

Die Schlammzopfige öffnete ihnen eine Tür neben der Drehtür und entließ sie in die sanften Strahlen der Abendsonne.

»Überraschung«, flüsterte Ella und beugte sich zu Ephraim hinunter. »Gleich sind wir außer Sichtweite.« Sie stoppte den Rollstuhl am Straßenrand und sah einigermaßen verzweifelt auf die Autoschlangen, die sich in beiden Richtungen die Uferstraße entlangschoben. »Gibt es hier keine Ampel?«, fragte Ella unwirsch, doch sogleich hielten Autofahrer an und ließen sie passieren. Vermutlich gaben sie ein wahrhaft rührendes Bild ab. Superblondine mit ihrem Opa, dachte Ella unwillkürlich.

Auf der anderen Straßenseite führte ein kleiner asphaltierter Weg hinunter zum Elberadweg. Ella musste sich kraftvoll gegen den schweren Rollstuhl stemmen, damit Ephraim ihr nicht davonfuhr.

»So, jetzt aber!«, rief der alte Mann fröhlich und zog mit der rechten Hand die Bremse. »Das ist eine tolle Idee von Ihnen, ein Ausflug!« Er stemmte sich ein Stück im Rollstuhl hoch. »Und wie das duftet!«

»Nach Abgasen«, wollte Ella gerade sagen, aber sie schluckte den Satz herunter. »Warten Sie ab, es wird noch besser«, versprach sie stattdessen. Sie konnte Bini und den Hund bereits unten auf der Wiese am Ufer sehen und steuerte direkt auf die beiden zu.

Bini hatte sie nun auch entdeckt. Sie winkte gerade, als Ephraim II. wie irre an der Leine zog und Bini im hohen Gras versank. Der Hund hetzte mit schleifender Leine auf sie zu, brachte auf dem Radweg fast einen Radfahrer zu Fall und stürzte sich begeistert jaulend auf den Rollstuhl.

»Mein Racker!« Ephraims Stimme schnappte über, während sein Hund ihm wild übers Gesicht leckte und sich gar nicht mehr beruhigen konnte. »Was machst du denn hier? Mein Guter, mein Bester …« Dann versagte dem alten Mann die Stimme. Er schluchzte in das zottelige Hundefell.

Verstohlen wischte sich Ella ein paar Tränen aus den Augenwinkeln, vorsichtig, um die Wimperntusche nicht zu verschmieren. Dann spürte sie die feuchte Hundenase am Bein und wurde ebenfalls begrüßt. Ephraim II. hatte sich offenbar gemerkt, wer ihn hierher gebracht hatte. Er winselte leise.

»Danke!« Ephraim schüttelte den Kopf und sah Ella aus tränenverschleierten Augen an. Dann griff er nach ihrer Hand und drückte sie. »Sie sind … Sie haben … Ich weiß gar nicht, was ich sagen soll … Danke.«

Ella schluckte. Sie war von so viel Gefühl und Freude überfordert. Wie ging man damit um? Verlegen streichelte sie an dem zotteligen Hund herum. »Sagen Sie mal, wer hat denn diese grandiose Zeichnung angefertigt?«, fragte sie schnell. »Der Mann im Tierheim wusste sofort, welcher Hund gemeint ist. Und ich finde auch, dass sie ihm unglaublich ähnlich sieht.«

Ephraim beobachtete selig lächelnd seinen Ephraim II. »Mein Neffe Max hat die Zeichnung damals gemacht.« Er seufzte leise. »Ich warte schon so lange auf einen Anruf von ihm. Ich fürchte, er weiß gar nicht, wo er mich jetzt finden kann.«

»Er weiß gar nicht, dass Sie in diesem Seniorenheim sind?«, fragte Ella. »Dann müssen Sie ihm das dringend mitteilen.«

»Das habe ich.« Ephraim nickte langsam. »Ich habe ihm einen Brief geschrieben, aber seitdem nichts von ihm gehört. Vielleicht hat er meinen Brief gar nicht …«

»Einen Brief?«, warf Ella ein und zückte sogleich ihre Tasche. Der Brief, natürlich. Sie zog die Blätter aus dem Saxofonkoffer hervor und reichte sie ihm. »Ist es vielleicht dieser?«

Ephraim schaute verdutzt auf die beschriebenen Seiten.

»Ich hatte Ihnen doch gesagt, dass ich Ihre Telefonnummer in einem Saxofonkoffer gefunden habe«, erklärte Ella. »Ihr Neffe spielt also Saxofon?«

Ephraim sah sie aus großen Augen an und nickte langsam. »Ja, Max ist Musiker. Aber …« Er starrte kurz auf das Papier in seiner Hand. »Aber woher haben Sie den Brief?«

»Oh, das ist eine längere Geschichte.« Ella atmete auf. »Vermutlich konnte Max sich gar nicht bei Ihnen melden, weil er Ihren Brief nicht bei sich hat.«

»Sie kennen Max also?« Der alte Mann wirkte aufgeregt. »Sie sind ihm begegnet? Na, Gott sei Dank!« Ephraim schnaufte. »Ich dachte schon … Wissen Sie, Max saß ein paar Jahre …«

»Wie?« Ella spitzte die Ohren. »Was macht er?«

»Ach, nicht so wichtig.« Ephraim begann mit seiner gesunden Hand, den Hund unter dem Kinn zu kraulen. »Er spielt wirklich sehr schön Saxofon.«

Gesucht … Gefunden?

Als Ella am Abend in der Straßenbahn Linie 6 in Richtung Neustadt saß, freute sie sich. Die Becks hatten Hund Ephraim sofort in ihr Herz geschlossen und ließen ihn mit dem verwöhnten Zwergpudel im Garten herumtollen. So hatte sie Gelegenheit, sich noch auf einen kurzen Plausch mit der Journalistin im Sushi-Saloon zu treffen. Nicht, dass sie besonders darauf brannte, Laetitia Baer zu treffen. Doch sie wollte natürlich hören, was die Suchanzeige nach dem Musiker in der Zeitung gebracht hatte. Ella war sich zwar sicher, dass es sich bei ihm um Ephraims Neffen Max handelte, doch an seiner Unauffindbarkeit änderte das erst mal nichts, denn offensichtlich wusste dieser Max gar nicht, wo er seinen Onkel finden konnte. Und der alte Mann schien auch nicht zu wissen, wo sein Neffe sein könnte. Außerdem interessierte die Journalistin sich in erster Linie für eine Story. Es konnte also nicht schaden, ihr ein bisschen auf die Finger zu gucken – und gegebenenfalls zu klopfen.

Die Bahn querte gerade die Elbe über der Albertbrücke. Da Ella entgegen der Fahrtrichtung saß, konnte sie auf das Elbufer schauen, an dem vor wenigen Stunden erst die beiden Ephraims wieder aufeinandergetroffen waren. Bei dieser Erinnerung wurde ihr erneut ganz warm ums Herz …

Am Albertplatz verließ Ella die Bahn und lief durch die schmalen Straßen der Neustadt bis zum Sushi-Saloon. Sie strich sich eine Locke aus dem Gesicht, zupfte ihre Leinenjacke zurecht, atmete einmal tief durch und trat ein. Sie ließ den Blick durchs Lokal wandern, um sich einen geeigneten Tisch zu suchen. Immerhin war sie extra früh dran. Doch dann bemerkte sie die Journalistin. Sie saß bereits hinten in der Ecke und war angeregt in ein Gespräch mit dem Cowboy vertieft. Ella verzog das Gesicht; das hatte sie sich ein bisschen anders vorgestellt.

Mit einem unterkühlten »Guten Abend allerseits« setzte sich Ella zu Laetitia Baer an den Tisch.

»Aber hallo!« Johnny tippte sich an den Cowboyhut.

»Siehst du, Johnny.« Die Journalistin knuffte ihn in die Seite. »Ich habe dir doch gesagt, dass ich mit ihr verabredet bin.« Dann wandte sie sich an Ella. »Er wollte mir nämlich nicht glauben, dass Sie sich mit mir treffen.«

»Irrtum«, korrigierte der Cowboy mit einem breiten Grinsen. »Ich habe bezweifelt, dass Sie sich in meinem Saloon verabreden.« Er zwinkerte Ella zu. »Lätta, du musst wissen, dass die Lady täglich ihre Arbeitstreffen bei mir abhält.«

»Ach? Haben Sie nicht gestern noch gesagt, Sie wollten gar nicht hierher?«, fragte Laetitia Baer.

Ella bemerkte, dass Johnny sie unverwandt musterte. »Nun ja«, druckste sie herum. »Ich wollte nicht wieder böhmische Küche riskieren. Außerdem habe ich, ähm, nicht viel Zeit.«

Der Cowboy grinste frech. »Also haben Sie doch noch ein Arbeitstreffen?«

Ella griff schnell nach der Speisekarte. »Nein. Ich habe jetzt einen Hund. Um den muss ich mich natürlich kümmern.« Sie widmete sich intensiv der Karte.

»Einen Hund, so, so.« Johnny nickte. »Wissen Sie, ich mag Hunde.«

»Du magst Hunde?« Die Journalistin musterte ihn spöttisch. »In Currysoße oder mariniert, oder was?«

Ella vergrub sich noch tiefer in die Karte.

»Meine liebe Lätta, du solltest nicht von dir selbst auf

andere schließen«, erklärte der Cowboy amüsiert. »Ich muss nicht alles vernaschen, was mir über den Weg läuft.«

Ella begann, die Speisekarte von vorn zu lesen. Sie steckte ihre Nase tief in die Angebote.

»Jetzt verwechselst du mich aber gründlich.« Laetitia Baer lachte laut. »Ich bin nicht Hasy!«

Hoppla! Ella ließ vor Schreck fast die Speisekarte fallen.

»Siehst du, jetzt hat sie doch noch einen Rechtschreibfehler in deiner Karte gefunden!«, rief die Journalistin.

»Lady, Sie dürften die Angebote jetzt auswendig kennen.« Er feixte. »Soll ich Sie abfragen?«

»Misosuppe, vier Nigiri, vier Maki und zwei Temaki bitte«, bestellte Ella energisch und vermied jeden Blickkontakt mit dem Cowboy.

»Klingt gut«, meinte die Journalistin. »Das nehme ich auch. Nur von allem das Doppelte!«

Johnny sah Lätta skeptisch an. »Das schaffst du nicht.«

»Wetten?«, fragte Lätta herausfordernd. »Und nun ab in die Küche! Wir haben Frauengespräche.«

Endlich zog Johnny breitbeinig seines Weges. Ella atmete auf.

»Er steht auf Sie«, stellte Laetitia Baer ungerührt fest. »Aber das tun fast alle Männer, oder?«

Ella zuckte die Achseln. Natürlich wusste sie ihre Reize im Zweifelsfalle einzusetzen, aber wann traf sie schon einen Mann, bei dem sich das lohnte?

»Ich wette, Sie haben so viele Abschlüsse, weil Sie im Studium immer die Profs um den Finger gewickelt haben«, plauderte die Journalistin weiter. »Hatten Sie mal was mit einem?«

»Nein.« Ella sah Laetitia Baer stirnrunzelnd an. »Sie?«

Die Journalistin nickte. »Statistik. Die Prüfung hätte ich

ohne sexuelles Networking nicht bestanden oder nur mit unnötig viel Aufwand.«

Johnny brachte Tee und Suppe. »Vorsicht, heiß!«, sagte er zu Ella. »Ist sie schon bei ihren verflossenen Liebhabern?« Er deutete mit einem Kopfnicken zu Laetitia Baer.

Ella nickte ausweichend. »Bisher ist es nur einer …«

»Da kommt noch mehr!« Der Cowboy zwinkerte. »Und das kann dauern. Glauben Sie ihr aber nicht alles, was sie sagt.«

»Nimm dich mal nicht so wichtig!« Die Journalistin schlürfte vorsichtig die heiße Suppe, während Johnny wieder hinter seiner Sushi-Theke verschwand. »Aber es hat sich sexuell nicht gelohnt.«

Ella beobachtete argwöhnisch die Vertrautheit zwischen dem Cowboy und dieser Pressetante. Dann hakte sie nach. »Was hat sich sexuell nicht gelohnt?«

»Der Statistikprof.« Lätta schlürfte. »Er war eine Niete im Bett.«

Ella verdrehte die Augen. »Was erwarten Sie denn von einem Statistiker?«

Laetitia Baer grinste ordinär. »Na, eine Menge Stichproben!«

Ella hob die Augenbrauen und zog es vor, den Cowboy hinter seiner Sushi-Theke zu beobachten. Mit konzentriertem Gesichtsausdruck schien er alle Arbeitsabläufe völlig routiniert zu absolvieren. Ob er lange in Japan gelebt hatte?

»Hey, Sie hören mir gar nicht zu!« Die Journalistin hatte munter weitergeplaudert. »Sie haben diese Probleme wohl nicht?«

Probleme? Ella stutzte. »Männer sind zurzeit nicht mein Thema«, meinte sie leichthin.

»Oh ja, das sehe ich.« Lätta deutete mit einem Kopfnicken zur Theke, wo Johnny gerade mit den Tellern hantierte. »Aber Sie haben natürlich recht! Der Mann an sich ist eher langweilig …«

Ella beobachtete aus den Augenwinkeln, dass der Cowboy sich wieder auf den Weg zu ihnen machte.

»Männer sind eben einfach nicht vielschichtig«, schwadronierte Laetitia Baer weiter. »Interessant sind nur die Geschichten drum herum.«

Der Cowboy servierte erst Ella, dann Laetitia Baer ihr Sushi, während die Journalistin unbefangen weiter ihre Gedankengänge veranschaulichte. »Männer sind wie dieses Sushi. Unterschiedlich eingewickelt, mehr oder weniger liebevoll verpackt … Danke, Johnny! Aber eben doch nur roher Fisch!«

Ella bestaunte die Geschwindigkeit, mit der sie sich über ihre riesige Portion hermachte. Sie war auch mit den Hashi ein Turboesser. Der Cowboy schien sich ebenfalls für diesen Anblick zu interessieren. Er stand mit amüsierter Miene neben dem Tisch.

Unverdrossen kauend, erläuterte die Journalistin ihre die Männer betreffenden Ansichten. »Und mit dem rohen Fisch ist das so eine Sache. Er ist nun mal kalt! Und frisch muss er sein, knackig. Dafür hält er sich dann nicht lange. Nach drei Tagen stinkt er zum Himmel!« Sie nahm einen Schluck Tee. »Wie der Mann. Wie jeder Mann.« Dann sah sie den Cowboy an. »Ist noch was, Johnny?«

Der schüttelte lachend den Kopf. »Ihr winkt, wenn ihr etwas braucht.« Dann trollte er sich hinter seine Theke.

Ella selbst ließ ein Rollensushi langsam auf der Zunge zergehen und legte die Hashi parallel zur Tischkante ab. Dann sah sie auf die Uhr. »Könnten wir vielleicht zum Wesentlichen kommen?«

Die Journalistin führte ein letztes Stück Fisch zum Mund.

»Hmm, lecker!«, schmatzte sie aus vollen Wangen. Dann schnippte sie mit den Fingern. »Sake!«

Johnny schüttelte den Kopf. »Du bist unglaublich.«

»Was ist mit der Anzeige?« Ella klang gereizt. »Hat sich der Musiker nun gemeldet oder nicht?«

Die Journalistin nickte. »Nicht nur einer. Gleich zwei.« Sie nahm einen Schluck Tee. »Jetzt müssen wir nur noch herausfinden, welcher der Richtige ist.«

Ella zog die Augenbrauen hoch. »Aha. Und wie stellen Sie sich das vor?«

»Na, ich habe Sie mit beiden verabredet«, erklärte Laetitia Baer unbekümmert. »Für morgen Abend.«

In diesem Moment trat Johnny mit einer Karaffe Sake an den Tisch.

»Und wo?«, fragte Ella. »Hier?«

Die Journalistin schüttelte den Kopf. »Nein, im Landhotel Augustus, dort ist die ›Lange Jazznacht‹. Da wird der Junge wohl sein Instrument dringend brauchen.«

»Wer hat das vorgeschlagen?« Ella sah Laetitia Baer aufmerksam an. »Einer von den Musikern oder Sie?«

»Na, der eine von den Typen«, erklärte die Journalistin. »Den anderen habe ich dann auch dorthin bestellt …«

»Darf ich einschenken?«, unterbrach Johnny ihren Dialog.

»Ja, ja«, sagte Ella beiläufig. »Aber wenn nur einer von beiden der richtige Musiker ist, wer ist dann der andere?« Sie überlegte angestrengt, und noch bevor die Journalistin etwas erwidern konnte, tippte sie sich mit dem Finger an die Stirn. »Der Verfolger!«

»Wie?« Laetitia Baer verschluckte sich am Sake. »Sie meinen, der andere ist der Psychopath, der Sie verfolgt hat … Das wäre ja großartig!«

Der Cowboy stand noch immer am Tisch und sah von

einer zur anderen. »Sag mal, Lätta, was treibt ihr eigentlich?« Dann wandte er sich an Ella. »Werden Sie von einem Stalker belästigt?«

»Nicht direkt«, antwortete die Journalistin schnell. »Morgen Abend ist doch die ›Lange Jazznacht‹ draußen im Augustus, und wir treffen uns dort mit zwei Typen, von denen einer gefährlich sein könnte.«

»Wir?«, fragte Ella spitz. »Wieso ›wir‹?«

»Na, weil ich natürlich mitkomme«, erklärte Laetitia Baer. »Schließlich ist das eine tolle Story!«

Johnny sah Ella aufmerksam an. »Was Sie da planen, klingt nicht ganz ungefährlich …«

»Ist aber notwendig«, unterbrach ihn Laetitia Baer.

»Na dann …« Johnny richtete sich zu voller Größe auf und hakte seine Daumen in die Gürtelschlaufen. »Vielleicht kann ich Ihnen meine Begleitung anbieten?« Er lächelte Ella an. »Natürlich nur, wenn Sie möchten.«

Einen Moment lang befürchtete Ella doch tatsächlich zu erröten. Allerdings war das Mundwerk der Journalistin schnell genug, um ihr gar nicht erst eine Reaktion abzuverlangen.

»Geil, Johnny! So machen wir das!«, rief Laetitia Baer fröhlich. »Wir gehen alle gemeinsam hin.«

Meine Bestie, deine Bestie

Am nächsten Morgen schaute Ella kurz in der Agentur vorbei. Sie wollte vor allem sichergehen, dass die Vorbereitungen zur Kampagne nicht zu Sack senior durchsickerten. In den Büros herrschte gähnende Leere. Alle hielten sich offenbar an die Abmachungen und erledigten die letzten Arbeiten von zu Hause aus. Am Wochenende fiel das dem Obersack nicht wirklich auf. Sicherheitshalber hatten sie selbst den trotteligen Fred aus den Gesamtzusammenhängen weitgehend herausgehalten.

Ephraim II. beschnüffelte aufgeregt jeden Winkel von Ellas kleinem Büro. Augenscheinlich hatte es ihm der Ledersessel besonders angetan. Er lief mit erhobener Schnauze um das Sitzmöbel herum. Ella nahm lächelnd Platz. »Ephraim, setz dich bitte!« Der Hund stand wedelnd vor ihr. »Du sollst dich bitte hinsetzen«, sagte Ella freundlich. Der Hund jaulte begeistert auf. »Platz!«, herrschte Ella ihn an. Zufrieden rollte Ephraim II. sich hinter ihrem Sessel zusammen.

Ella zog den Laptop aus der Schublade und legte ihn auf den Schreibtisch. Sie zuckte zusammen. Was war das denn? Ungläubig starrte sie auf ihren kleinen Kiesgarten. Jemand hatte kleine Kreuze in den Kies geharkt. Ella wollte zu ihrer Miniharke greifen, hielt jedoch in der Bewegung inne. Besser nicht. Wahrscheinlich hatte sich dieser gruftige Grabstein-Grafiker nur einen blöden Scherz erlaubt. Ella drehte sich nach Ephraim um, der inzwischen leise schnarchte. Der arme Hund musste sich wohl noch von seinem morgendlichen Vollbad erholen.

Ella stand leise auf und schlich hinaus über den Flur auf

die Toilette. Schmunzelnd sah sie auf das neue Türschild, das ein himmelblaues Ampelmännchen zeigte. Da heute sowieso niemand in der Agentur war, verzichtete sie auf die Geschlechtsumwandlung in ein zartrosa Ampelfrauchen. Ella betrat den Toilettenraum und stutzte. »Hoppla! Guten Morgen!«

Am Waschbecken stand der graue Fred und schlotterte. Er reagierte nicht.

»Ist alles in Ordnung mit Ihnen?«, fragte sie.

Der Junior umklammerte mit zittrigen Fingern eine kleine Schachtel, die aussah wie eine Medikamentenpackung. Dann sah er sie plötzlich mit wildem Blick an. Seine Augen glänzten fiebrig. »Hure!«, zischte er böse.

»Oh, da verwechseln Sie mich«, sagte Ella betont fröhlich. Freds Zustand war ihr unheimlich. »Wissen Sie was? Ich komme später noch mal wieder.«

Zügig trat Ella hinaus auf den Flur. Doch mit einem Satz war Fred bei ihr, packte sie mit festem Griff am Handgelenk und stieß sie in ihr Büro.

»Schluss damit!«, schrie Ella empört. Aber Fred schien erstaunliche Kräfte zu besitzen.

In diesem Moment schoss Ephraim II. hinter dem Ledersessel hervor und stürzte sich mit wütendem Knurren auf den Eindringling. Fred ließ Ella vor Schreck los, stolperte rückwärts und geriet zwischen zwei grünen Sitzbällen ins Trudeln. Ephraim II. sprang ihn an, Fred fiel zu Boden und der Hund warf sich auf seinen Brustkorb. Ephraim zeigte sein Furcht einflößendes Gebiss. Fred zappelte wimmernd.

Die Medikamentenschachtel war bei dem Gerangel zu Boden gefallen. Ella hob sie auf. ›Tranqual‹? Das sah nach einem Beruhigungsmittel aus. Offenbar nahm Fred Psychopharmaka. Ella seufzte und griff zum Beipackzettel. Dieses

Medikament hatte mehr Nebenwirkungen als Pillen in der Schachtel waren … Bewusstseinsausfälle, Wahnvorstellungen, Identitätsverlust … Ella schüttelte die Lockenmähne.

»Guten Morgen!« Sack senior stand auf einmal in der Tür. Dann gewahrte er den wimmernden Fred unter dem wütend knurrenden Ephraim. Sack wich zurück, war mit einem Satz wieder auf dem Flur und hielt die Bürotür wie ein Schutzschild vor sich. »Hat er wieder seine Pillen nicht genommen?«, fragte er durch den Türspalt.

Ella riss energisch die Tür auf und drückte Sack senior die Schachtel ›Tranqual‹ in die Hand. »Ich bin nicht Ihre Mary Poppins! Schaffen Sie Ihre Bestie raus, bevor meine sie zerfleischt!«

Gefühlspalette

Mit gemischten Gefühlen folgte Ella der Journalistin in den Gewölbekeller des Landhotels Augustus. Laetitia Baer ging ihr mit ihrem gut gelaunten Geplapper auf die Nerven. Auch Johnny, der sich dicht hinter Ella hielt, schien sich nicht sonderlich für die Baer'schen Lorbeeren als einstige Musikreporterin einer Jugendzeitung zu interessieren. Als sie zum wiederholten Male von durchfeierten Nächten mit ›durchgeknallten Drogenfreaks‹ schwafelte, unterbrach er sie barsch: »Lätta, halt endlich die Luft an! Das interessiert kein Schwein!«

Laetitia Baers Entgegnung bekam Ella nicht mit, denn ein junger Mann mit bunter Strickmütze sprach sie an. »Gehören Sie zu einer der Combos oder sind Sie das Solo?« Er deutete auf den Koffer in ihrer Hand. »Sax, nehme ich an. Also, Combo oder Solo?«

Ella erwiderte heiter:. »Sax stimmt. Und solo bin ich auch. Aber dass ich auftrete, wollen Sie nicht wirklich! Ich bin nur der Kofferträger.«

»Und der Typ mit dem Hut?« Der junge Mann sah sie flehend an. »Spielt der denn nicht?«

Ella schmunzelte. »Das ist nur ein Cowboy ohne Pferd.«

»Wir sind mit einem der Musiker verabredet«, mischte sich die Journalistin ein. »Vielleicht auch mit zweien.«

Ella warf ihr einen missbilligenden Blick zu. Dass diese Frau sich immer so aufspielen musste!

»Shit«, murmelte der Mützenmann. »Mir fehlt immer noch der Mensch mit den Solostücken. Wo steckt der bloß?« Seufzend zog er wieder ab.

Ella sah sich in dem großen Gewölbekeller um. Am anderen Ende war eine kleine Bühne aufgebaut, und an der Seite lockte eine Bar mit allerhand Biersorten und verschiedenen Cocktails. Sie sah, dass Johnny bereits im Gespräch mit einer der Tresenschönheiten war. Typisch! Ella blies sich eine Locke aus dem Gesicht.

Die Journalistin versuchte, sich bei ihr unterzuhaken. »Kommen Sie, am besten gehen wir ganz nach vorn an die Bühne, bevor es hier voll wird.«

Ruckartig entzog Ella ihr den Arm. »Natürlich werde ich nicht den ganzen Abend mit Ihnen herumstehen«, erklärte sie mit Nachdruck. »Mischen Sie sich einfach unters Volk, halten Sie Augen und Ohren offen und den Mund ausnahmsweise geschlossen!«

»Und wenn einer der beiden Typen von der Anzeige der Psycho ist, der Sie verfolgt hat?« Laetitia Baers Augen funkelten sensationsgierig.

»Dann wird er sich kaum zeigen, wenn Sie die ganze Zeit an meinem Rockzipfel hängen.« Ella setzte den Instrumentenkoffer ab. »Vielleicht hat sich einfach jemand gemeldet, der glaubt, auf diese Weise kostenlos an ein teures Instrument zu kommen.«

»Ladies …« Johnny reichte jeder von ihnen ein Cocktailglas, dann verschwand er kurz und kehrte mit einem weiteren Glas zurück. »Auf einen schönen Abend!« Er zwinkerte Ella zu.

»Frau Baer wird sich heute Abend heimlich unters Volk mischen und das Geschehen beobachten«, erklärte Ella.

Der Sushi-Cowboy nickte. »Und wann?«

Ella warf der Journalistin einen feurigen Blick zu. »Genau jetzt!«

»Ist ja schon gut.« Die Journalistin deutete auf Johnny. »Und was ist mit ihm?«

»Ich bin ihr Bodyguard«, erklärte der Cowboy mit breitem Grinsen und streifte mit dem Arm wie zufällig Ellas Rücken. Sie zuckte zusammen und nahm schnell einen Schluck von ihrem Cocktail.

In diesem Moment setzten die ersten Klänge auf der kleinen Bühne ein und Applaus brandete auf. Ella hatte gar nicht mitbekommen, wie schnell sich der Keller in den letzten Minuten gefüllt hatte. Augenblicklich war das Gewölbe so voller Melodien, dass an Gespräche gar nicht mehr zu denken war. Und nur wenige Cocktailschlucke später wippte Ella im Rhythmus der Musik und freute sich über die perfekte Akustik. So viel mitreißende Vitalität hatte sie bei dieser Veranstaltung gar nicht erwartet. Und der Keller füllte sich weiter mit Publikum. Offenbar war diese Jazznacht nicht nur ein Geheimtipp. Die Journalistin hatte sie längst aus den Augen verloren, und sie nahm an, dass Laetitia Baers dicker Hintern direkt vor der Bühne groovte.

Als die erste Musiknummer in geradezu frenetischer Publikumsbegeisterung ausklang, schnappte sich Johnny den Saxofonkoffer und dirigierte Ella zu einem Sitzplatz am Rande. Was er sagte, verstand sie nicht, und so beließ sie es bei ihrem vergnügten Gegriene, da Johnny ihr bereits den nächsten Cocktail in die Hand drückte. Er selbst trank etwas, das aussah wie Whisky. Er war eben doch ein Cowboy – Ella kicherte. Entspannt gab sie sich den leisen und lauten Klängen der verschiedenen Jazz-Combos hin und nippte eifrig an den süßen alkoholischen Getränken. Der Cowboy sorgte auf unaufdringliche Art dafür, dass sie stets ein gefülltes Glas hatte. Zwei oder drei Mal glaubte sie kurz, ein bekanntes Gesicht zu entdecken, und vergewisserte sich, dass der Saxofonkoffer noch unter ihrem Stuhl stand. Doch bald hatte Ella fast vergessen, warum sie eigentlich hier war.

Das Leben war plötzlich einfach und unkompliziert. Nicht mal ein Anruf aus Hamburg oder Berlin hätte sie jetzt aus ihrer Stimmung herausreißen können. Und mit jedem Glas wurde sie ausgelassener.

Mitten in der Darbietung des Jazz-Klassikers ›Take Five‹, der sich wohlwollend plätschernd durch ihre Gehörgänge schlich, stellte Ella fest, dass es besser wäre, sich rechtzeitig, also jetzt, auf den Weg zur Toilette zu machen. Als sie sich erhob, sauste es in ihrem Kopf. Sie gab Johnny ein Zeichen, und als er sich anschickte, sie zu begleiten, bedeutete sie ihm, Platz und Koffer zu bewachen. Zumindest nahm sie das an, denn Ella war doch sehr damit beschäftigt, sich halbwegs elegant durch die Menge zum Ausgang zu bewegen. Es war so voll, dass gar nicht die Gefahr bestand umzufallen. Auch gut. Zügig erreichte sie die Toilette und hatte das Glück, sofort eine freie Kabine zu ergattern. Eigentlich war das schon ein Toilettenkarussell. Ella kicherte. Sie hatte ganz schön viel getrunken. Und sie hatte richtig Lust, noch mehr zu trinken. Ein sicheres Indiz dafür, dass sie längst an ihrer persönlichen Promillegrenze angelangt war.

Als sie die Kabine wieder verließ, stolperte sie Laetitia Baer in die Arme. »Und?«, fragte die Journalistin. »Ist er da? Haben Sie ihn bereits gesprochen?«

»Wer oder wen oder was?« Ella warf einen amüsierten Blick in den Spiegel. Der verdoppelte ja alles …

»Na, Ihren Musiker?«, hakte Laetitia Baer nach. »Haben Sie ihn getroffen?«

Ella zuckte die Achseln. »Ach, hier sind haufenweise Musiker …«

Die Journalistin betrachtete sie spöttisch. »Sie haben zu viel getrunken«, stellte sie fest. »Lassen Sie sich nicht von Johnny abfüllen!«

»Ach, der …« Ella grinste die Journalistin an.

Laetitia Baer klopfte ihr auf die Schulter. »Na, irgendwelche Psychotypen entlarven wir beide heute wohl nicht mehr. Aber ich halte die Augen offen.«

»Besser ist das.« Ella kicherte. »Sonst rennen Sie noch jemanden um.« Sie sah der Journalistin nach, die jetzt ihren ausladenden Popo durch die Tür schob. »Blöde Pressetante«, sagte sie gut gelaunt und wusch sich die Hände.

Als sie sich den Weg zurück bahnte, machten die Musiker gerade eine Pause. Allgemeines Gemurmel erfüllte den Gewölbekeller. Ella konnte sich an Johnnys Cowboyhut orientieren, der alle überragte. Doch kaum hatte sie ihn erreicht, stutzte sie. Er war in Begleitung einer Gestalt, die sie hier nicht erwartet hatte.

»Oh, der kleine Sack!« Ella stolperte und drohte das Gleichgewicht zu verlieren, doch der Cowboy war sogleich zur Stelle, um sie zu stützen. Sie hielt sich an Johnny fest. Endlich mal ein Mann zum Anlehnen. Fred starrte sie mit Saugnapfblick an, sagte jedoch nichts. Als nun wieder Musik einsetzte, zuckte Ella zusammen. Das war ein Saxofon, nur ein einsames Saxofon. Aber war das die Melodie jener Nacht, oder waren das nur die Töne aus ihrem Albtraum? Ellas Blick flog zur Bühne. Im Scheinwerferlicht funkelte ein Instrument. Langsam, fast ängstlich tasteten ihre Augen die güldenen Knöpfe und Klappen ab, gelangte zur eleganten Krümmung des Instrumentenhalses und erstarrte. Das war nicht ihr Musiker aus jener Nacht! Das war eine Frau, die da spielte. Unendlich enttäuscht sah Ella auf die Bühne. Die Lichter verschwammen zu einer leuchtenden Wolke, und die Töne schienen auf einmal wie durch Watte an ihre Ohren zu dringen. Sie wusste nicht, ob die Musik so traurig war oder sie selbst.

»Hey, was ist los?«, raunte Johnny ihr zu und sah sie besorgt an.

»Nichts weiter«, stieß Ella hervor.

»Aber du weinst«, hauchte Johnny.

»Quatsch!« Ella wischte sich übers Gesicht. Richtig, das waren Tränen. Sie weinte tatsächlich. Schluss damit! Ella schnaufte und … erneut schossen ihr die Tränen in die Augen.

»Soll ich Sie nach Hause bringen?« Das war die Stimme von Fred Sack. Erst jetzt bemerkte Ella, dass er sie weiter unverwandt anstarrte.

»Das übernehme ich«, erklärte Johnny und legte den Arm um Ellas Schultern. »Gehen wir?«

Ella nickte und wischte sich eine weitere Träne vom Nasenrücken. »Halt! Das Saxofon.«

Johnny salutierte, schnappte sich den Koffer und platzierte ihn lässig auf seiner Schulter. »Ahoi, Freddy!«

Erwachen!

Ääh, was war das? Ella war mit der Nase an irgendetwas Feuchtes gestoßen. Erst war es kalt. Uuh, und jetzt ganz warm und klebrig. Ella fuhr sich mit der Hand durchs Gesicht. Häh? Das war nicht ihre Hand … Das war überhaupt keine Hand. Ella riss die Augen auf und starrte in zwei triefende schwarze Nasenlöcher, unter denen eine breite rosa Zunge hervorkroch, direkt auf sie zu. Ephraim II.!

Er hatte die Vorderpfoten auf Ellas Kopfkissen gelegt und fühlte sich offenbar bemüßigt, ihr Gesicht gründlich zu reinigen. Aber warum schnarchte er dabei so? Hatte der Hund Asthma?

Ella schob den Hund vom Kopfkissen. »Platz, mein Stinker«, murmelte sie dösend. Doch Ephraim II. schien diese Herumliegerei zu langweilen. Er sprang gleich wieder auf und rannte zur Tür.

Ella blinzelte durch die Jalousie. Mähte Werner Beck vielleicht seinen Rasen? Da, das war eine Fehlzündung. Ella zuckte zusammen. Was war das für ein Rascheln? Jetzt bewegte sich die Bettdecke. Ella saß stocksteif im Bett. Es lag jemand neben ihr. Nur zögerlich riskierte sie einen Blick auf die Quelle des Schnarchens. Puh, das roch nach Alkohol … Sie sah genauer hin und erschrak. Wer war das? Wer war dieser Mann?

Schnell hüpfte sie aus dem Bett und schlüpfte in ihren Kimono. Dann sprang ihr die Unordnung ins Auge. Überall lagen Klamotten verstreut. Da stand der Saxofonkoffer und dort drüben lag … ein Cowboy-Hut!

Auf Zehenspitzen schlich sie ins Bad und wusch sich

das Gesicht. Ephraim II. beobachtete sie erfreut. »Psst«, flüsterte Ella. Auf keinen Fall wollte sie jetzt mit diesem Cowboy Konversation betreiben. Ella reckte sich ausgiebig. Ihr Kopf dröhnte. Sie musste wirklich Unmengen von diesen pappigen Cocktails getrunken haben. Sie verzichtete auf ihre allmorgendliche Dusche, fischte ihr ungewaschenes schwarzes Sportoutfit von der Heizung und zog es über. Flink band Ella sich die Haare hoch und sprang in die Joggingschuhe.

»Los, mein Stinker!«, raunte sie dem Hund zu und leinte ihn an.

Als sie leise die Tür hinter sich schloss, hoffte Ella inständig, dass jetzt nicht der Zwergpudel zum kläffenden Morgenappell antreten würde. Und sie hatte Glück.

Es waren kaum Menschen unterwegs, als sie mit Ephraim II. hinüber zum Waldpark lief. An Joggen war bei ihrem Kater gar nicht zu denken. Als sie den Park erreichte, ließ sie den Hund von der Leine. Übermütig tobte er um sie herum. Sie marschierte stramm drauflos. Mit jedem Schritt wischte sie sich die Sorge um die morgige Präsentation von der Stirn. Nein, eigentlich war sie ganz froh darüber, dass diese Präsentation ihre volle Aufmerksamkeit verlangte. Wenn Ella mit Rückschlägen oder Misserfolgen fertigwerden musste, gab es nur ein Mittel für sie: wegarbeiten! Und Ella ahnte, dass es mit der Enttäuschung über den gestrigen Abend nicht so leicht werden würde.

Als sie Ephraim II. ein Stöckchen warf – er holte es wohl, gab es aber aus Prinzip nicht mehr her –, feuerte Ella ihr Selbstbewusstsein an. Erst musste sie den Zuschlag für die Agentur sichern, dann würde sie weiter suchen nach Jonathan … oder eben doch Max. Aus irgendeinem Grunde konnte sie nicht glauben, dass ihm etwas passiert war.

Ephraim II. flitzte auf sie zu, schlug einen Bogen und rannte weit voraus. Das nächste Stöckchen landete im Gebüsch. Ella schnaufte. Langsam ging ihr die Puste aus. Sie sollte wirklich wieder regelmäßiger joggen. Vornübergebeugt ließ sie die Arme baumeln, atmete tief ein und aus und richtete sich langsam, Wirbel für Wirbel, wieder auf. Ah, das tat gut. Dann ließ sie sich auf eine Bank fallen und blinzelte in die wenigen Sonnenstrahlen, die durch die Äste fielen. Ephraim II. sollte den zusätzlichen Auslauf genießen. Wo war er überhaupt?

»Ephraim!«, rief Ella. Doch nichts tat sich. Sie versuchte es erneut, diesmal lauter. »Ephraim!!«

Ella sprang auf. Wo steckte der Zottelhund nur?

In diesem Moment trat eine Gestalt zwischen den Bäumen hervor.

Ella erstarrte vor Schreck. Sie wollte den Hund rufen, doch ihre Stimme versagte. Ella wirbelte herum. Sie konnte Ephraim II. nirgendwo entdecken. »Ephraim …!« Ihre Stimme war ein einziges Keuchen. Als sie sich umsah, war die Gestalt verschwunden. Dennoch spürte sie erneut das entsetzliche Gefühl der Angst aus jener Nacht. Immer enger schien es sich um ihren Brustkorb zu legen. »Ephraim?« Ihre Stimme zitterte. »Ahh!« Ein heiserer Schrei entschlüpfte ihrer Kehle. Ella fuhr herum. Jemand hatte sie am Arm … Ephraim! Der Hund begrüßte sie freudig wedelnd. Ella schnaufte. »Meine Güte, hast du mich …« Dann durchfuhr sie erneut ein Schreck. Sie mussten verschwinden! Sie und Ephraim mussten sofort von hier weg! Gegen Ellas Herzklopfen waren die Glockenschläge der Frauenkirche ein Witz. Nicht nur an Lautstärke, sondern vor allem an Geschwindigkeit übertrafen sie die Kirchenuhr.

Eilig befestigte Ella die Leine am Hundehalsband und rannte los. Ephraim schien sich zu freuen über so viel

Bewegung. Er hielt begeistert mit ihr Schritt. Erst als sie die Bäume des Waldparks hinter sich gelassen hatten, verlangsamte Ella ihr Tempo.

Fred fehlt

Eine Stunde später betrachtete Ella sich zufrieden im Spiegel. Sie hatte nur einen Zahnputzbecher Aspirin gefrühstückt. Einen Kaffee würde sie gleich in der Agentur trinken. Immerhin war sie Johnny schnell und ohne Komplikationen losgeworden. Ob sie mit ihm …? Ella schüttelte ihre Lockenmähne. Nein, an Sex würde sie sich schließlich erinnern.

Auf leisen Sohlen schlich sie mit Ephraim II. die Treppe hinunter, als im Erdgeschoss prompt die Tür aufging und eine ganz und gar aufgeregte Frau Beck auf Ella zueilte. Ella schwante nichts Gutes. Würde sie ihr nun einen Vortrag über unerwünschte Herrenbesuche halten?

»Einen wunderschönen guten Morgen, Frau Fredderick!«, schmetterte die Pensionswirtin durch die Diele. »Nein, und wie toll Sie wieder aussehen! Und dabei ist es doch gestern bei Ihnen recht spät geworden …« Sie zwinkerte ihr verschwörerisch zu und Ella stöhnte innerlich auf. »Hatten Sie denn ein schönes Kostümfest?« Frau Beck legte den Kopf schief.

»Ähm.« Ella sah sie fragend an. »Wie kommen Sie denn darauf, dass ich auf einem Kostümfest war?«

»Nun, Ihr Kavalier!« Frau Becks Mundwinkel näherten sich bereits ihren Ohrläppchen, so sehr schien sie sich über ihre neuesten Erkenntnisse zu freuen. »Übrigens, ein schmucker Bursche! Gute Zähne, kräftige Hände und geputzte Schuhe. Das ist es schließlich, worauf es bei Männern ankommt!« Sie nickte wohlwollend. »Außerdem ist es doch entzückend, wie Männer sich ihre Jungenhaftigkeit bewahren.« Sie lächelte verzückt, als habe sie den ›schmucken Burschen‹ im Sandkasten überrascht. »Selbst als erwachsene Männer verkleiden sie sich als Cowboy!«

Jetzt musste auch Ella grinsen. Daher hatte sie also ihre Kostümfest-Fährte. »Frau Beck, entschuldigen Sie bitte, aber ich habe es eilig. Ich muss in die Agentur.«

»Am Wochenende? Das ist ja schrecklich!« Die Pensionswirtin transportierte ein gerüttelt Maß an Empörung. »Aber wie sagt mein Werner immer: Wer abends feiert, kann morgens auch pünktlich arbeiten. Dass das auf Sie zutrifft, war mir sofort klar.« Sie zog einen Hundekuchen aus der Schürzentasche und bot ihn Ephraim II. an. »Lassen Sie doch das süße Hundchen bei mir!« Ephraim II. wartete Ellas Zustimmung gar nicht erst ab, sondern verzog sich mit dem Hundekuchen im Maul gleich in die Beck'sche Wohnung. Der Zwergpudel begrüßte seinen Artgenossen laut kläffend und winselnd.

»Vielen Dank«, sagte Ella artig und wandte sich zum Gehen.

Doch Frau Beck hielt sie zurück. »Wie, sagten Sie noch gleich, heißt Ihr Kavalier?«

»Johnny«, sagte Ella. »Einfach nur Johnny.«

»Ach?« Frau Beck lächelte zufrieden. »Dann hat sich mein Werner also doch vertan. Er meinte nämlich, das sei der Hans-Dieter aus seiner alten Abiturklasse gewesen. Sehen Sie, auch mein Werner kann sich mal irren!« Sie wandte sich abrupt von Ella ab und lief zurück in die Wohnung. »Werner! Du hast dich vertan! Der junge Mann ist gar nicht …«

Rasch schloss Ella die Haustür hinter sich und machte sich auf den Weg zur Straßenbahn. Sie war wirklich spät dran, doch sie hatte Glück, erwischte schnell die nächste

Bahn am Sachsenplatz und betrat schließlich nur eine halbe Stunde später die Räumlichkeiten von ›Sack & Sohn‹.

Im Konferenzraum wurde Ella bereits erwartet. »Machen wir einen Probedurchlauf?«, brüllte Möhre. Die beiden Kontakter schnellten von ihren Sitzbällen hoch.

Ella schüttelte den Kopf. »Nein, erläutern Sie vor allem Jim und Joe, was wir vorhaben.« Sie sah sich nach Fred um, na ja, eigentlich mehr nach seinem Kaffee.

»Sie wollen also nicht proben?« Bini hielt einen der Roboter hoch und verstaute ihn dann in einem Karton. »Schade.«

»Ich halte nichts von Generalproben«, erklärte Ella gereizt. »Das raubt uns nur die spontane Energie. Wo bleibt eigentlich Fred mit dem Kaffee?«

»Fred ist verschwunden.« Der Grafik-Grufti begutachtete Möhres Präsentationsfolien am Notebook. »Seit gestern schon. Keine Ahnung, wo sich unser Säckchen herumtreibt.«

»Seit gestern?« Ella runzelte die Stirn. »Ich habe ihn doch gestern Abend noch gesehen.«

»Sie haben Fred getroffen?«, fragte Bini ungläubig. »Wo denn?«

Ella seufzte bei dem Gedanken an den gestrigen Abend und ihre gefühlsmäßige Achterbahn. »Auf einer Veranstaltung im ›Landhotel Augustus‹. Eine Jazznacht im Gewölbekeller.«

»Sie mögen Jazz?« Bini kam neugierig näher.

»Na ja.« Ella zögerte. Sie musste unwillkürlich an die Filmvorlieben der kitschaffinen Kollegin denken. In musikalischer Hinsicht ahnte sie da ähnlich gegensätzliche Vorlieben und wollte das Thema nicht vertiefen.

»Fred soll bei einer Jazznacht gewesen sein?« Der Grafik-Heinz lachte meckernd. »Das kann nicht sein. Fred geht nicht aus, und schon gar nicht alleine. Nie!«

»Frag doch deinen Bruder«, hätte Ella beinahe entgegnet, doch sie konnte den Satz gerade noch herunterschlucken. Das musste sie diesem Grufti wahrlich nicht auf die bleiche Nase binden.

In diesem Moment erschien Hasy Sack in der Tür und ließ ihr monotones »Hallihallo, wie geht's, wie steht's?« verlauten.

»Los, alles einpacken!«, kommandierte Ella zackig und stellte sich der Sack-Gattin in den Weg. »Raus!«, zischte sie grimmig und nötigte sie mit langsamen Schritten hinaus auf den Flur. »Was wollen Sie hier?«

»Also bitte, ich habe doch wohl ein Recht darauf, mich über den Stand der Arbeit in meiner Agentur zu informieren«, zeterte Hasy herum.

»Sie wollen spionieren, was?« Ella sah sie herausfordernd an. »Für Stegmann, stimmt's?«

Hasy Sack versuchte es mit einem Lächeln, was ihr gründlich misslang. »Wie kommen Sie denn …?«

»Nun«, ging Ella dazwischen, »ich höre. Was wollen Sie?«

Hasy verzog das Gesicht zu einer säuerlichen Grimasse. »Ich suche meinen Sohn, meinen Stiefsohn, um genau zu sein. Er ist seit gestern nicht nach Hause gekommen.« Sie hielt eine ›Tranqual‹-Schachtel in die Höhe. »Der arme Junge braucht sein Medikament.«

»Hier ist Sack junior nicht«, erklärte Ella bestimmt. »Dann noch ein schönes Wochenende.« Sie trat zurück in den Konferenzraum und schlug Hasy die Tür vor der Nase zu.

»Hasy spioniert für Stegmann?«, fragte der Grafik-Grufti amüsiert. »Die ist dafür doch viel zu dämlich!«

Ella überging seine Bemerkung und stellte fest, dass alle Materialien bereits verstaut waren. »Dann ist also für morgen alles klar?«

»Alles supi«, sagte Bini fröhlich. »Wie ist es? Gehen wir noch auf einen Sprung in den Sushi-Saloon?«

»Gute Idee!« Der Grafik-Heinz klemmte sich einen Karton unter den Arm. »Gestern Abend hat Johnny den Laden ja einfach dichtgemacht. Hatte wohl was Besseres vor!« Er griente.

Ella räusperte sich. »Also ich komme nicht mit. Ich möchte morgen fit sein«, erklärte sie ausweichend.

»Oh, Barbie braucht ihren Schönheitsschlaf«, verkündete Karl-Heinz.

»Könnte dir auch nicht schaden«, ätzte Ella.

Sachsen-Sushis für alle

»Ach, der Herr Dr. Sack und seine Wunderwaffe!« Jörg Stegmann strotzte nur so vor Selbstgefälligkeit, als er Ella und ihr Gefolge vor dem kleinen Sitzungssaal des Dresdner Rathauses begrüßte. »Wissen Sie, Ella, Ihre internationalen Verdienste in allen Ehren, aber für eine Touristikkampagne vor Ort fehlt Ihnen der lokale Bezug. Nehmen Sie es also nicht so tragisch, dass der Auftrag mit Sicherheit an uns geht.«

Ella musterte ihn von oben bis unten. »Sie müssen es ja wissen!« Dann lächelte sie süßlich. »Ich nehme an, Ihr Kampagnenentwurf ist quasi maßgeschneidert für unser schönes Elbflorenz?«

Stegmann tappte zielsicher in die Rhetorikfalle. »Aber natürlich. Barock, Tradition, die dankbare Zielgruppe 50 Plus. Das kann man nur verkaufen, wenn man ein echter Dresdner ist!« Er tätschelte Ellas Arm, was sie zähneknirschend über sich ergehen ließ. »Den Beamer habe ich stehen lassen«, erklärte er väterlich. »Wir kennen das ja: Frauen und Technik.« Dann sah er auf Ellas stoisch schweigende Kollegen und ihre Kisten. »Aber ich sehe, Sie haben vorgesorgt und Papptafeln gebastelt. Wie niedlich!«

Ella bemerkte, dass Bini einen Moment lang die Luft anhielt, um nicht aus der Haut zu fahren. Sack senior blieb erstaunlich ruhig. Er wirkte regelrecht in sich gekehrt. Ob er eine von Freds Pillen eingeworfen hatte?

»Na dann, toi, toi, toi!«, sülzte Stegmann. »Und denken Sie dran: Es kann eben nur einer das Rennen machen …«

»Lassen Sie sich nicht aufhalten!« Ella wandte sich ab

und betrat mit Sack senior, Bini und den Kontaktern den Sitzungssaal. Während der Chef Shakehands mit der Oberbürgermeisterin, einigen Stadtratsmitgliedern und den Vertretern der Touristikgesellschaft betrieb, schloss Ella ihr Notebook an. Bini und die Kontakter bereiteten die Roboter in den Kartons vor. Zufrieden quittierte Ella Sacks höchst professionelle Kurzvorstellung der Agentur; schließlich wusste er noch immer nicht, was nun folgen würde.

»Dresden hat viele Gesichter«, begann Ella ihre Präsentation und zeigte Möhres kurzweiligen Zusammenschnitt von Auftritten Dresdner Prominenter. »Doch wir sind der Meinung: Dresden braucht ein Gesicht, das unverkennbar ist. Nennen Sie es Maskottchen, nennen Sie es Markenzeichen, nennen Sie es intelligentes Spielzeug … Wir nennen es: Sachsen-Sushi!« Wie erwartet, erntete das an die Leinwand gebeamte Bild des Robotergesichts ratlose Mienen. Nun befreite Bini den Barock-Sushi aus dem Karton und ließ ihn sächsisch plappernd auf die Zuhörer los. Es folgten der Museum-Sushi, der auf Englisch über die Alten Meister plauderte, der Kapitän-Sushi, der in Uniform der Weißen Flotte eine Dampferfahrt durch das Elbtal kommentierte, und verschiedene Varianten eines Entdecker-Sushis, die sich wahlweise auf Gastronomie, Architektur oder Parkanlagen spezialisierten.

Ella bemerkte amüsiert, dass die Zuhörer die kleinen Roboter geradezu gierig betrachteten. Genau so hatte sie sich das vorgestellt. Sie reichte einen Roboter nach dem anderen ins Publikum und erläuterte ihr Konzept. »Dresden ist Kulturstadt und Hightechstandort. Und natürlich möchten wir das, wofür die Stadt längst etabliert ist, nicht vernachlässigen. Aber wir wollen an neue Zielgruppen heran: mehr junge Leute, mehr internationales Publikum. Sie alle können wir mit diesem kleinen Kerl erreichen. Er ist in der

Lage, alle europäischen Sprachen zu erlernen, ist handlich genug, um mobil zu sein, groß genug, um aufzufallen, und attraktiv genug, um als Werbegesicht zu fungieren. Er ist ganz einfach das, was auch Dresden ausmacht: Davon zu erfahren, ist schön, es zu erleben, ist besser!«

Ella hielt Bini zurück, die gerade dem ersten Zuhörer die Handhabung des Roboters erklären wollte. »Sehen Sie selbst: Er ist kinderleicht zu bedienen und dennoch interessant für Technikfans.« Spanische und französische Sprachfetzen tönten durch den Sitzungssaal. Das Publikum spielte längst, statt zuzuhören, und Ella beobachtete triumphierend, wie Sack senior sich zurückhalten musste, um nicht selbst nach einem kleinen Roboter zu greifen.

»Meine Damen und Herren, wir haben natürlich für jeden von Ihnen einen Sachsen-Sushi im Gepäck«, erklärte Ella gelöst. »Denn da wir davon ausgehen, dass er einschlagen wird wie ein Meteorit, haben wir bereits 10.000 Exemplare vorrätig. Ein Teil davon soll in einer Sponsoringaktion städtischen Einrichtungen zugute kommen. Kindergärten, Schulen, Krankenhäuser und Seniorenheime sollen den Sachsen-Sushi nutzen können.«

»Aber er ist doch ein Japaner«, stellte die Oberbürgermeisterin fest. »Hier: ›made in japan‹.«

»Ganz richtig«, erklärte Ella. »Wir werden ihn und seine zahlreichen Verwandten natürlich einbürgern. Folgende Firmen …«, sie deutete auf die nächste gebeamte Präsentationsfolie, »folgende heimische Firmen stehen als Kooperationspartner für die Herstellung unseres Sachsen-Sushi zur Verfügung. Denn die elektronische Kompetenz vor Ort soll selbstverständlich in einer solchen Kampagne gebündelt werden. Der Sachsen-Sushi ist ein Produkt und wir werden es dauerhaft und unmissverständlich mit unserer Stadt und ihren Vorzügen verknüpfen.«

»Sie meinen, wir sollen das über Steuergelder finanzieren?«, fragte einer der Stadträte.

Ella nickte ihm zu. »Sicher werden Sie eine Touristikkampagne mit Steuergeldern bezahlen. Doch bei unserem Konzept fördern Sie gleichzeitig die lokale Wirtschaft, damit Arbeitsplätze, und langfristig wird sich das Konzept selbst tragen. Die genaue Kalkulation sowie die flankierenden Werbemaßnahmen entnehmen Sie bitte unseren schriftlichen Ausführungen.« Sogleich verteilten Jim und Joe die Konzeptkladden der Agentur sowie weitere Sachsen-Sushis unter den Anwesenden.

Ella präsentierte die Abschlussfolie. »So, ich möchte Sie bitten, unser Konzept genauestens zu prüfen. Bei Fragen sind wir, das Team der Agentur ›Sack & Sohn‹, natürlich jederzeit für Sie da!«

Max ohne Sax

Da vorn musste es sein. Ella ging mit Ephraim II. über eine hölzerne Fußgängerbrücke, die über die schmale Stelle des Carolasees führte. Vermutlich war nicht nur der Große Garten, sondern vor allem dieser See am Wochenende ein Ausflugsziel für viele Dresdner. Jetzt, am alltäglichen Nachmittag, sah man nur vereinzelt Mütter mit Kindern oder ältere Ehepaare, die am See flanierten oder in kleinen Ruderbooten über den See paddelten. Auf der anderen Seite der Brücke lud ein Biergarten zu Eis, Torte und Kaffeespezialitäten ein. Das war das Lokal, in dem der alte Ephraim sie treffen wollte. Ganz aus dem Häuschen war er gewesen, als sie ihn angerufen hatte. Dabei hatte sie nur … Ja, was eigentlich? Die Präsentation der Kampagne war zwar erfolgreich verlaufen, doch das Wegarbeiten ihrer depressiven Stimmung hatte nicht wirklich funktioniert. Seit dem missglückten Treffen zur Jazznacht war Ella seltsam bedrückt. Normalerweise hätte sie an einem solchen Nachmittag mit einem Friseurbesuch gegen diese Missstimmung angekämpft. Aber dieser Plan war wenig geeignet für den Hund. Außerdem hoffte sie, dass auch ihr bei dem glücklichen Wiedersehen der beiden Ephraims wieder etwas warm ums Herz werden würde.

Da stürzte der Hund auch schon auf Ephraims Rollstuhl zu und begrüßte den alten Mann übermütig. »Vorsicht!«, ermahnte Ella. »Sonst landet Herr Ephraim noch im See!«

»Ella, wie schön, Sie zu sehen!« Ephraim reichte Ella seine gesunde rechte Hand und drückte ihre herzlich. »Nehmen Sie Platz!«

Ella musterte den alten Mann neugierig. »Wie geht es Ihnen?« War er allein hierher gelangt? Hatte er sein makabres Schauspiel aufgegeben?

»Es geht mir so gut wie schon lange nicht mehr.« Ephraims Augen funkelten abenteuerlustig. »Seit ich Sie kenne, liebe Ella, geht es mir mit jedem Tag besser!«

Ella rutschte etwas unbehaglich auf ihrem Stuhl herum. Sie war es gewohnt, dass man sie respektierte, eventuell sogar bewunderte und meist beneidete. Aber dass jemand sein Wohlbefinden ihr zuschrieb, war neu für sie.

»Nun gucken Sie doch nicht so traurig in diese wunderbar sonnige Welt«, verlangte Ephraim fröhlich.

In diesem Moment schoss Ephraim II. unter dem Tisch hervor und riss Ella mit seiner Leine fast vom Stuhl. »Hey, lass das!«, schimpfte Ella. Am Tisch stand ein junger Mann und begrüßte lachend den Hund. Als er aufsah, erkannte Ella das vertraute Gesicht. Das war er! Das war der Musiker!

»Erkennen Sie ihn wieder?«, fragte Ephraim. »Das ist mein Neffe Max.«

Ella starrte Max an. Kein Zweifel, das war das Gesicht aus ihrem Traum. Ihr Unterbewusstsein hatte ihr keinen Streich gespielt. Ellas Herz machte einen Hüpfer und dann gleich noch einen. Ihre Stimme klang belegt. »Ich, ich … Das Saxofon … Es ist … Ich habe es gar nicht bei mir«, stammelte sie.

Max lächelte. »Du bist also Ella?«

Ella nickte und schluckte. In ihrem Kopf jagten Bilder und Gedanken durcheinander. Alles schien hin und her zu wirbeln.

»Ihr habt euch doch sicher viel zu erzählen?«, mutmaßte Ephraim. »Wie wäre es mit einer kleinen Bootsfahrt?« Er deutete auf den See.

Max nickte lächelnd. »Wenn du Lust hast?«, wandte er sich an Ella.

Wie in Trance folgte Ella Max hinüber zur Anlegestelle und kletterte in eines der kleinen Ruderboote. Schweigend beobachtete sie, wie Max einstieg und zu den Rudern griff. Die Wasseroberfläche glitzerte im Sonnenlicht und Ella blinzelte. Erst als sie fast unter der Brücke waren, fand Ella ihre Sprache wieder. »Danke«, sagte sie und Max lächelte. »Wie ist es dir ergangen? Was ist passiert in jener Nacht?«

Max ruderte gleichmäßig. »Nicht viel. Ich bin ihm gefolgt. Lange. Er hatte Ausdauer und ich auch.«

»Hat er dich angegriffen?« Ella war von der Sorge in ihrer Stimme selbst überrascht.

Max schüttelte den Kopf. »Nein. Aber er hatte Angst. Das habe ich gespürt. Ich bin ihm einfach immer weiter gefolgt, ohne ihn einzuholen.« Er lachte leise auf. »Ehrlich gesagt, habe ich mich fürchterlich verlaufen. In den letzten zwei Jahren hat sich Dresden sehr verändert.«

Ella sah ihn aufmerksam an. »Bist du von hier?«

Max nickte erneut.

»Und du warst ein Jahr lang weg?«, fragte Ella. »Im Ausland?«

»Hat Ephraim nichts erzählt?«, fragte Max verwundert. »Und ich dachte, mein Onkel lügt nicht.« Er versetzte dem Boot noch ein paar kräftige Ruderbewegungen und zog die Paddel herein. Dann sah er Ella aufmerksam an. »Ich war im Knast.«

»Wie?« Ella runzelte die Stirn. »Ich meine, wieso?«

»Schwere Körperverletzung«, erklärte Max seufzend.

Ella sah ihn ungläubig an. »Du schlägst Leute krankenhausreif?« Sollte ihre Menschenkenntnis sie derart im Stich lassen?

Max sah sie forschend an. »Willst du die Geschichte wirklich hören? Ich bin keiner von denen, die darauf pochen, unschuldig im Knast gesessen zu haben.«

Ella setzte sich auf und das Boot begann zu schaukeln. »Nein, ich meine, ja, lass hören!«

»Ich bin zu recht verurteilt worden.« Max sah auf den See. »Die offizielle Deliktbezeichnung lautet ›Notwehrexzess‹. Ich habe in einer Notwehrsituation unverhältnismäßig heftig reagiert.«

Ella sah ihn an. Konnte ein Mensch mit solchen Augen einem anderen schweren Schaden zufügen? »Was für eine Situation war denn das?«

Er lächelte traurig. »Sie war unserer Begegnung nicht unähnlich«, erzählte er leise. »Ich kam zufällig dazu, wie zwei Männer eine Frau belästigten und handgreiflich wurden. Ich bin dazwischengegangen und habe mir einen der beiden vorgeknöpft. Ich bin kein Kampfsportler und prügle mich sonst nicht. Deshalb konnte ich vermutlich meine Kraft nicht dosieren.« Er schüttelte verärgert seinen Kopf. »Ich war in dieser Situation unglaublich wütend. Und weil diese Kerle zu zweit waren, wollte ich den ersten auf jeden Fall außer Gefecht setzen.« Ella lauschte ihm angespannt. »Der Typ ist dabei so unglücklich gefallen, dass er mit dem Kopf gegen einen Papierkorb prallte. Der Richter befand meine Notwehr als unverhältnismäßig«, erklärte Max. »Die Typen wären zu betrunken gewesen, um sich zu prügeln. Das habe ich in meiner Empörung aber gar nicht gemerkt.« Er seufzte. »Ich bin froh, dass ich zumindest verurteilt wurde. Der Kerl ist an seiner Kopfverletzung gestorben.«

»Aber das ist doch trotzdem Notwehr! Wieso kommst du in den Knast, wenn solche Typen besoffen gewalttätig werden?« Ella sprang auf und stemmte erbost die Hände in die Hüften. Das Boot schaukelte bedenklich und Ella rutschte ein Stück zur Seite. Schnell wollte sie mit dem anderen Fuß ausgleichen, blieb jedoch an einem der Paddel hängen. Sie ruderte mit den Armen, suchte ihr Gleichgewicht. Doch zu spät. Mit einem lauten Platsch ging Ella Fredderick mitten im Carolasee über Bord.

Huh, war das Wasser kalt! Von dieser schlammigen Farbe mal ganz abgesehen. Schnell griff sie nach der Hand, die Max ihr entgegenstreckte. »Wieso grinst du so blöde?« Ella schüttelte ihre pitschnassen Locken.

Max zog sie über den Rand des Bootes. »Also, diese Retterei … Mit dir wird das langsam richtig anstrengend.«

Ella sah Max an. »Echte Helden brauchen viel Übung.« Sie zog ihn zu sich herunter und küsste ihn.

Gefällte Entscheidungen

»Ella, Sie waren fabelhaft!«, rief Sack senior. Er legte besitzergreifend den Arm um ihre Schultern.

»Nicht anfassen!« Ella machte sich mit einer abrupten Bewegung frei. Ephraim II. knurrte leise unter ihrem Schreibtisch. »Vergessen Sie das Team nicht! Sie haben eine gute Truppe, außer vielleicht …«

»Fred, ich weiß.« Sack senior beobachtete argwöhnisch den Hund. »Man hat ihn am Sonntag verhaftet.«

»Verhaftet?« Ella musterte den Chef ungläubig. »Warum?«

»Er hat in diesem Sushi-Laden randaliert«, erklärte Sack senior. »Sie haben ihn ja selbst ohne seine Pillen erlebt. Er wurde zwangsweise eingewiesen, in die Psychiatrie.«

»Ahoi allerseits!« Laetitia Baer stürmte in Ellas Büro.

Ella schüttelte den Kopf. »Frau Baer, Ihr Timing ist ätzend! Kommen Sie in einer Stunde wieder!«

»Hallo, mein Süßer!« Die Journalistin verschwand augenblicklich unter dem Schreibtisch, um Ephraim II. zu knuddeln. »Warum hat das Frauchen denn so miese Laune? Hast du etwa ins Büro gepullert?«

Ella fühlte sich gestört. »Frau Baer, was wollen Sie?«

»Geheimnisse ausplaudern, was sonst?« Sie kroch unter dem Schreibtisch hervor und warf einen Blick auf Dr. Sack. »Tut mir leid, das mit Ihrem Sohn.«

»Ach, das wissen Sie auch schon!« Ella runzelte die Stirn und Sack senior schnaufte vernehmlich.

»Nicht nur das. Ich weiß noch mehr und kann Sie vielleicht aufheitern«, plapperte Laetitia Baer. »Ich komme nämlich gerade aus dem Rathaus und habe da etwas läuten hören.«

Sofort war Sack senior ganz Ohr. »Los, reden Sie!«

»Na, wenn man mich so nett bittet.« Die Journalistin lachte. »Aber eine Hand wäscht die andere. Frau Fredderick, was ist mit der Story? Ich will ein Interview!«

Dass die sich immer so aufspielen musste. Ella sah sie streng an. »Sie bekommen Ihr Interview. Also, was gibt es für Neuigkeiten?«

»Die Entscheidung in Sachen Touristik-Kampagne ist gefallen«, setzte Laetitia Baer sie triumphierend ins Bild. »Und es gibt nur eine von insgesamt fünf Agenturen, die heute keine Absage in der Post hat.«

»Ist die Post schon durch?«, fragte Sack.

Ella zuckte die Achseln. »Wahrscheinlich liegt sie noch im Sekretariat auf dem Schreibtisch.«

Fast gleichzeitig drängten Ella und der Chef aus dem Büro hinüber ins Sekretariat. Ephraim II. sprang auf und folgte ihnen. Nur die Journalistin lehnte lässig im Türrahmen und beobachtete sie überlegen lächelnd, während Ella mit fliegenden Fingern Kuverts durchsah.

»Nun lassen Sie mich mal!«, drängelte Sack senior.

Laetitia Baer grinste. »Da ist nichts!«

Ella sah sie an. »Wie?«

»Nichts, nada, niente.« Die Journalistin feixte. »Ihr bekommt keine Absage.«

»Heißt das …?« Sack senior sah Ella ungläubig an.

»Ja!« Ella schlug mit der Faust auf den Tisch. »Das heißt das.«

»Sie sind wirklich fabelhaft!« Sack suchte erneut den Körperkontakt und Ella duckte sich schnell weg.

Laetitia Baer lachte.

»Schampus!«, rief Sack senior und rannte aus dem Sekretariat. Im Hintergrund hörte Ella ihn Bürotüren aufreißen und lautstark herumprahlen.

Laetitia Baer griente breit. »Gibt's zum Schampus auch Häppchen?«

»Ich denke, Sie wollen ein Interview?«, fragte Ella.

Die Journalistin lachte. »Na gut, dann nehme ich Informationshäppchen. Ein paar deftige Happen wären mir allerdings lieber.«

In diesem Augenblick klingelte eine Tür weiter Ellas Mobiltelefon. Unwillkürlich stand sie auf und lief in ihr Büro. Die Journalistin folgte ihr. »Ja, hallo? Ella Fredderick.«

»Headhunting Agency Consulting for Personal Management«, meldete sich eine Frau. »Sprechen Sie Deutsch?«

Ella lachte. »Ja. Immer noch.«

»Wir haben Offers aus Hamburg und Berlin«, erklärte die Frau. »Die Herrschaften möchten Sie gern für ein Personal Meeting zu Creative Projects kontakten. Könnten Sie den nächsten Flieger nach Berlin nehmen? Den direct transfer nach Hamburg organisieren wir.«

Ella warf einen Blick auf Ephraim II., der sie treuherzig ansah. Dann dachte sie an Max, an den alten Ephraim im Seniorenheim, an den Sushi-Saloon, an das gemütliche Pensionszimmer. Die ganze Umgebung war so viel persönlicher und herzlicher als alles, was sie bisher erlebt hatte. Und die Mitarbeiter von ›Sack & Sohn‹ hatten eine reelle Chance verdient, denn so skurril Bini, der Grufti und Möhre zunächst gewirkt hatten, sie verstanden ihr Handwerk. Und auch die humorvoll direkte Mentalität der Dresdner hatte Ella längst lieb gewonnen. »Nein.«

»Wie, nein?«, fragte die Telefonstimme. »Ich habe Sie avisiert. Es sind Ihre Top-Job-Kandidaten. Sollen wir die Meetings verschieben?«

»Nein«, entgegnete Ella. »Keine Meetings, weder in Berlin noch in Hamburg. Ich bleibe in Dresden! Keine Jobangebote mehr. Danke.« Sie legte das Telefon zur Seite.

»Was war denn das jetzt?« Laetitia Baer sah sie neugierig an. »Habe ich das richtig verstanden? Sie haben gerade mehrere Jobangebote abgesagt?«

Ella nickte. Sie fuhr dem Hund über seinen zotteligen Kopf und lächelte versonnen.

»Ist mit Ihnen alles in Ordnung?« Laetitia Baer sah sie argwöhnisch an.

»Alles bestens.« Ella strahlte.

»Gut, dann schießen Sie mal los«, forderte die Journalistin. »Wie war das mit Ihrem geheimnisvollen Retter?«

Ella atmete tief durch. »Also, das war so …«

ENDE

Weitere Romane finden Sie auf den folgenden Seiten und im Internet:
www.gmeiner-verlag.de

REGINE C. HENSCHEL

Fünf sind keiner zu viel

276 Seiten, Paperback.
ISBN 978-3-8392-1204-2.

HERZBLATT GESUCHT »Frau kann nie genug Verehrer haben« – sagt Liz' Mutter, eine erfolgreiche Operndiva. Doch Liz' Leben ist keineswegs so glamourös wie Mamas Roben. Als Anwältin ist die Berlinerin ständig im Stress und nach einer gescheiterten Beziehung nimmt sie sich für einen Mann keine Zeit mehr. Aber für vier: Einen für die Oldtimer-Reparatur, einen fürs gesellschaftliche Parkett, einen für die perfekten Outfits – und einen für die Streicheleinheiten. Doch dann trifft sie Max, einen schüchternen Raumfahrtprofessor mit großem Ziel: Einmal um die ganze Welt in einem Ballon. Für Liz beginnt die abenteuerlichste Reise ihres Lebens und sie muss sich entscheiden. Wer wird ihr Herzblatt?

TAMARA WERNLI

Blind Date mit Folgen

326 Seiten, Paperback.
ISBN 978-3-8392-1203-5.

IM DUNKELN An einem Sonntagnachmittag beschließt die erfolgreiche Zürcher Kolumnistin Maira Fabien ihr Single-Leben zu beenden und meldet sich in einem Flirt-Chat an. In der virtuellen Welt kommt sie einem Fremden, der sich FEUER32 nennt, näher. Die beiden verabreden sich zu einem Blind Date im Münchner Hotel Le Grand. Sie beschließen, sich direkt auf dem Zimmer zu treffen und den Raum vorher völlig abzudunkeln. In totaler Finsternis knistert es zwischen zwei Fremden, die in keiner Weise ahnen, dass sie eine gemeinsame Vergangenheit verbindet …

SILKE PORATH

Nicht ohne meinen Mops

276 Seiten, Paperback.
ISBN 978-3-8392-1207-3.

WARMMIETE Tanja hat ihre Traumwohnung in Stuttgart gefunden: Altbau, drei Zimmer, beste Lage. Der Haken ist nur: Allein kann sie sich die Wohnung niemals leisten. So ruft sie kurzerhand ein Mitbewohner-Casting aus. Und entscheidet sich schließlich für Chris, der im Callcenter arbeitet, und Rolf, einen Postboten, der samt seinem Mops »Earl of Cockwood« einzieht. Tanja ist hin und weg von diesen Prachtkerlen. Klar, dass sie als Letzte bemerkt, dass Rolf und Chris ein Paar werden. Der Katzenjammer ist groß – erst recht, als Marc, Tanjas Ex, mit seiner schwangeren Freundin vor ihr steht. Tanja, die Jungs und der Mops schwören Rache …

A. BAHR/ L. KINSKOFER

Hermann für Frau Mann

229 Seiten, Paperback.
ISBN 978-3-8392-1205-9.

WIE BACKE ICH EINEN TRAUMMANN? Lilly Mann aus Freiburg sucht einen Partner für ihre Mutter Eva. Besser gesagt: einen Aufpasser. Die Psychologie-Studentin will ins Ausland, hat aber kein Vertrauen in Frau Mama, denn die ist eine plan- und allzu sorglose Hippie-Frau. Lillys Einstellung lautet dagegen: Nichts ohne meine Kontrolle!

Zur gleichen Zeit versucht auch Eva, einen Mann zu formen: Sie möchte Simon, dem Sandkastenfreund ihrer Tochter, zeigen, wie man ein echter Kerl wird, denn sie findet, dass er immer mehr zu Lillys Schoßhündchen verkommt.

Was als turbulentes Verwirrspiel beginnt, droht in einem handfesten Beziehungschaos zu enden …

Alle Gmeiner-Autoren und ihre Romane auf einen Blick

ANTHOLOGIEN: Tod am Tegernsee • Drei Tagesritte vom Bodensee • Nichts ist so fein gesponnen • Zürich: Ausfahrt Mord • Mörderischer Erfindergeist • Secret Service 2011 • Tod am Starnberger See • Mords-Sachsen 4 • Sterbenslust • Tödliche Wasser • Gefährliche Nachbarn • Mords-Sachsen 3 • Tatort Ammersee • Campusmord • Mords-Sachsen 2 • Tod am Bodensee • Mords-Sachsen 1 • Grenzfälle • Spekulatius **ABE, REBECCA**: Im Labyrinth der Fugger **ARTMEIER, HILDEGUNDE**: Feuerross • Drachenfrau **BAUER, HERMANN**: Philosophenpunsch • Verschwörungsmelange • Karambolage • Fernwehträume **BAUM, BEATE**: Weltverloren • Ruchlos • Häuserkampf **BAUMANN, MANFRED**: Wasserspiele • Jedermanntod **BECK, SINJE**: Totenklang • Duftspur • Einzelkämpfer **BECKER, OLIVER**: Das Geheimnis der Krähentochter **BECKMANN, HERBERT**: Die Nacht von Berlin • Mark Twain unter den Linden • Die indiskreten Briefe des Giacomo Casanova **BEINSSEN, JAN**: Todesfrauen • Goldfrauen • Feuerfrauen **BLANKENBURG, ELKE MASCHA** Tastenfieber und Liebeslust **BLATTER, ULRIKE**: Vogelfrau **BODE-HOFFMANN, GRIT / HOFFMANN, MATTHIAS**: Infantizid **BODENMANN, MONA**: Mondmilchgubel **BÖCKER, BÄRBEL**: Mit 50 hat man noch Träume • Henkersmahl **BOENKE, MICHAEL**: Riedripp • Gott'sacker **BOMM, MANFRED**: Blutsauger • Kurzschluss • Glasklar • Notbremse • Schattennetz • Beweislast • Schusslinie • Mordloch • Trugschluss • Irrflug • Himmelsfelsen **BONN, SUSANNE**: Die Schule der Spielleute • Der Jahrmarkt zu Jakobi **BOSETZKY, HORST (-KY)**: Promijagd • Unterm Kirschbaum **BRÖMME, BETTINA**: Weißwurst für Elfen **BUEHRIG, DIETER**: Der Klang der Erde • Schattengold **BÜRKL, ANNI**: Ausgetanzt • Schwarztee **BUTTLER, MONIKA**: Dunkelzeit • Abendfrieden • Herzraub **CLAUSEN, ANKE**: Dinnerparty • Ostseegrab **CRÖNERT, CLAUDIUS**: Das Kreuz der Hugenotten **DANZ, ELLA**: Ballaststoff • Schatz, schmeckt's dir nicht? • Rosenwahn • Kochwut • Nebelschleier • Steilufer • Osterfeuer **DETERING, MONIKA**: Puppenmann • Herzfrauen **DIECHLER, GABRIELE**: Glutnester • Glaub mir, es muss Liebe sein • Engpass **DÜNSCHEDE, SANDRA**: Todeswatt • Friesenrache • Solomord • Nordmord • Deichgrab **EMME, PIERRE**: Zwanzig/11 • Diamantenschmaus • Pizza Letale • Pasta Mortale • Schneenockerleklat • Florentinerpakt • Ballsaison • Tortenkomplott • Killerspiele • Würstelmassaker • Heurigenpassion • Schnitzelfarce • Pastetenlust **ENDERLE, MANFRED**: Nachtwanderer **ERFMEYER, KLAUS**: Irrliebe • Endstadium • Tribunal • Geldmarie • Todeserklärung • Karrieresprung **ERWIN, BIRGIT / BUCHHORN, ULRICH**: Die Reliquie von Buchhorn • Die Gauklerin von Buchhorn • Die Herren von Buchhorn **FINK, SABINE**: Kainszeichen **FOHL, DAGMAR**: Der Duft von Bittermandel • Die Insel der Witwen • Das Mädchen und sein Henker **FRANZINGER, BERND**: Familiengrab • Zehnkampf • Leidenstour • Kindspech • Jammerhalde • Bombenstimmung • Wolfsfalle • Dinotod • Ohnmacht • Goldrausch • Pilzsaison **GARDEIN, UWE**: Das Mysterium des Himmels • Die Stunde des Königs